CAFÉ

Mário de Andrade

CAFÉ

ROMANCE

Estabelecimento do texto, introdução, posfácio e seleção de imagens por Tatiana Longo Figueiredo

NOVA FRONTEIRA | RIO DE JANEIRO 2015

SUMÁRIO

Pausa para Café 7
Tatiana Longo Figueiredo

Café 43
Primeira parte *A noite de sábado* 45
Segunda parte *As duas irmãs* 147

Posfácio 243
Tatiana Longo Figueiredo

Dossiê 247

PAUSA PARA *CAFÉ*

Tatiana Longo Figueiredo

Mário de Andrade escrevia sempre. Seus textos multiplicavam-se em primeiras versões, ao descartar a versão anterior; ou em "última"/ "definitiva", que era, muitas vezes, substituída por outra, com a mesma denominação. Assim acontece com *Macunaíma*, alguns textos de *Contos novos*, o poema O CARRO DA MISÉRIA e manuscritos de outras obras. Resistia à sacralização do texto exibido ao público e continuava criando em exemplares de suas obras, que, desse modo, voltavam a ter o *status* de manuscrito. Muitas vezes os rastros de seu trabalho criador podem ser vislumbrados apenas em sua biblioteca, onde despontam matrizes, vinculadas ou não a sua marginália.

Somente os textos inacabados, como é o caso do romance *Café*, mostram-se em um percurso mais completo, que une planos, rascunhos, versões, às vezes mais de uma, e um sem-número de notas de trabalho em folhas de bloco de bolso ou arrancadas de cadernetas; no verso de notas fiscais ou de ingressos de concerto. Lápis, caneta, lápis-tinta e máquina de escrever serviam-lhe para se lançar à criação. Letra esmerada no passar a limpo ou aflita, obedecendo ao ritmo do *scriptor*, ou miúda, apertando-se nos acréscimos nas margens de fólios datilografados.[1]

1. O DOSSIÊ, nesta edição, oferece exemplos de documentos do processo criativo de Mário de Andrade em *Café*. A totalidade desses documentos representativos das onze fases da criação do romance, apresentada em fac-símile e transcrição, bem como classificada à luz da crítica genética, pode ser conhecida na versão

Mário de Andrade, ao morrer, em 25 de fevereiro de 1945, deixou, entre seus inéditos, dois manuscritos denominados *Café*: o romance e a ópera. Uma versão do poema e a "concepção melodramática" foram divulgados em *Poesias completas*, edição póstuma de 1955, nas Obras Completas pela Livraria Martins Editora, e na recente edição pela Nova Fronteira, cujo texto apurado adveio do confronto com manuscritos.[2]

A ópera foi objeto da tese de livre-docência de Flávia Camargo Toni, no IEB-USP, Instituto de Estudos Brasileiros da Universidade de São Paulo, em 2004: *Café, uma ópera de Mário de Andrade*: estudo e edição anotada.

Uma versão de *Café*, parcela datiloscrita da primeira parte do romance, localizada no arquivo do escritor antes da organização completa da série Manuscritos Mário de Andrade, foi explorada em termos de edição crítica por Sylvie Josserand, em seu Nouveau Doctorat, no Instituto de Estudos Ibero-Americanos da Universidade de Paris X, Nanterre, 1989. O projeto realizou-se no IEB-USP sob orientação de Telê Ancona Lopez.

Na pesquisa que culminou, em 2001, na dissertação de mestrado *Edição genética de Vento*: esboço de um romance de Mário de Andrade, pude avalizar, naquele manuscrito, o primeiro momento datado da escritura daquela obra que, ao ser abandonada como narrativa autônoma, passa a integrar o manuscrito do romance

eletrônica de minha tese de doutoramento na FFLCH-USP, *Café*: o trajeto da criação de um romance inacabado de Mário de Andrade, defendida em 10 de agosto de 2009, sob a orientação de Telê Ancona Lopez. Ver www.teses.usp.br.

2. ANDRADE, Mário de. CAFÉ e INTRODUÇÃO – *CAFÉ*. In: *Poesias completas*. Edição de texto apurado, anotada e acrescida de documentos por Tatiana Longo Figueiredo e Telê Ancona Lopez. Rio de Janeiro: Nova Fronteira, 2013, p. 547-613, v. 1; p. 52-71, v. 2.

Café. Esse dado temporal e a nota em que, no lápis apressado, Mário caracteriza os personagens principais da trama, o casal de amantes, está no verso de uma fatura da Casa Di Franco, apensa à caderneta que abriga o esboço e as notas para a redação de *Vento*. A data 31 de dezembro de 1924, nesse documento decorrente da compra de partituras, junta-se à menção, no anverso da folha 8 da caderneta, ao número de janeiro de 1925 da revista inglesa *Criterion*. A data condiz com informação dada pelo escritor a Manuel Bandeira, na carta atestada como posterior a 11 de maio de 1925. Nas férias de junho, tenciona retirar-se para Araraquara: "Talvez escreva lá uma 'Louvação do meu Estado natal' [...]. Ou escreverei *Vento*... Ou o *João Bobo*..."[3]

Em uma caderneta de capa dura (15,3 x 10,5cm) a criação do romance *Vento* materializa-se em notas sobre personagens, no esboço da trama, em lembretes e anotações derivadas de pesquisa. O plano inicial anuncia: "[...] 2 grandes partes: Ceia e cena de separação, intervaladas pelo intermédio longo, mas mais curto que elas, da ventania". A extrema concentração na escrita cerrada do esboço não flagra palavras incompletas, grafia errada e mesmo lapsos. E, pelo que se observa nesse conjunto dos documentos do processo criativo, *Vento* não logrou prosseguir; foi para a gaveta.

Em 1929, depois da sua viagem de Turista Aprendiz ao Nordeste brasileiro,[4] Mário de Andrade projeta outro romance – *Café*. Ao situá-lo no momento histórico vivido no Brasil, busca as con-

3. MORAES, Marcos Antonio de (Org.). *Correspondência Mário de Andrade & Manuel Bandeira*. São Paulo: Edusp/ Instituto de Estudos Brasileiros, 2000, p. 211 (Coleção Correspondência de Mário de Andrade; 1).

4. Pela segunda vez no Nordeste brasileiro, entre 27 de novembro de 1928 e 24 de fevereiro de 1929, Mário de Andrade planejara uma viagem de coleta de material folclórico.

tradições paulistas da modernidade quando transporta, para o universo ficcional, imigrantes e migrantes como Chico Antônio, o cantador norte-rio-grandense, cujo talento muito o impressionara. O plano inicial determina as partes de *Café*: "1ª Prelúdio/ 2ª Família/ 3ª O Par/ 4ª Pobres ensimesmados/ 5ª Final".[5] A terceira parte, pode-se inferir, aproveitaria o esboço e as notas que moldavam *Vento*, solução reiterada em outro plano para o novo romance: "I/ A Noite de Sábado/ II/ Uma Família Paulista/ III/ Noite de Ventania/ IV/ Indivíduos/ V/ Dia da Falsa Glória". Depois do plano, *Café* recebe uma "Explicação", no esquema gráfico que lhe organiza a estrutura:

O tema do Café  percorre todo o livro
e tem sua explosão com a geada  central.
O tema de amor Carlos e Maria  percorre
quase todo o livro menos Início e Epílogo e tem seu
clímax com a separação
Os temas As Duas Irmãs e O Católico, episódios
violentos, rápidos, tempestades.[6]

O manuscrito de *Café*, além dos esboços e das notas na caderneta, vinculados ao romance *Vento*, é formado por grande quantidade de notas de trabalho, por esboços de sequências e planos, três versões datiloscritas da primeira parte e uma versão da segunda parte. O modo de rasurar, recobrindo com cifrões sucessivos – $$$$$ – tudo que anula, é marca exclusiva da datilografia de Mário, avessa a margens nas páginas, sobretudo à margem inferior,

5. O fac-símile deste documento está no DOSSIÊ (p. 248), que apresenta uma seleta de imagens das fases de criação do romance.

6. Ver DOSSIÊ, p. 250.

pois protela ao máximo a parada para se suprir de uma nova folha. Da premência, da impossibilidade de interromper o fluxo da criação resultam sílabas cortadas com erro ou sem a continuação da palavra, e mesmo interrupção da ideia na página seguinte, assim como repetições de segmentos de frases.

Na primeira parte do romance, a primeira versão conhecida vem datada de "(S. Paulo, 13-VI-1929)"; possui emendas a máquina e autógrafas que são assimiladas na segunda versão, que é parcial e traz, além da mesma data, a identificação a lápis vermelho: "1ª versão". Esse datiloscrito institui, da mesma forma, outras rasuras, absorvidas na terceira versão que pede outras modificações. Em sua segunda parte, *Café* aparece em versão única, com diversas arestas não aparadas e com lembretes para desenvolver mais algumas sequências (transcritos nesta edição em notas de rodapé).

Novos aromas e sabores Entre os fólios do romance *Café*, Mário de Andrade guardou notícias e reportagens, recortes de diferentes periódicos. Determinados a calçar a verossimilhança dos aspectos históricos de sua criação, esses textos, a maioria do ano de 1929, enfocam questões ligadas ao café, à crise na exportação do produto, a situações e curiosidades sobre as colônias de imigrantes na cidade de São Paulo, funcionam como matrizes, como marca indelével de um memento. Um bom exemplo está neste trecho da reportagem A COLÔNIA CHINESA EM SÃO PAULO. EPISÓDIOS INTERESSANTÍSSIMOS QUE MUITA GENTE IGNORA, extraída do *Diário Nacional*, 15 de novembro de 1929:

> Os chineses em São Paulo são quase todos proprietários de restaurantes modestos que se encontram espargidos pela cidade. Os que não são proprietários trabalham nos restaurantes dos seus compatriotas onde, também, diversos imigrantes de outras nacionalidades encontram trabalho.

A presença do recorte no dossiê do romance reporta-se à construção do espaço metropolitano, na primeira parte de *Café*:

> [...] A outra face do prédio metia pela rua do Anhangabaú que ninguém sabia pelo nome, e era a "rua do Cassino Antártica", ponte curiosa da nossa vida, por onde árabes, turcos e sírios pouco a pouco atingiam o centro da cidade. No corpo dela, retorcido, eles tinham montado uns restaurantes pobres, disputando freguesia com outros italianos, e principalmente uns espertalhões de chineses que, aproveitando a curiosidade de serem chins e a esperança de comidas chinas, ofereciam aos fregueses o macarrão, a canja, e o peixe podre paulistano.

As leituras concretizam, em muitas notas preliminares de *Café*, a pesquisa do romancista em jornais, revistas e livros para consubstanciar, em sua ficção, o painel político e econômico do fim da década de 1920 e início da década de 1930. Mergulhado em seu trabalho no romance, o escritor abre-se a toda contribuição possível, inclusive a cartas que recebe de amigos.

Uma obra interrompida/ inacabada O exame da materialidade do romance indicia interrupções na escritura, antes daquela, inelutável, que cristalizou *Café*, em fevereiro de 1945, como uma obra inacabada. À luz da crítica genética, as interrupções não se limitam a datas, mas aos momentos em que o processo criativo estanca, conforme se percebe nos manuscritos dos escritores. No caso de *Café*, é válido retroceder ao abandono da redação de *Vento*, romance inacabado que se transforma em narrativa subsidiária ao integrar um segundo universo. E declarar que os mais de oitocentos fólios, em que se movimenta a redação das versões, conservam, é claro, vestígios de interrupção no trabalho. Por exemplo, para trocar a fita da máquina de escrever;

ou para se conceder espaços na página na qual está cumprindo, na datilografia, o fluxo de sua criação, espaços esses a serem preenchidos mais tarde, a caneta, tinta preta, cessada alguma hesitação no encadeamento da trama ou na escolha vocabular para aquela instância. Paralelamente, é natural, em um projeto que se prolonga por duas décadas, que Mário de Andrade tenha distribuído, pelo manuscrito, alertas e lembretes para si mesmo.[7] Notas de quem conhece os riscos de se mover no terreno da criação, "em estado de permanente inacabamento", como pensa Cecília Almeida Salles.[8]

Do broto à poda? Ou do broto ao fruto? Ao longo da produção do polígrafo Mário de Andrade, verifica-se a interligação de áreas à primeira vista distintas. Nesse viés, arte e teoria, poesia, ficção e ensaios comunicam-se. Assim, os projetos, como em um grande tronco de árvore que se ramifica, são alimentados pela mesma seiva. Se, todavia, por algum motivo um dos ramos seca, a força vital que ali circulava dirige-se para outros ramos.

Em 13 de julho de 1929, é a epistolografia do autor de *Macunaíma* que se nutre da ambientação do texto ficcional de *Café*. Escrevendo a Manuel Bandeira nesse dia, o remetente perambula por São Paulo em "noite de sábado", misturando-se a imigrantes e nordestinos aportados na metrópole, tal qual seu personagem Chico Antônio:

> Noite de sábado já é uma das coisas mais humanas de São Paulo, todos os húngaros, tchecos, búlgaros, sírios, austríacos, nordestinos saem passear,

7. Na segunda parte do romance há lembretes que nesta edição foram apontados em notas de rodapé.

8. SALLES, Cecília Almeida. *Gesto inacabado*: processo de criação artística. São Paulo: FAPESP/ Annablume, 1998, p. 78.

gente dura, no geral tipos horrorosos, mas me sinto bem no meio deles. E além disso: a neblina, um *fog* maravilhoso. No Anhangabaú não se via nada de nada. Só os anúncios e o farol da Light circulando. Fui no cinema, vi umas besteiras, saí no meio e fui andando. Quando vi estava no Brás. Então voltei procurando caminhos mais misteriosos, cheguei a ter medo no meio do parque Pedro II, completamente sem iluminação e com alguns ruídos nas moitas. Depois atravessei o bairro turco e só quando esbarrei na estrada de ferro, vim me encostando nela até esta rua Lopes Chaves. Muito apito de trem, várias propostas de aventuras, uma calma interior sem comparação, o espírito vivinho gozando em colher. Mas cheguei meio excitado, sem sono, e estou escrevendo.[9]

Chico Antônio, no romance, mira a noite paulistana:

O êxtase de Chico Antônio perseverou até o fim da avenida. Mas ao atravessarem o parque Pedro II, com a escureza vazia, bateu um ventinho gelado e a vida voltou. Chico Antônio principiou examinando tudo com curiosidade.
[...]
[...] Pretinhas barateiras, de corpo alinhado e sempre limpo, apesar delas preferirem o meretrício de rua, mais semostrador e divertido que o de espera. O lugar preferido delas era ali mesmo, junto da praça do Correio, os jardins do Anhangabaú. Jardins escuríssimos porque neles a péssima iluminação paulistana inda se via estorvada pelas árvores baixas e folhudas, eram perfeitamente propícios às negrinhas. Não que elas se envergonhassem de si, mas a escureza lhes protegia os amadores brancos que inda guardavam um preconceito.
[...]
Em noite de sábado então, os jardins do Anhangabaú eram um viveiro de contratos amorosos. E contrastava ironicamente com o luxo da ambiência a qualidade dos contratos. Mas o parque regurgitava curiosíssimo.

9. MORAES, Marcos Antonio de (Org.). Op. cit., p. 427.

Vale especular que, na encenação posta na carta, o romancista estivesse testando a recepção de *Café*, cuja primeira versão conhecida, como já se sabe, surgira exatamente há um mês da carta a Bandeira.

Desde o princípio do trabalho, o escritor revela receio de falhar, isto é, de não conseguir levar adiante o projeto do romance, como explicita, na mesma carta de 13 de julho de 1929, a Manuel Bandeira:

> E iniciei e gosto muito dum romance *Café* que terá oitocentas páginas (meio de contar o tamanhão do livro) cheias de psicologia e intensa vida. Mas sinto que é superior às minhas forças e tenho mais ou menos a convicção de que vou ratar, da mesma forma com que ratei *Macunaíma* – a obra-prima que não ficou obra-prima. Mas não é por isso que vou parar o livro não. Quero ver como que vou ratar e sempre, você entende, fica essa esperancinha de ganhar a partida. Pra quem tem o espírito sincero e esportivo, quero dizer: esportivamente sincero, capaz de confessar que perdeu, o jogo de azar é mesmo o que diverte mais...[10]

Depois de outubro de 1929, quando do *crash* da Bolsa, em Nova Iorque, acirram-se as dificuldades na exportação do café no Brasil, provocando a queima do produto por ausência de mercado, o título da 3ª parte de A Geada é substituído por A Crise. Então, perde o sentido romanesco a separação do casal Carlos e Maria em um momento de forte geada, ideia que provinha do esboço de *Vento*, seguindo *Typhoon*, romance de Conrad.[11] Não é mais o

10. Idem.

11. Curiosamente, um exemplar desse livro, na Heinemann's Favorite Classics, tiragem inglesa de 1922, conservado por Mário em sua biblioteca, não encerra anotações de leitura.

inverno que ameaça e destrói os cafezais paulistas. *Café* distancia--se de *Typhoon* e de Joseph Conrad.

Apraz a Mário de Andrade divulgar excertos dos romances seus ainda não terminados. Faz assim com *Macunaíma* e *Amar, verbo intransitivo*. E com *Café*, levado a duas revistas cariocas, no mês de abril, em 1930: Dois sírios, "Fragmento do romance *Café*", sai na *Illustração Brasileira* (a. II, nº 116), e A negrada "(do romance *Café*)", em *Movimento Brasileiro* (a. 2, nº 16). Renato Almeida, diretor desta última, em 23 de abril desse ano, fornece o dia exato da distribuição, em carta ao autor: "[...] não sei se já lhe acusei o recebimento do capítulo de seu novo romance [...]. Sai no número aparecido hoje com uma ilustração do Di Cavalcanti."[12]

Após a publicação dos excertos, cartas afiançam a boa acolhida e a expectativa gerada. No mesmo mês, Augusto Frederico Schmidt escreve a Mário: "Li um capítulo do seu romance na revista *Movimento*, que me impressionou bastante. O romance deve ser extraordinário, principalmente pelo modo tão simples, de estilo."[13] Logo depois, em 10 de junho, Ascenso Ferreira manifesta-se em um *post-scriptum*: "Vi um trecho de um romance novo seu. É um negócio sobre Café. Estava muito bom."[14] "*Café* (romance)" ingressa, então, na lista das obras "em preparo", anunciadas no livro de poemas *Remate de males*, lançado em 15 de dezembro de 1930, como adverte o colofão.[15] E Dois sírios, na página retirada da revista, ganha ra-

12. NOGUEIRA, Maria Guadalupe Pessoa. *Edição anotada da correspondência Mário de Andrade e Renato Almeida*. Orientadora: Ivone Daré Rabello. Dissertação de mestrado, FFLCH-USP, 2003, p. 239-240.

13. Documento na série Correspondência, Arquivo Mário de Andrade, IEB-USP.

14. Idem.

15. As economias do autor pagaram a impressão do livro nas Oficinas Gráficas de Eugenio Cupolo.

suras no texto e no título. É agregado ao manuscrito de *Café* como Os sírios, simplesmente.

A criação prossegue. Em 28 de março de 1931, Mário avalia, para Bandeira, o andamento do trabalho: "Mas cacete mesmo está ficando o meu *Café*. Tenho escrito um bocado dele, mas vai lerdo, aos arrancos [...]. Mas enfim sempre o romance continua e talvez nestes dois ou três anos esteja pronto."[16] E, em 26 de março de 1933, ao contar a Renato Almeida sobre os livros que prepara, reafirma sua constância: "E rabisco o meu *Café*."[17] Logo depois, em 22 de abril, ao perceber que não conseguiria cumprir o plano de finalizar a escrita naquele ano, mas almejando concluir a segunda parte das cinco projetadas, confia ao poeta de *A cinza das horas*: "Na verdade não estou atualmente trabalhando senão em dois livros, a *Pancada do ganzá*, que é técnico, e o *Café*, que é lirismo. Deste pretendo acabar este ano, se Deus quiser, a segunda parte (são cinco) [...]."[18]

Em 1934, entusiasmado com o trabalho e com a repercussão dos trechos divulgados na imprensa, o romancista republica A NEGRADA na *Folha da Noite*, em 22 de janeiro. Em seguida, inclui "*Café* – (romance)", entre suas "obras em preparo", anunciadas em seu livro de contos *Belazarte*, que vem à luz pela Editora Piratininga.[19]

No mesmo ano, em 9 de outubro, assim se manifesta a Pio Lourenço Corrêa, parente que vivia em Araraquara, no Interior paulista:

16. MORAES, Marcos Antonio de (Org.). Op. cit., p. 494.

17. NOGUEIRA, Maria Guadalupe Pessoa. Op. cit., p. 262.

18. MORAES, Marcos Antonio de (Org.). Op. cit., p. 556-557. *Na pancada do ganzá* deveria reunir a grande pesquisa do folclore brasileiro, realizada por MA.

19. As obras são: "*Música, doce música* – (estudos musicais)./ *A música dos Brasis.*/ *Café* – (romance)./ *Na pancada do ganzá* – (folclore nordestino)./ *João Bobo* – (romance)./ *Dicionário musical brasileiro*."

Tio Pio, lhe escrevo em dia de aniversário, ao cumprir exatamente 41 anos de existência dura e que ainda prefiro longa pelo menos duns 20 anos. Sem 20 anos mais, terei que deixar incompleto o que de mais essencial terei a fazer, uns dois romances ainda, e umas três obras de técnica. Faça-me pois o favor de desejar pra este seu amigo mais 20 anos de existência produtiva.[20]

Em 1935, Mário de Andrade torna-se Diretor do Departamento de Cultura da Municipalidade de São Paulo. Durante três anos, dedica-se de corpo e alma a seu projeto de democratização da cultura, o que afeta, certamente, sua produção literária. Tendo exposto essa situação a sua amiga Ignez Teltscher, tradutora alemã radicada no Brasil, ela protesta, em carta de 1º de junho desse ano: "Deixar seu grande romance *Café* é um crime, ouviu, um crime!! Volte quanto antes à tarefa; não perca nem um dia!!! – !!!"[21] E reforça a reclamação em 17 de janeiro de 1936: "[...] suas ocupações não me agradam em nada. É demais! Escreva *Café*; isto é o essencial."[22] Em 1937, apesar da interrupção da escritura, a 2ª edição de *Macunaíma* indica, na lista de obras em preparo, "*Café* (romance)".[23]

Em 16 de fevereiro de 1938, Manuel Bandeira sentencia:

20. *Pio & Mário: diálogo da vida inteira*: a correspondência entre o fazendeiro Pio Lourenço Corrêa e Mário de Andrade (1917-1945). Traços biográficos: Antonio Candido. Introdução: Gilda de Mello e Souza. Estabelecimento do texto e das notas: Denise Guaranha. Estabelecimento do texto, das datas e revisão: Tatiana Longo Figueiredo. Rio de Janeiro/ São Paulo: Ouro sobre Azul/ SESC, 2009, p. 267.

21. Série Correspondência, Arquivo Mário de Andrade, IEB-USP.

22. Idem.

23. Na aba da 1ª capa, lê-se: "de/ Mário/ de/ Andrade/ em preparo:/ *A dona ausente*/ (folclore)/ *A música dos Brasis*/ *Café*/ (romance)/ *João Bobo*/ (romance)/ *Na pancada do ganzá*/ (folclore nordestino)."

Mário, [...] você precisava de três vidas pelo menos: uma para consagrar exclusivamente a esses estudos musicais brasileiros: é um mundo! Me divertiu ler no *Ensaio* a lista das *obras do autor*.[24] Coisas anunciadas não apareceram até hoje, e quanta coisa publicada em que você nem pensava! Tenho pena dos romances: *João Bobo*, *Café*... Um romance seu escrito agora depois de passado o prurido modernista, depois de serenadas uma porção de coceiras e com a sua língua amadurecida, *assagie*... É uma coisa em que volta e meia penso.[25]

Para o escritor, contudo, naquele momento o romance não tem esse peso, visto que, em sua carta a Adolfo Casais Monteiro, em 7 de junho de 1938, ao tratar de colaboração na revista *Presença*, declara: "Vou ver se acho alguma prosa que lhe sirva, ou do abandonado *Café*, ou página perdida entre os que não publiquei."[26] Escolhe, porém, RIACHO DE CHUVA, trecho da novela inédita *Balança, Trombeta e Battleship ou o descobrimento da alma*, que a revista de Fernando Pessoa acaba publicando em fevereiro de 1940.[27]

Ao sair da direção do Departamento de Cultura, Mário de Andrade muda-se para o Rio de Janeiro, onde permanece até o início de 1941. Em 17 e 18 de fevereiro de 1939, traça o esquema de um

24. A edição de *Ensaio sobre a música brasileira* (São Paulo: I. Chiarato & Cia., 1928) traz a seguinte lista de obras em preparo: "*Compêndio de História da Música/ Histórias de Belazarte* (contos)/ *Gramatiquinha da fala brasileira/ As melodias do boi* (folclore)/ *Tempo da Maria* (idílio)/ *João Bobo* (romance)".
25. MORAES, Marcos Antonio de (Org.). Op. cit., p. 646.
26. Fotocópia da carta no Arquivo Mário de Andrade, IEB-USP.
27. ANDRADE, Mário de. *Balança, Trombeta e Battleship ou o descobrimento da alma*. Edição genética e crítica de Telê Ancona Lopez. São Paulo: Instituto Moreira Salles/ Instituto de Estudos Brasileiros, 1994.

novo romance, *Quatro pessoas* e, em 4 de julho, inicia a redação. A narrativa tanto assimila o casal Carlos e Maria, personagens do romance *Vento*, cujo aproveitamento em *Café* se restringira a notas e esboços, como frases e sequências de *Café* e *Vento*.[28] Em 25 de julho, Oneyda Alvarenga recebe este depoimento sobre a nova criação:

> Bati máquina o dia inteiro e avancei inesperadamente doze páginas no meu romance que não há meios de avançar, tempo não chega. Estou apenas na p. 27, tipo ofício, datilografado, isto é, pra aí umas 50 páginas de impressão. Acabei o 1º capítulo. Não sei se estará bom, é uma coisa louca, uma análise psicológica feroz. Duvido que alguém aguente e, o pior, duvido que seja qualquer coisa de bom. Mas é desses livros que o melhor, se acabar, é não pedir a opinião de ninguém, ou publicar ou destruir, mas por conta própria, sem me garantir de ninguém. Estou numa inquietação horrível, e isso ainda maltrata mais o avanço do livro, porque quando penso em escrever me sinto sem força, sem coragem pra perder tempo com uma possível borracheira longa. Um poema, até um conto, ainda a gente não se inquieta de escrever e jogar fora, mas um romance inteirinho, é horrível, minha amiga. E isso ajuda o meu sofrimento de agora.[29]

Em 1940, quando a Segunda Guerra Mundial golpeia Paris, a criação de *Quatro pessoas* também é interrompida:

28. Na dissertação de mestrado, *Edição genética de* Vento: esboço de um romance de Mário de Andrade, defendida na FFLCH-USP, em 2001, sob a orientação de Telê Ancona Lopez, verifiquei o uso de elementos do romance *Vento* em *Quatro pessoas*.

29. ALVARENGA, Oneyda (Org.). *Cartas Mário de Andrade e Oneyda Alvarenga*. São Paulo: Duas Cidades, 1983, p. 191.

> [...] estava escrevendo no Rio de Janeiro quando a notícia da queda de Paris me estarreceu. Não era mais possível preocupar-me com o destino de quatro indivíduos – envolvidos em dois casos de amor – quando o mundo sofria tanto e a cultura recebia um golpe profundo. Desisti.[30]

Talvez, justamente o que fizera Mário de Andrade desistir de *Quatro pessoas* tenha se tornado o mote da retomada de *Café*, após o longo período engavetado. Em 16 de outubro de 1941, a carta a Moacir Werneck de Castro alude a um valor social amplo importante de ser explorado:

> Vou fazer um balancinho na vida. Pôr pra fora uns livrecos que me impedem andar. Vou ver se retomo o *Café*, que tem um sentido mais viril e mais geral. Já tirei os originais de onde estavam guardados, vou ler, ver se merecem continuação.[31]

Após a releitura do texto, Mário, em 6 de novembro de 1941, resume o projeto e pede a opinião do mesmo amigo, que o incentiva no dia 7 de dezembro:

> [...] pensei sempre com entusiasmo no seu plano de levar avante o *Café*. Acho que você deve esse livro à literatura brasileira e a si mesmo, que ele pode ser o seu grande motivo de vida nestes tempos, que merece todos os sacrifícios, jejuns e abstinências, todo um regime de parturiente. Se é

30. Entrevista a Mário da Silva Brito. *Diário de São Paulo. São Paulo*, 2 de dezembro de 1943 (Ver ANDRADE, Mário de. *Entrevistas e depoimentos*. Edição organizada por Telê Ancona Lopez. São Paulo: T.A. Queiroz, 1983, p. 96).
31. CASTRO, Moacir Werneck de. *Mário de Andrade*: exílio no Rio. Rio de Janeiro: Rocco, 1989, p. 182.

possível acreditar em forças cósmicas, penso que todas elas se juntam para ungir em você o intérprete desse "drama" paulista do café, num livro que seria ao mesmo tempo o remate da sua obra e a expressão artística acabada de uma realidade riquíssima, que não pode forçosamente ficar desperdiçada como até hoje tem estado. Acho que você devia se entregar a esse livro como a uma missão, no mais gravibundo sentido da palavra. O plano do romance não podia ser melhor, e o número de páginas não deve assustar ninguém, muito menos o autor, quando o título é tão vasto e sugestivo.[32]

Continuando a carta, Moacir Werneck sublinha a necessidade de evitar, no prosseguimento do novo romance, a linguagem utilizada na primeira fase do modernismo. Em 6 de janeiro de 1942, o escritor concorda, alegando que, para ele, esgotara-se a linguagem na ruptura modernista. Importava-lhe mais, agora, o conteúdo, o esforço de atingir um sentido humano mais profundo em sua arte. E prossegue:

Não me iludo também, não pense. Sei, sem vaidade, que atingi um amadurecimento muito harmonioso... de mim. "De mim" quer dizer de um artista *temporário*, com uma incapacidade estranha de se realizar enquanto promete. Se escrever o *Café* e chegar à conclusão de publicá-lo, isto é, à conclusão de quase todos os meus livros, o "dei tudo quanto posso", a realidade da coisa publicada dirá, como sempre, que ainda não é o livro que é lícito esperar de mim, do que meus escritos prometem. [...]
Este ano vai ser um ano de trabalho pessoal importantíssimo pra mim. Toco pra diante o *Café*. Tapearei o mais possível o Serviço do Patrimônio quanto a horas de trabalho, fingindo fazer pesquisas que resultarão infrutíferas.[33]

32. Série Correspondência, Arquivo Mário de Andrade, IEB-USP.

33. CASTRO, Moacir Werneck de. Op. cit., p. 187.

Imbuído do replanejamento da narrativa, Mário de Andrade remete a Pio Lourenço Corrêa, em 29 de janeiro de 1942, carta que, hoje, atesta a data das notas de trabalho batizando como Aracina a cidade em que se passaria um trecho de As DUAS IRMÃS, a segunda parte do romance. Ali deveria morar um novo personagem, o "Mister", a ser composto a partir de informações recebidas desse amigo:

> [...] inicio em fevereiro a reescritura do meu romance *O Café*. Reli agora as notas, preparando a continuação de onde o livro estava parado, e vi que entra em breve no entrecho o personagem "o Mister", aquele escocês que foi seu amigo. É mero personagem de passagem, que me serve pra explicar por que na cidadinha de Aracina (+ ou - Araraquara) tanta gente estudara o inglês, e principalmente as Duas Irmãs, personagens importantíssimas do romance. O livro (que será enorme) tem dezenas e dezenas de personagens de passagem que pego uma vez só, conto como é, e abandono pra sempre. São verdadeiros *close-up* de cinema, que me servem pra expor a complexidade civilizada do estado de São Paulo, com a riqueza subitânea do café, a consequente atração de estrangeiros de todo o mundo. Não tem pressa, vá me contando aos poucos o que sabe do Mister.[34]

O regresso à escritura é noticiado a Henriqueta Lisboa, no dia 30 do mesmo mês: "Hoje preparei a manhã toda os meus estudos e notas, pra reiniciar na segunda-feira um romance abandonado creio que em 1934".[35] O texto é, de fato, tomado no ponto da interrupção, mais precisamente, o início da página 53 do datiloscrito da única versão conhecida da segunda parte. A anotação da pena do

34. *Pio & Mário: diálogo da vida inteira*. Ed. cit., p. 370-371.

35. SOUZA, Eneida Maria de (Org.). *Correspondência Mário de Andrade & Henriqueta Lisboa*. Estabelecimento de texto: Maria Silvia Ianni Barsalini. São Paulo: Instituto de Estudos Brasileiros/ Edusp/ Peirópolis, 2010, p. 183.

romancista, a tinta vermelha, no topo do fólio, à esquerda, confirma: "Reiniciada aqui a escritura, dia 10 de fevereiro de 1942, depois dum intervalo de mais de sete anos. M.", convalida a diferença o papel-jornal diverso daquele usado no trecho anterior e a datilografia em fita preta mais nova. Na página 65, o apontamento "(12-2-42)", datilografado bem no meio do texto, testemunha o rendimento de dois dias – doze páginas.

O trabalho acelera-se; Mário de Andrade não se preocupa com questões menores, que poderiam ser deixadas para mais tarde. Por exemplo: Alceu, o marido de Vivi, uma das irmãs que protagonizam a trama, recupera seu apelido original, Celeu, superando rasuras que o haviam substituído por Leléu. A preocupação maior é cuidar da coerência na construção ficcional, como se vê neste alerta, à página 58:

> (Tomar cuidado: se Fernandinho, o segundo filho de Clara já está andando, quando nasceu Lígia, que ainda é criança de braço? Acertar isto atrás. Vivi, Celeu não queriam filhos, Lígia viera sem eles quererem. E ainda por cima ficaram despeitadíssimos, porque Fernando já tinha dois machinhos e pra eles viera menina).

Outro lembrete, este a tinta no alto da primeira página, à direita, toma conta das fases da escritura: "Esta parte até pg. 52 inclusive, absolutamente não está trabalhada. Esta é a primeira versão", anotação provavelmente realizada quando o trabalho foi novamente interrompido.

A entrega plena à criação, atada ao romance como um todo, chega a descuidar da verossimilhança, sobretudo em notas de trabalho como esta, presa ao planejamento da 4ª parte: "Retomar agora o caso das duas irmãs iniciando a parte com Clara assassinando o filho da irmã, por causa da doença da filha". No entanto, na única versão da segunda parte do romance, aquela em que atuam as duas irmãs, a invejosa é Vivi, mãe de uma menina, Lígia; Clara tem dois meninos, Fernandinho e Joaquim.

Em outra nota preparatória, "*Café* Duas Irmãs", ao puxar o fio do assunto traição, o escritor comete um lapso: utiliza o nome do personagem do romance *Quatro pessoas*, "João", para o cunhado de Clara:

> Era com aquela camisa de esporte, depois duma visita os dois casais à fazenda do Carlos, que o cunhado, passando por ela no corredor, havia de abraçá-la e fazer-lhe abruptamente uma proposta de amor. Porém ela recusou com energia e ameaçou-o. Não contara nada pra irmã; pra quê, coitada!... Depôs o trabalhinho, imaginando na irmã. O cunhado entrava alegre duma volta no cafezal e veio fazer uma festa nela. – Oh João, você me machuca assim.

Pode-se concluir que, nesse momento da redação de *Café*, o projeto se mescla ao também inacabado romance *Quatro pessoas*. Este, desde os primórdios, institui o casal Carlos e Maria que contracena com outro casal, João e Violeta.

Em 24 de fevereiro de 1942, ou seja, poucos dias depois da retomada do romance, Mário de Andrade escreve a Henriqueta Lisboa:

> Francamente eu estou carecendo arranjar um tempinho (de várias horas!...) pra estudar melhor em conjunto estes versos novos de você... Mas esta vida! E meu romance que faz uma semana parei! E meu curso sobre a "História da poesia popular brasileira" cujo preparo ainda não comecei! E meus trabalhos do Serviço! E o resto imenso!... Sim, minha vida talvez nunca tenha estado tão completa como nestes meses de janeiro e fevereiro, mas o implacável das Horas volúveis, às vezes me deixa numa ânsia tamanha que por segundos perco a respiração.[36]

36. Idem, p. 198.

E na carta de 21-22 de março, a ela confidencia:

> Me sinto triste. Triste, não: tristonho, aborrecido de mim, achando que não dou um jeito na minha vida. Afinal das contas ando trabalhando muito, lendo alguma coisa, estudando um bocado. [...] Mas não tenho força, não tenho força! Eu não tenho coragem pra ser o literato que eu sou! Eu devia era mandar o meu ganha-pão plantar batatas, me arranjar de qualquer jeito, não ter duzentos réis pra bonde, andar de roupa gasta no corpo, mas estar escrevendo um romance, preparando o meu curso do ano que vem. Isso que eu devia fazer. Mas é aquela covardia: dou nem sei quantas horas pro Serviço do Patrimônio, preciso escrever uma porção mensal de artigos idiotíssimos pra equilibrar orçamento e me gasto estupidamente nessas bobagens que não são minhas. Eu devia botar uma bomba no palácio Guanabara pra ver se crio vergonha de ser brasileiro, mas não é meu jeito. Meu jeito! Qual que é o meu jeito! Eu não tenho jeito, sou uma besta, amanhã meio-dia tenho um almoço que não tive forças pra recusar, depois de amanhã tenho trabalhos que não tive força pra recusar, e uma reunião de noite que não tive direito (força é que é!) de recusar. Talvez o meu jeito seja mesmo este conformismo larvar de não ter força pra. Agora não estou tristonho mais, estou desesperado.[37]

De Belo Horizonte, Henriqueta aconselha o amigo, em 10 de abril:

> Creia nas minhas palavras: você não é um incompatível, ao contrário, chegam a ser emocionantes certos aspectos da sua solidariedade humana. É natural que esteja de vez em quando impaciente e cansado. Se todo mundo adivinhasse você!... Mas é preciso encontrar uma solução ao menos conciliatória: penso que ela está, por ora, no próprio romance que

37. Idem, p. 202.

você não tem podido trabalhar. Veja se consegue afastar-se do Serviço por uns dois meses, com o Capanema não será difícil uma licença. Dedique-se profundamente a esse romance, dê-nos mais um grande livro![38]

Sem poder dedicar-se ao romance, o escritor alude a *Café* em Notas Diárias, na revista *Mensagem*, em 20 de julho de 1943, ao relembrar os aspectos simbólicos de *Macunaíma*:

De uma das alegorias não me lembrava, porém a leitura de hoje fez ela me ressaltar bem viva na lembrança. Talvez a recordação chegasse tão viva agora porque, tendo imaginado retomar a composição do meu romance *Café*, o problema de formarmos, de querermos formar uma cultura e civilização de base cristã-europeia, que seria por assim dizer a tese do romance, esteja me preocupando muito. Já me esquecera da alegoria que pusera sobre isso no *Macunaíma*...[39]

Em 1943, prestes a completar cinquenta anos, ao endossar homenagem planeada pela *Revista Acadêmica*, Mário articula um esquema para o número a ser dedicado à sua produção. Em 1º de agosto seleciona, para Murilo Miranda, textos de sua poesia, assim como de sua prosa de ficção e ensaística; pergunta-se sobre *Café*:

38. Idem, p. 204.

39. ANDRADE, Mário de. Notas Diárias. *Mensagem* (Quinzenário de Literatura e Arte), a. 2, nº 26. Belo Horizonte, 20 jul. 1943, p. 1, texto republicado parcialmente em: ANDRADE, Mário de. *Macunaíma, o herói sem nenhum caráter*. Estabelecimento do texto: Telê Ancona Lopez e Tatiana Longo Figueiredo. Rio de Janeiro: Nova Fronteira, 2008, p. 235-237.

II – Prosa de ficção – Um trecho do *Turista Aprendiz*
Um trecho do romance inacabado *Café* (Aqui ainda estou na dúvida muito. Só mandarei coisas inéditas. O trecho do *Café* só pegando e relendo pra ver se tem coisa que preste. No *Turista* é mais fácil de garantir porque no ano passado, datilografei ele e me recordo mais).[40]

É significativo imaginar que a aproximação de *O Turista Aprendiz* e *Café* equivale ao primeiro instante na gênese de uma nova obra, VIDA DO CANTADOR.[41] Para executá-la, o escritor seleciona a longa sequência do romance na qual o personagem principal é Chico Antônio e captura matéria na sequência centrada no cantador nordestino, nas crônicas d'*O Turista Aprendiz*, publicadas em 1929 no *Diário Nacional*, em São Paulo. VIDA DO CANTADOR sai como narrativa autônoma, com periodicidade semanal, entre 19 de agosto e 23 de setembro de 1943, em seis partes denominadas "lições", na coluna MUNDO MUSICAL, assinada por Mário de Andrade na *Folha da Manhã*, em São Paulo. Depois da última lição publicada, o tema se desdobra, no ano seguinte, em artigos de cunho etnográfico, na mesma coluna, e no *Correio da Manhã*, do Rio de Janeiro. Deve-se ressaltar que no primeiro desses textos, O

40. ANDRADE, Mário de. *Cartas a Murilo Miranda (1934-1945)*. Org. Raúl Antelo. Rio de Janeiro: Nova Fronteira, 1981, p. 155.

41. A edição crítica de *Vida do Cantador*, dissertação de mestrado de Raimunda de Brito Batista, sob orientação de Telê Ancona Lopez, defendida em 1987 na FFLCH-USP, foi publicada em 1993 pela Editora Vila Rica. A edição tomou por base não o manuscrito do romance *Café*, mas a parcela referente ao personagem Chico Antônio publicada no jornal *Folha da Manhã*, a ela agregando o prolongamento de cunho etnográfico. Na verdade, a edição utilizou-se dos recortes do texto impresso reunidos e emendados pelo escritor, que, ao sobrepor rasuras aos textos publicados, os transformou em outro manuscrito.

CANTADOR, publicado em 6 de janeiro, o autor classifica VIDA DO CANTADOR como "conto", reconhecendo-lhe o caráter ficcional.

Apesar de não mencionar a filiação ao romance, a recriação de *Café* em VIDA DO CANTADOR pode ser acompanhada no cotejo com o manuscrito. Seguindo o plano traçado pelo escritor, VIDA DO CANTADOR abarca as páginas 1 a 17 da 3ª versão da primeira parte do romance, onde estão marcas que buscam, sobretudo, delimitar o fim de uma lição e o início de outra. A ação de extrair para publicar é referendada pela nota a grafite, no datiloscrito da terceira versão de *Café*: proposição do tema: "Agora vos contarei em seis lições a vida do cantador",[42] frase que, no percurso da criação, marca a transposição e dá tonalidade épica ao texto, ao parodiar o preâmbulo dos cantadores e aedos. É provável que esse aproveitamento tenha suscitado uma versão passada a limpo para o jornal, de onde nunca voltou. A hipótese decorre do confronto do texto publicado na *Folha da Manhã* com a 3ª versão do manuscrito de *Café*, que revela número expressivo de variantes – substituições, acréscimos e supressões. A primeira "lição" de VIDA DO CANTADOR traz acréscimos oriundos da entrevista que o cantador de cocos potiguar Chico Antônio concedeu a Antônio Bento de

42. Ao seguir o plano de *Vida do Cantador*, transpondo a frase que abre a série para a 3ª versão de *Café*, o escritor hesita entre o uso da forma verbal mais popular "vou contar" (como estava no plano) e a forma mais erudita; no manuscrito da 3ª versão anota: "vos contarei". Para a publicação em jornal, o verbo é substituído e a abertura fica "Agora vou cantar em seis lições a vida do cantador:". É possível estabelecer paralelo entre a frase e o primeiro verso de um dos poemas da *Lira paulistana*, também da década de 1940, cuja estrofe é: "Agora eu quero cantar/ Uma história muito triste/ Que nunca ninguém cantou,/ A triste história de Pedro,/ Que acabou qual principiou." (ANDRADE, Mário de. *Poesias completas*. Ed. cit., v. 1, p. 513).

Araújo Lima, amigo de Mário, no Engenho Bom Jardim, onde o escritor o conhecera.[43] Já a última "lição" reformula o esboço "Chico Antônio e os bois", no manuscrito de *Café*.

As relações do romance com o libreto para a ópera *Café* são objeto da carta de Mário a Carlos Drummond de Andrade, de 3 de março de 1943:

> Eu queria que você me fizesse o favor de ler o *Café* (poema coral em três atos e cinco quadros) que acabou explodindo enfim.
> As primeiras ideias disso me vieram por 33 ou 34, que eu andava preocupado com o problema do teatro cantado e da ópera. Todo o grande teatro social da Antiguidade, das grandes civilizações asiáticas, do Cristianismo religioso, e todo o teatro folclórico, realmente do povo, sempre foi cantado. [...] Então me veio a ideia vaga de um drama cantado mais diretamente baseado nas forças da vida coletiva e como então andava escrevendo o meu ex-romance *Café*, me lembrei do mesmo *Café* como base, mas com assunto que nada tem a ver com o romance.[44]

Mesmo assim, o escritor transpõe para o libreto diversos elementos de seu "ex-romance" (retomado no início de 1942), como explica a Mário da Silva Brito, no *Diário de S. Paulo*, em 2 dezembro de 1943:

43. Documento integrante do manuscrito de *Na pancada do ganzá*, série Manuscritos Mário de Andrade, Arquivo Mário de Andrade, IEB-USP.

44. ANDRADE, Carlos Drummond de. *Carlos & Mário*: Correspondência de Carlos Drummond de Andrade e Mário de Andrade. Organização: Lélia Coelho Frota. Apresentação e notas às cartas de Mário de Andrade: Carlos Drummond de Andrade. Apresentação e notas às cartas de Carlos Drummond de Andrade: Silviano Santiago. Rio de Janeiro: Bem-Te-Vi Produções Literárias, 2002, p. 485-486.

> Eu tinha iniciado um romance com esse título, mas, em 1935, parei de escrevê-lo. Nunca mais peguei nele, e nem pretendo retomá-lo nunca mais. Até tirei muita coisa do seu texto para aproveitar em crônicas musicais. A VIDA DO CANTADOR, por exemplo, recentemente publicada em jornal, é do *Café*.[45]

A pergunta do entrevistador "Quer dizer que abandonou esse trabalho definitivamente?" é assim respondida: "Sim e não. Sim, porque morreu como romance. Não, porque vai ser uma ópera. [...] Dele extraí elementos para um trabalho desse gênero."[46] No manuscrito do romance, a nota de planejamento intitulada "*Café/ Final*" – "Nesta parte é que a sensibilidade geral é de revolta, não conformismo, comunismo, violência e comoção" –, torna-se filão explorado no libreto da ópera *Café* ao desenvolver a problemática social relacionada à crise na exploração do produto. O plano "*Café/* Cronologia" prevê: "*Final/* Rebenta a Revolução de 5 de outubro. Angústia da cidade. Vitória", abandonada a redação do romance este é o desfecho utilizado no libreto da ópera.

Entre 18 e 21 de dezembro de 1942, visando à publicação do libreto, Mário de Andrade esboça uma introdução em que, ao historiar a criação da ópera *Café*, demonstra sua consciência do risco do inacabamento do qual o texto fora salvo por conta de seu valor social:

45. ANDRADE, Mário de. *Entrevistas e depoimentos*. Ed. cit., p. 97.
46. Trecho extraído de BRITO, Mário da Silva. *Diário intemporal*. Rio de Janeiro: Civilização Brasileira, 1970, p. 169-170, que modifica trecho da entrevista que ele mesmo fizera em 1943, UMA EXCURSÃO PELO FICHÁRIO DE *MACUNAÍMA*, recorte na série Matéria extraída de publicações, no arquivo do escritor. Entrevista publicada em: ANDRADE, Mário de. *Entrevistas e depoimentos*. Ed. cit., p. 93-98.

[...] resolvi descansar deixando os textos dormirem na gaveta até que eu os pudesse retrabalhar com mais felicidade. [...] Quando fui pra guardar na gaveta aquela papelada imensa [...] não consegui me vencer. Embora certo de não pegar naquilo tão cedo, não sei, tive ciúme, tive a sensação detestável de abandono, de desistência final, se sepultasse aquilo na gaveta. Mais outro entre os mil e um trabalhos abandonados. Peguei com raiva na pasta, a sufoquei sob as várias pastas de outros trabalhos em andamento, estudos de ofício, obras encomendadas, contos do acaso. Mas sempre estava ali, senão visível, sensível à minha vista e ao meu coração. Na verdade, mais que nenhum outro eu "precisei" criar o *Café*. Ele representa um completamento do meu ser, uma exigência moral do meu ser.[47]

Segundo Flávia Camargo Toni, na tese de livre-docência *Café, uma ópera de Mário de Andrade*: estudo e edição anotada,[48] o início do trabalho no libreto da ópera ocorre quando Mário se aproxima com outros olhos desse tipo de produção artística. Preocupado com a "importância social do teatro cantado", ao idealizar o libreto para a ópera, privilegia massas corais em detrimento de solistas, sendo a única personagem solista a Mãe, "a receptora de todos os sofrimentos",[49] aquela que guarda toda a dor da Terra e dos filhos da Terra atingidos pela fome. A preocupação de Mário com o papel social da arte, muito forte nessa época, manifesta-se, de forma contundente, no ano seguinte, na entrevista a Francisco de Assis Barbosa, Acusa Mário de Andrade: "Todos são res-

47. ANDRADE, Mário de. Introdução – *Café*. In: *Poesias completas*. Ed. cit., v. 2, p. 71.

48. Tese apresentada como um dos requisitos no concurso de livre-docência, no Instituto de Estudos Brasileiros, 2004.

49. ANDRADE, Mário de. Introdução – *Café*. In: *Poesias completas*. Ed. cit., v. 2, p. 56.

PONSÁVEIS". OS INTELECTUAIS PUROS VENDERAM-SE AOS "DONOS DA VIDA", no jornal *Diretrizes*, 6 de janeiro de 1944.[50]

Nessa INTRODUÇÃO ao libreto da ópera, Mário de Andrade frisa o sentido da sua criação:

> A minha intenção não era, nunca fora livremente estética desde as primeiras preocupações que me tomaram com intenção criadora. Eu carecia da apoteose como uma definição que era. Enfim, se tratava muito conscientemente de um aproveitamento dos valores estéticos da beleza para criar uma obra-de-arte que iria servir de lição. E uma lição, eu imaginava, tão intencional, que devia se tornar bem clara, bem legível e principalmente bem impregnante. [...] Não só a lição do enredo tinha de ser fácil, não só os textos claros, mas a música fácil e clara também. Música, não banal como certo melodismo italiano, [...] mas fácil, franca, popular, que o povo saísse cantando e assobiando na rua.[51]

O anseio do escritor de ver o povo "assobiando na rua" a música da ópera *Café* não se concretiza, porém. Na INTRODUÇÃO ao libreto, ele próprio aponta o problema:

> [...] o compositor podia e devia modificar meus textos livremente, cortando, ajuntando, repetindo e o diabo: por outro lado me era impossível deixar de sentir o agrado em que ficava de uma ideia mais liricamente expressa, de uma invenção, uma imagem, um ritmo mais eficaz como valor artístico. Inda por cima: sabendo o meu tanto de música, o condicionamento de versos, de trechos inteiros à obtenção de um determinado efeito e mesmo de uma exigência técnica exclusivamente de ordem musical, vinham prejudicar inda mais a obra-de-arte nos seus textos, isto é,

50. Idem. *Entrevistas e depoimentos*. Ed. cit., p. 99-109.

51. Idem. INTRODUÇÃO – *CAFÉ*. In: *Poesias completas*. Ed. cit., v. 2, p. 57.

naquilo que, embora secundário como realidade dela, derivava também da sua essência mesma, do seu assunto e podia, por infeliz, prejudicar a definição ulterior da sua mensagem.[52]

Em dezembro de 1942, o libreto concluído é entregue a Francisco Mignone, a quem cabe transformá-lo em música. Contudo, as excessivas intenções e indicações musicais manifestas por Mário-músico nos próprios poemas, assim como nas cartas a Mignone, tolhem a liberdade artística do compositor, que não conclui o trabalho.

Antes de novembro de 1943, examinando "a possibilidade de transformar" em conto a parcela do romance em que o casal de sírios é apresentado, o escritor relê o manuscrito para localizar os trechos de interesse; traça um plano. Então, em sua releitura da 3ª versão da primeira parte de *Café*, ao encontrar as sequências desejadas, assinala a lápis vermelho as páginas e anota-lhes os números a grafite, no plano.

Provavelmente derivado da mesma leitura do manuscrito, mas sem deixar marcas no texto, surge o plano de um conto cujo protagonista seria formado pela fusão de dois personagens do romance *Café*: o "aleijado malevo que vivia na escadaria do Correio" e o "marujo que se tatuava".

Em novembro de 1943, Mário faz um esquema e esboça uma nota para a 2ª edição de *Primeiro andar*, manifestando sua intenção de acrescentar ao livro o conto Os SÍRIOS. A obra de 1926, publicada pela Casa Editora Antonio Tisi, tinha recebido uma "falsa" 2ª edição, em 1932, pela Editora Piratininga, que só havia retirado a advertência inicial e trocado a capa.[53] Ao tomar um exemplar desse livro, o contista rasura textos e, ao desistir de re-

52. Idem, v. 2, p. 70.

53. MARQUES, Aline Nogueira. RESTITUIR *OBRA IMATURA*. In: ANDRADE, Mário de. *Obra imatura*. Edição coordenada por Telê Ancona Lopez.

publicar *Primeiro andar*, anota na folha de rosto a tinta vermelha: "Deste livro não se faz reedição em vida do autor. É ruim demais./ S. Paulo, 17-XI-43/ Mário de Andrade." Em junho de 1944, sai, pela Editora Martins, *Pequena História da Música*, volume VIII das Obras Completas. Na lista dessas obras, o primeiro volume, *Obra imatura*, é composto de: 1 – Introdução, 2 – *Há uma gota de sangue em cada poema*, 3 – Contos, selecionados do *Primeiro andar*, 4 – *A escrava que não é Isaura*. No bojo de *Obra imatura*, o conto Os SÍRIOS ganharia valor de época. A lista das Obras Completas se repete em setembro de 1944, quando *Macunaíma*, volume IV, chega às livrarias, e em dezembro, na edição de *Amar, verbo intransitivo*, volume III.

Em 25 de setembro de 1944, no papel timbrado do Instituto Nacional do Livro, surge novo plano intitulado Os SÍRIOS, ao lado do esboço do parágrafo final do conto: "E de vez em quando, com a distância de meses, Nedim voltava a São Paulo. Contava o dinheiro, o escondia outra vez no guarda-roupa, acrescido de rendimento novo e partia."

Em carta de 20 de agosto de 1944, enviada a Newton Freitas, Mário comenta seu processo de criação e justifica ter deixado o romance *Café* inacabado, revelando as pressões recebidas e, diante delas, a impossibilidade de concluir a grande obra esperada por todos e até por ele mesmo:

> Ah, meu irmãozinho! você alude a sua dificuldade de escrever, dizendo ter inveja da minha facilidade... Se eu lhe confessasse tudo, você ficava horrorizado. [...] A minha única facilidade, acredite, é escrever com re-

Estabelecimento de texto: Aline Nogueira Marques. Rio de Janeiro: Nova Fronteira, 2009.

gularidade, sempre, nem que seja pra jogar fora. E disso vem a minha produção enorme. E também, esta produção, vem do princípio de transitoriedade da arte que me dei. Como jamais me preocupei de ficar, não faz mal a precariedade que vejo em todas as minhas obras. Só uma vez, o excessivo entusiasmo alheio pela promessa, me pôs na presença do desejo de escrever uma obra que fosse de grande valor, o romance *Café*. Pois tive que desistir: a intenção de escrever uma obra de grande valor (me inculcada pelos outros, isto não há dúvida) me impossibilitou totalmente de escrever e percebi que era uma pretensão. Mas que já não podia mais abandonar. Oh como me perguntavam pelo romance, como me martirizavam o que ia ser! Sofri como um desgraçado e o sofrimento só acabou quando decidi decisivamente abandonar pra sempre o livro. Mas ficou a saudade...[54]

Na mesma linha de pensamento, refletindo sobre seu processo de criação e o abandono que dá por definitivo ao romance *Café*, expõe a questão a Carlos Drummond de Andrade, em 24 de agosto de 1944:

E então, e também pela criação do *Café* logo depois, principiei dando atenção mais cuidadosa aos meus processos de criação. Não pra modificar coisa nenhuma, não por reconhecer a menor insinceridade nos meus processos de criação, mas pra verificá-los.

Eu não tenho, como certos escritores dizem ter, pelo menos "dizem", um processo único de criação artística. A não ser isso: estar fatalizado, ser mandado por qualquer coisa que eu não sei bem o que é, que independe de mim, que é superior a mim, e me manda, e sou obrigado a obedecer. Que a ideia primeira seja uma espontaneidade, isso ninguém pode discutir, a psicologia existe. Mas o fato é que jamais, o simples fato de surgir a ideia

54. ANTELO, Raúl (Org.). *Correspondência Mário de Andrade & Newton Freitas*. São Paulo: Edusp/ IEB-USP, Florianópolis: Editora UFSC [no prelo].

de tal poema, tal conto, tal isso, me basta. Tomo nota da ideia, isso sim, duns tempos pra cá dato ela e... e espero. Às vezes penso obrigatoriamente nela, pra ver se provoco o estado de criação [...]. Mas enquanto não estou fora de mim, mandado, não escrevo. E tudo, depois do aparecimento da ideia, varia muito. Às vezes sinto a fatalidade sem que haja ideia primeira. Sento e escrevo o que vem vindo, quando acho bom guardo, quando não presta rasgo. Às vezes o mando vem com a ideia e a coisa se cria imediatamente, mas isto é mais raro. E às vezes espero, espero, e a coisa dura muitos anos pra chegar. [...]

O resto, as correções, as variantes, tudo isso é duma diversidade de aspectos incontroláveis. Aliás a respeito da minha ideia, ainda tem mais: muitas vezes fica só nisso, e a fatalidade de escrever não chega nunca. O caso mais engraçado disso é o do "lindíssimo" poema da MEDITAÇÃO SOBRE O AMAZONAS, cuja ideia primeira veio nessa viagem. [...] Mas nunca saiu... Abandonei. Abandonei como o romance *Café* só que este, não porque não viesse, mas porque eu não estava mais livre. Quando imaginei neste romance, achei o título tão bom mas tão fácil de qualquer um achar que no primeiro livro que publiquei em seguida anunciei ele entre as "Obras a publicar". Foi o mal. Tanta gente se interessou, tanta imaginou no que ia ser, tanto amigo inocente me perseguiu com perguntas, entusiasmado, aplaudindo preliminarmente aquele... coroamento de carreira que iria enfim justificar o insatisfatório que existe em todas as minhas obras, que me vi, diante do papel branco, não só na obrigação de escrever a obra-prima, mas o que é horrível ainda mais: na intenção, na vontade, de criar uma obra-prima. O que eu sofri, Carlos, você não pode imaginar. Até que um dia desisti, em favor da minha liberdade. Da minha sinceridade.[55]

Em 1930, em *Remate de males*, o romance *Café* aparecera, como se sabe, na lista de obras em preparo, e a expectativa despertada

55. ANDRADE, Carlos Drummond de (Org.). Op. cit., p. 525-527.

aos poucos se converte na angústia e no desejo do escritor de criar uma obra-prima. Nesse caso, o inacabamento equivaleria ao resguardo da liberdade, já que permitiria ao criador libertar-se das especulações alheias e das cobranças de si mesmo.

Sobre o mesmo problema, Mário de Andrade, em carta de 16 de junho de 1943, pontua sua insatisfação com as especulações de amigos. A Fernando Sabino, que desejava reler a "concepção melodramática" de *Café*, para melhor opinar sobre ela, responde:

> Você me falou que desejava ler outra vez o *Café* pra ter opinião mais livre. Você tem razão, mas antes de mais nada não se esqueça que o *Café* não me satisfaz. Não falo como realização que isso ele não me satisfaça, nem ele nem nenhuma obra minha, nunca. O *Café* não me satisfaz, quero dizer: no sentido de que eu não posso ficar nele. Eu sinto é verdade que, no instante, ele foi um como que completamento de uma etapa. E apenas isso. Está claro que, nesse sentido, ele me completa também, mas eu sei que ele seria um completamento de mim só se eu morresse agora, já, coisa que não parece muito provável. Mas, e agora? o que fazer? Me lembrei de um livro de combate, que se chamaria *Vademecum para os artistas de boa intenção*, uma espécie de divagações sobre estética, arte, o artista, funcionalidade da arte, do artista, da obra-de-arte. Guarde pra você o que estou lhe contando. Se trata apenas de um projeto muito vago, de que nada está escrito, só imaginado em desordem. E se você contar vai ser esse sofrimento chato de todo dia a gente escutar "E o *Vademecum* como vai?", coisas assim. [...] Em todo caso, não sei nada e nem a você dou o direito de me perguntar nunca "Em que ficou o projeto do *Vademecum*", te mando naquela parte.[56]

56. ANDRADE, Mário de. *Cartas a um jovem escritor*: de Mário de Andrade a Fernando Sabino. 3ª ed., Rio de Janeiro: Record, 1993, p. 72-73.

Ao recolher menções ao romance *Café* na correspondência de Mário de Andrade, observa-se como a criação é partilhada com diferentes interlocutores e como, desde o início da redação até a morte do escritor, o texto está presente na preocupação dele.

Um dos dois planos para a transformação do fragmento do romance *Café* em conto – datado "S. Paulo, 25-IX-44", isto é, cinco meses exatos antes da morte do escritor – mostra o potencial e a gigantesca carga psicológica do romance *Café*, que, ao não serem objetivados segundo o projeto de Mário de Andrade, haviam-se tornado dínamo gerador de outros projetos. Caixa de Pandora, onde resta a expectação do vir a ser, promessa anunciada, janela que se abre em janelas nas quais se vislumbram paisagens cada vez mais instigantes.

Esta edição A presente edição apresenta o texto estabelecido da 3ª versão da primeira parte de *Café* e o texto da única versão da segunda parte do romance. Em notas de rodapé são apontados hesitações, alertas e lembretes do escritor ao longo do seu texto, bem como expressões, personagens, temas e motivos narrativos de *Café*, que se mostram como migrações ou permutas com outros textos de Mário de Andrade. Ao atualizar a ortografia pela norma vigente, a edição respeitou idiossincrasias gramaticais como a flexão do advérbio "meio", concordando com o adjetivo, e idiossincrasias ortográficas do romancista, fundamentais ao ritmo de sua frase. Foram mantidas formas como: esmôque, fachismo, há-de, hei-de, insultoso, malémal, malestar, meidia, nalma, quianti. Do mesmo modo foi levada em conta a grafia fonética nos casos de adequação à fala dos personagens. Por exemplo, a do italiano em: "– Tem paciendza, Carmella! samos hotelêro!" ou "larandja, bánána, friguêis!"; ou a dos brasileiros: dotô, ingrêis, intaliano, nhor-sim, oi'li, vam', vam'bora. Soluções que garantem a fidelidade ao projeto literário decalcado no manuscrito. O livro completa-se no dossiê de documentos do processo criativo do romance.

Esta edição advém da tese de doutoramento *Café*: o trajeto da criação de um romance inacabado de Mário de Andrade, defendida na Universidade de São Paulo, na área de Literatura Brasileira e, por esse motivo, cabe ressaltar o essencial apoio da Fundação de Amparo à Pesquisa do Estado de São Paulo (FAPESP), que me concedeu bolsa para realização do projeto.

Agradeço a Telê Ancona Lopez, minha orientadora, e aos professores que integraram as bancas examinadoras: Alfredo Bosi, Cecília Almeida Salles, João Roberto Faria, José Luis Jobim, Maria Augusta Fonseca e Philippe Willemart. Meu reconhecimento estende-se aos estagiários, professores e funcionários do Instituto de Estudos Brasileiros da Universidade de São Paulo, onde comecei a desenvolver pesquisas em 1993, ano do centenário de Mário de Andrade, bem como aos colegas com quem, nestes anos, partilhei experiências: Marcos Antonio de Moraes, Flávia Toni, Aline Novais, Ângela Teodoro Grillo, Flávio Rodrigo Vieira Lopes Penteado Corrêa, Leandro Raniero Fernandes, Lilian Escorel, Luciana Barongeno, Márcia Jaschke Machado, Marina Damasceno de Sá, Paulo José da Silva Cunha, Rosana Fumie Tokimatsu e Rosângela Asche de Paula. E àqueles que me auxiliaram na reta final da montagem da tese: Aline Nogueira Marques, Clóvis Alonso Júnior, Luiz Guilherme de Godoy e Vera Silvia Camargo Guarnieri. Lembro que o meu trabalho beneficiou-se da presença pontual dos meus familiares, dos meus amigos; de meu companheiro, Renato Figueiredo, especialmente.

Dedico este trabalho a Eunice Longo dos Santos, minha mãe, à sua coragem engajada na defesa dos direitos dos trabalhadores e na luta pela democratização do Brasil.

CAFÉ

ROMANCE

PRIMEIRA PARTE

A NOITE DE SÁBADO

Chico Antônio apenas se percebera um pouco enfarado quando a noite caída não permitiu mais enxergar as paisagens passando pelo trem. Ficara nesse estado suave de paciência que no geral veste os incultos quando caceteados. Não procurara reagir, examinando os outros viajantes ou metido nalgum pensamento. Se mantinha, um bocado maior pela relaxação do físico, nessa intimidade com o vazio, em que o ser se vegetaliza, bom, quase desaparecido.

Mas agora as luzes pipocavam lá fora, aos fios, aos grupos, e uma cidade enorme, toda iluminada, aparecia. Os viajantes preparavam pra descer.

– Faz favor, dona, é São Paulo?

– É.

O cantador se ergueu e ficou bem ridículo nas mangas curtas e nas calças tão insuficientes que, além dos botinões, mostravam um naco de meia. O paletó quase estourou, abotoado. O cantador sacudiu as pernas pra ver se as calças descendo, o deixavam mais folgado, mas a roupa era apertada de nascença, e se alisava nas ondas da musculatura, indicando o corpo de boa proteção.

O trem parou. Chico Antônio deu um bruto dum encontrão nos vizinhos e caiu na risada. A mulher olhou pra ele com raiva.

– Desculpe, dona, tava distraído.

A mulher achava que fora de propósito, quis ofender, mas recebeu em cheio uns olhos tão bonitos que sentiu-se infeliz. Chico Antônio olhava pra ela sorrindo. Era banguela. Faltavam os dentes da frente no maxilar superior, o que a princípio desajeitava um bocado o gosto de o contemplar. Perto dos dois não tinha mais ninguém. De repente a mulher se percebeu tão sozinha dentro da honestidade que partiu fugindo, incapaz de reagir, danada com o "sem-vergonha".

Chico Antônio suspendeu do entremeio dos bancos o bauzinho de lata, e erguia a trouxa, quando os vidros quase quebraram com as batidas de fora.

– Êh! Chico Antônio! Desce, é aqui!

O rapaz suspendeu a colheita dos badulaques, pra contemplar a figura do velhote fora. Murmurou suavíssimo:

– Ôh, seu João!...

Mas o velhote berrava gesticulado, não se escutava direito, "não esqueça os teréns", "desce logo"...

– Já vou, nhor-sim.

Tirou do porta-maleta o canudo de lata vistosa, caramelos Renda, Priori & Irmão, Recife, tapado aos lados por espelhinhos de tostão. O canudo gemeu um ruído chiado de chumbo. Era o ganzá, a que o coqueiro ligara as pontas com um barbante pra carregá-lo a tiracolo. Seu João, à vista do instrumento, sorvia o mundo numa gargalhada mãe. O cantador sorriu de conivência. Apertou o bauzinho debaixo do braço, pingou a trouxa nos dedos, e sem pressa foi seguindo de banda entre os bancos, num movimento ondulado.

Na plataforma seu João o abraçava que mais o abraçava, Chico Antônio principiou desapontando.

– É melhor a gente ir embora, seu João...

Seu João falava. Respondia às próprias perguntas que por enquanto eram apenas pretexto pra disparar numa alegria de saudades do passado sertanejo, imposto pela presença do moço. Chico Antônio, da altura invulgar que tinha pra indivíduo nordestino, descia os olhos sobre o velho, sorrindo naquele desaponto inexato em que ficava sempre diante dos afetos.

Mas seu João não dava tento nisso, abraçando mais, beijando com as frases. Chico Antônio era pra ele uma esperança acumulada em admiração, desde os tempos em que, parido sem mãe nos carnaubais do Açu, um dia o menino surgira na praia do açude seridoense, já gasto de experiência e envilecido pela magrém. Puxava o ganzazinho do bolso da calça e por várias horas espantava e acalantava sertanejo, com a precocidade do canto. Depois descansava por aí, tonto do esforço e de cachaça, mas com brote na barriga e algum cruzado pro que desse e viesse. Seu João era casado, morador duma fazenda de algodão. Além das reses, uma filharada na qual três boiatos na idade do rapsodinho. Teve pena. Levou mais esse pra casa, e foi numa bondade invisível que Chico Antônio cantou e trabucou até os vinte anos.

Então a aventura deu pra caminhar depressa, e não querendo casar com a moça que por acaso, por causa só da mocidade, ele perdera, Chico Antônio partiu buscando os montes sem folha do sertão da Paraíba. Vivera por lá aventurando. A voz dele ganhava cor, parecendo recolher a quentura e ouro do sol. Chico Antônio vencia fácil nos desafios, ganhava sem disposição. Deu pra partir outra vez e andou calejando a vaidade em Pernambuco, de novo na Paraíba e por fim nos engenhos do estado natal, onde parou. Parou porque a Isabel era mais protegida que ele, não carinhava sem casar. E o coqueiro, não podendo aguentar mais, casou. Ali pelo quarto dia de casado, percebeu que agora possuía mulher pra sempre e casa pra sustentar. Não imaginou nisso por estas abstrações, porém a consciência do casamento lhe pusera de novo na lembrança a imagem de seu João, que agora ele repetia. Sentiu carinho e imaginou que o pai havia de gostar daquele fim. Soubera vagamente, inda nos tempos da Paraíba, que o velho andava meio atrapalhado com duas secas gêmeas e, de mais a mais, sem os filhos machos que tinham partido pro Sul. Decidiu visitar seu João, e naquela mesma noite, ele e Isabel largaram pé na estrada, rumo do Seridó.

Pelo meidia do terceiro arranco, às batidas do cantador, um homem de nariz meio acurvado, olhos suaves e barbinha rala, imagem de Jesus, surgiu na porta do rancho conhecido. Não havia mais seu João ali, era outro morador, outra família, seu João fora embora pro Sul. E a sensação dum baque forte. Na vila sabiam melhor. Chico Antônio e a mulher deram um pulo até Parelhas; e Isabel, fatigadíssima, já principiou pesando ao moço que, à vista do paredão da Borborema, desejou saber como era o outro lado de lá.

Em Parelhas os conhecidos sabiam tudo. De primeiro os filhos mandaram uma dinheirama verdadeira, duzentos mirras, sim senhor! Depois chamaram o pai. Há que tempos que ninguém não recebia carta mais, porém o velho estava enriquecendo completamente, colono da fazenda Santa Eulália, que ficava mesmo na beira do trem de ferro paulista. Deram a direção. Chico Antônio foi comprar um postal lindo, moça mais moço se beijando e algumas pombas. "Estou morando no engenho Bom Passar, junto de Penha. Muitas saudades a todos do Chico Antônio", o dono da mercearia escreveu pra ele no postal.

– Grude o selo... Não! passe a língua atrás, tem cola.

Chico Antônio levou tempo, ajeitando carinhosamente o selo. Depois saiu da agência, bem feliz. E desta vez, em dois arrancos, mais a Isabel que sofria, chegou em Bom Passar.

Porém a imagem de partir ficara frequentando as caminhadas que Chico Antônio fazia nos trabalhos soltos do engenho. Às vezes parava de repente uma dessas emboladas obcecantes que cantarolava dia inteiro, sorria. Imagina só ele estourando em Santa Eulália, que alegria que não dava a seu João! Isabel lhe desaparecera dos cálculos. Não havia Isabel. Não pesava mais. Nunca mais seria capaz de repetir, por causa dela, aquela sensação desagradável de paralisia que tivera à vista da Borborema. Gozava a mulher de noite porque a rede era a mesma, vivia de corpo completo sem pensar noutra mulher, porém isso apenas porque o corpo estava completado. Era capaz de querer bem mas incapaz de amor. Seria duma fidelidade circular se não tivesse que partir. No momento, ir-se embora pro Sul era um desejo objetivo, mas na constância dele, partir era uma fatalidade quase física. De altura invulgar naquelas regiões de vegetação arbustiva, onde até o coqueiro se ajeitava recurvo pra andar rente do solo, como que as ventanias o empurravam. Andarilho por delícia, por destino, não possuía noção de tempo nem de espaço. E talvez por causa de não perceber tempo e espaço, tinha uma paciência chegadeira que na sexualidade o levava até as vitórias do macho, e, nas noites de desafio, a respostas duma compridez tão quieta que exercia sobre os ouvintes e o próprio adversário um poder de encantação. Todo mundo acabava embevecido nele, e o rival religiosado cedia, sentindo esse gosto em ceder que os crentes têm.

Mas era capaz dos afetos mais duradouros, das amizades mais sóbrias, desque não entrasse uso de pensamento nisso. Tinha raivas, mas raríssimas por causa da paciência extrema. Ódio, jamais não soubera o que é. Na companhia de cangaceiros, alto sertão de Pernambuco, uma feita um mulatão levou pra casa a mulher com que ele andava. A circunstância de não carecer disputar uma posse que não desejava mais, o impediu de enraivecer. Medo não sabia ter, e mesmo já cangaceirara um bocado na politicagem de Catolé do Rocha. Mas a vaidade fica sempre espicaçada com uma coisa dessas, a de Chico Antônio ficou. Quando lhe contaram o roubo, acariciou a faca. Se o outro estivesse ali, havia morte. Chico Antônio, cotovelo afincado no muro de pedra, meditando vingança, principiou batendo no canino a unha curta do polegar, fortemente orlada de carne. O ruidinho das batidas balanceou o cantador, nasceu um ritmo suave, a unha embolava bem. Isso bastou.

– Vou-me embora daqui – falou rindo pro linguarudo.

E este viu com desaponto Chico Antônio partir, sem pressa, dizendo adeus pra todos, ganzá no ombro, naquele passo inclinado com que mesmo no raso parecia estar subindo morro sempre. Comendo estrada por mais uma vez.

Estava já nesse vai-não-vai, desligado de tudo, quando uma carta de seu João chegou. Trazia carinhos, censuras, e a sentença de que enfim a gente acaba sempre acostumando com o que é bom. Abundância, fazenda com tudo dentro, um filho casado, uma filha casada: venha, meu filho, vem embora pro Sul... Chico Antônio saiu depressa, amarrotando no bolso a carta que o outro lera. Saiu por instinto de defesa, a carne apertando de ternura. A carta lhe dera uma presença tão insatisfatória do pai, o cantador ficou numa comoção vertiginosa. Tudo estava rolando nele, o respiro espaçara angustiado, Chico Antônio chorou. Chorou à moda dele, os olhos abriram muito, parados, relumeando metalicamente. E uma sensação líquida de malestar era essa queda de corpo repentina, o exterior faz silêncio e uma acuidade nova percebe no ser o escorrimento da vida. Marchou mais. A tarde caía sem tristeza, molestada pelo voo dos morcegos. O terreno se elevava um pouco pra entrar na catinga. Na barra do plano inclinado as várzeas principiavam, desprestigiadas agora, canaviais antigamente. Mas o Nordeste é assim: água de menos, água de demais... Viera uma cheia formidolosa que carreara pra aquela vargem mais de metro de areia. O massapê dormira pra sempre debaixo da camada. Não dava cana mais. Dava os pitus das fritadas, colhidos nos lagoões maiores, marginados de sapo e lírio-roxo.

Com o andar, a agitação foi se acalmando aos poucos e Chico Antônio parou. Estava musicalizado, não sentia nada de novo mais, sem problemas de vida, possuído outra vez duma paciência cósmica. Era uma tarde caindo sem tristura. Chico Antônio voltou. Trocou umas palavras com Isabel, meio sem quefazer. Depois acariciou o ganzá. Foi com ele pra porta do rancho. Se pôs a sacudi-lo, com invenção sem vontade, ponteando docemente, num arrasto chiado de chumbo. Às vezes uma pancada súbito forte, três, quatro seguidas, esboçando um ritmo logo esmaecido no melancólico chio. O ganzá estava irregular mesmo que um coração alterado. Isabel tirou os olhos da costurinha e de repente ficou sem imagens, assustadíssima. Lhe deu um pressentimento horrível, mas de nada. Não pôde mais trabalhar, de boca aberta, escutando muito, enquanto a escuridão entrava nela. Se ergueu, parecia boba, largadamente triste, como se o corpo estivesse doente. Armou a rede na camarinha, deitou-se nela. Fechou os olhos pra dormir.

A noite viera sem ocupação, e os nordestinos tinham saído de seus ranchos, com vontade de cantar. Se fosse noite de sábado já o mugido de alguma "chama" estaria convidando toda a várzea pro zambê. Mas o ar passava calmo e o cicio do vento só trazia a parolagem das conversas e algum brinquedo de criança. Depois trouxe um chiado mal ouvido. Mas todos se botaram na escuta. De repente o vento contou verdadeiras, três, quatro batidas de ganzá. Em todos os moradores, num raio largo da várzea, a figura de Chico Antônio apareceu. E todos partiram pra ele, na pancada do ganzá.

Na escureza, Chico Antônio percebeu um vulto chegando. Boas-noites. Vieram outros, mulheres também, principalmente as virgens. Davam boa-noite e ficavam por ali esperando. Às vezes uma frase de conversa, que no geral caía no vago sem que ninguém recolhesse. Um negrinho magruço, bem diferente daqueles atarracados potiguares, escrofuloso, preparado pra sacanagem e morte, chegou também, trazendo seu ganzá. Chico Antônio tomava posse de todos, numa indiferença inconsciente. Mal respondia às saudações. Outro coqueiro viera também, trazendo um reco precário, feito de arame e cápsulas de garrafa de cerveja. Mas o cantador estava lá nuns mundos, sem nada de principiar. Ofereceram cachaça a ele. Bebeu se esquecendo de agradecer, já meio atordoado da muita música que o movia por dentro, naquela divina má-criação dos artistas que sabem possuir seu público. Só a memória do hábito fez ele deixar no fundo do copo a gota de preceito, que a gente joga no chão, cedida aos espíritos do ar. Quando o calor do álcool se estendeu pelo corpo todo, Chico Antônio pigarreou. Desencostou da porta, fazendo aquele gesto de coice com que sempre imaginava folgar as calças mais. Isabel, como uma assombração feridora, apareceu com o candeeiro que dependurou num prego do batente. Se encostou nele e ficou ali, de pé, escutando, não escutando, na indiferença conformista com que o nosso povo inculto aceita ser infeliz. Completamente aluada. Chico Antônio olhou Isabel, mas já não podia enxergar, era apenas mais ouvinte que chegava. Muito alto, entre os dois coristas de borra, mexeu o ganzá com decisão, criando o ritmo binário que os outros florearam logo. Saiu o coco *Meu Baraio*. Era monótono e lindíssimo. A repetição incansavelmente invariável da linha curta, enfraquecia os corpos num descanso largado e aceitador. E Chico Antônio, doce e forte, com a voz tostada pela nasalação, voz fiel, voz verdadeira, Chico Antônio hipnotizava. Todos estavam na intimidade mais funcional da vida, eram apenas movimento; e essa força obscura, despercebida, da vida animal, se tornava por assim dizer palpável e gozável, nascendo do canto monótono.

Durou um quarto de hora talvez. Pouco a pouco os presentes tinham se ajeitado pra escutar com mais delícia. A luz do candeeiro parava de repente no ar, havia uma como que zona neutra, entre o escuro da noite e a luz, espécie de limbo, nem alegre nem triste, nem vivo nem morto. Ali os presentes ficavam, em círculo, uns agachados, outros deitados no chão, outros de pé. As crianças corriam brincando mais longe, deixando em todos uma ponta de insatisfação. As moças, todas de pé, se diferençavam enlaçadas. Uma apoiava a outra que se encostava nela. Dos ouvintes, só a Isabel na porta era atingida pela luz. Perseverava nela o malestar do pressentimento, porém não demonstrava nada, calma. Nem se dava bem conta do pressentimento. Era apenas como se o corpo estivesse doente; e a única prova de que sofria estava na sua visibilidade. Não procurava a entressombra pra viver melhor: ficara assim mesmo, maltratada pela luz, violentamente visível. E os ouvintes tinham mesmo às vezes que desviar a atenção da cantiga pra enxergar, dependurado no batente, o corpo da Isabel escorrendo até o chão, era desagradável.

Corrida mais cachaça, Chico Antônio voltara pro meio da luz, com os respondedores. Principiou tirando o *Jurupanã*. Agora andava em roda, os respondedores rodando atrás dele. Às vezes os três ficavam a distância igual uns dos outros e a ciranda entontecia os ouvintes, melhorando a sensação. Todos estavam fixados na terra, em êxtase primário, ninguém não poderia sair dali. Isabel saiu, não se aguentando mais. Deitou na rede outra vez, e nem bem o coco durava uns dez minutos, ela dormia, desgraçadíssima, suprimida pelo sono.

Mas o *Jurupanã* durou menos, Chico Antônio estava se animando, virou o coco. De repente, sem razão, sem ele mesmo perceber como, quando os respondedores terminaram uma volta do refrão, em vez de seguir na embolada costumeira, Chico Antônio saiu num canto que desconhecia. Partiu para os agudos num fora de tempo audacioso, mais pausado que o ritmo dos instrumentos, a voz pareceu se quebrar fatalizada nas alturas, mas os ganzás sem uma hesitação nas suas pancadas binárias, chamando... A voz voltou de novo aos sons normais, buscando força nova, tomou novo impulso, subiu. Os respondedores, chocalhando sempre os instrumentos, tinham cessado agora de rodar, ambos atrás de Chico Antônio, também estacado, enorme, numa exaltação inconcebível. Parara de bater o ganzá, discursava em sons feito maluco, engolia palavras pra respirar. Os respondedores imaginavam que era a volta do refrão e o iniciavam, mas no zumbido coral esboçado, o coqueiro continuava num texto inventado e sem nexo, multiplicando versos-feitos, sobre sertão, despedidas, bois, amor e trabalhos de engenho, numa lucilação humana em que todo o Nordeste se animava com fragor. Olê, sabiá! ôh sabiá da mata! Simeão! Simeão!... Isabel erguera a cabeça, acordada, engolia o canto, "vô-m'imbora! vô-m'imbora! Bela mandô me chamá! Trancelim bateu mancá!... O cantador gesticulava, riscando o ganzá no ar. Estava erecto, a luz viera afinal por baixo da aba do chapéu, relumear nos olhos admiráveis, ôh sabiá da mata! Um galo cantou. Isabel chorava sem saber por quê, no ângulo do braço. Os espectadores se mexiam, incomodados agora pelo excesso de prazer, se entreolhavam sorrindo como pra disfarçar, buscando uma normalidade mais humana. A coisa estava insustentável. Mas porque lhe faltou de repente uma rima, Chico Antônio desembestou pra uma enumeração inconcebível de nomes de engenhos e usinas. Todos o perdoavam. Todos o amavam, é a verdade. Chico Antônio podia ser cachaceiro, meio avoado sempre, ôh sabiá da mata! mas todos gostavam dele. Os coristas afinal puderam responder. O canto parou.

Ninguém tinha vontade de música mais. Uma sexualidade profunda pesava no ambiente, derivada em gestos, em caçoadas. Os rapazes se davam socos, rasteiras. Brisou um ventinho com cheiro de podre, vindo do brejão. As crianças menores choramingavam chamando as mães, pra dormir. Nisto passou um burro na galopada, fugindo de algum saci. Chegou uma sensação de mistério, de fatalidade, que inda acendeu mais todos. Boa-noite pra aqui, boa-noite, boa-noite, iam-se embora todos, sem pressa mas com decisão. Os rapazes paravam, guardados na sombra, uns mijando, outros caluniando. Estavam livremente safados, se contando coisas inexatas sobre as moças, sobre os patrões. Para as moças, tudo ficara muito engraçado, e as risadas abertas, os segredinhos, os ditos altos, se espaçando pouco a pouco, inda perseveraram tempo na várzea, deturpando a escuridão.

Chico Antônio entrou no rancho. Isabel já caíra no sono outra vez. O coqueiro guardou o ganzá e foi deitar sem nenhum pensamento. Dormiu num átimo porque estava muito fatigado.

O dia seguinte Chico Antônio andou tristonho. Isabel entrara no comum, inteiramente sossegada. O malestar desaparecera, e a moça readquirira essa inexistência desprovida de reação, que era dela e das nossas mulheres no geral. Os homens, no trabalho, percebendo Chico Antônio tão afastado de tudo, indagavam se ele estava doente, mas o coqueiro de verdade não sentia nada e secundava que não tinha nada. Sorria e todos ficavam convencidos, enquanto ele se entregava inda mais atencioso ao trabalho, completando os serviços com uma perfeição pouco dele. Continuou assim até de noite, cujas primeiras horas passou encostado na porteira do curral com os outros homens, gastando uns trocos de conversa mole.

Então bateu nele uma vontade de partir pro Sul, ver seu João. Aquilo foi de chofre e a porteira ficou logo incômoda. Tudo se decidira naquele instante não preparado e tratava-se de partir agora já. Mas Chico Antônio se tornara, também, imediatamente ordinário, não podia contar pra ninguém porque ficava difícil, a Isabel não havia de ir, ia-se embora fugindo. Era já bem na hora de todos dormirem, mas o moço estabanou-se pra acabar com a conversa e partir. Ficou mais uns minutos, ciente de disfarçar. Estava já representando. Ou melhor, perdido na decisão. Foi apertando a mão de todos, fora de costume, e na voz dele havia um carinho sensível. Sorria naquele desaponto em que ficava nos afetos, houve um instante em que parou no meio da roda, quase que contava tudo. Ficou cheio de vergonha, todos olhavam pra ele meio incomodados com aqueles apertos de mão. Mas Chico Antônio estava decidido a não contar, não podia. Inventou:

– Já dei boas-noites pra todos...

Não era bem uma pergunta, era a comoção contando tudo. Partiu rápido. E também os outros logo depois foram embora pra seus ranchos. Não tinham posto reparo em nada mas aqueles modos de Chico Antônio deixara a conversa tão impossível de continuidade, sentiram precisão de quebrar com o espanto desagradável ficado ali, foram-se embora.

Chico Antônio penetrou no rancho sem fazer bulha. Não quis entrar na camarinha, Isabel estava dormindo e teve medo de acordá-la. Ia-se embora sem nada. Na gaveta da mesinha estava a carteira velha com os cobres do casal. Pôs a carteira no bolso, despendurou o ganzá com muito jeito e saiu. Fora percebeu umas roupas no varal. Se aproximou pra ver se tinha alguma dele. Tinha a muda completa justamente. Fez com o lenço vermelho da Isabel uma trouxinha, foi-se embora. E quando quebrou do caminho do rancho na estrada, deixou que os passos ressoassem à vontade.

De acaso em acaso, de biscate em biscate, afinal subiu o São Francisco remando na barcaça duns marchantes. Continuando meio à tonta nos caminhos apontados a beiço pelos caipiras, fora parar em Uberaba. O ganzá cessara gradativamente as pancadas de cantoria, e desde o meio de Minas não tivera mais função, levado a tiracolo. Nem Chico Antônio pensava nele mais, inteiramente imerso na aventura das estradas. Quase mesmo que perdera a vontade de chegar. Porém às vezes voltava a decisão antiga e voltava numa ânsia tal, que enxergando umas primeiras casas de vila nalgum longe, sabia que era Santo Antônio disto ou São João daquilo, mas por dentro as vozes do desejo afirmavam "São Paulo!", e o passo apressava, batendo na terra bem.

Uberaba estava em feira e bastante animação. Chico Antônio meio que esqueceu o destino. Se ligou com uns italianos, era aquele palavreado alto, muita "porca la miseria!" numa fala que ele não entendia muito. Mas isto não prejudicava: o grupo o entontecia com prazer. Eram só assuntos de ganhar dinheiro, vendas brutas fabulosas, casas-de-jogo, safadezas e paradas de cem mil-réis que o assombravam. Ia ter umas corridas de cavalo. O Schiavone possuía um cardão rijo, corredor bom pra distância pequena. A italianada se assanhara patrioticamente, sobretudo por causa da garganta do "su dotor" Luís, que não era doutor mas filho rico passeando pela cidade no meio-sangue inglês que ia ganhar o páreo importante. Chico Antônio acariciou o cardão, pesando os dedos na crina do animal. O cavalo era inteiro e virou zangado pra ele. O moço fez um som com a língua, meio mandador mas bem doce. O cavalo sacudiu a crina e chegou o lombo. Chico Antônio estava aluado. Sentia vontade de experimentar o animal admirável, correr nele e ganhar do outro cavalo. A mão do coqueiro escorria pesadíssima no pelame, quase empurrando, que o animal teve de mudar passo e firmar bem. Sentia cócegas e estremecia inquietando as moscas, porém imóvel, recebendo a carícia com prazer visível. Chico Antônio alisava o rabo dele. Os italianos recuaram por instinto, como se o coice os alcançasse, era animal coiceiro. Avisaram assustados. O cantador nem riu. O cavalo ficara muito desconfiado, virou a cabeça pra ver, curvou a pata. Chico Antônio repetiu o som com a língua, desembaraçou os cabelos presos no rabicho e não sucedia nada, nem um coice! Os italianos estavam pasmos. Quando o arranjo ficou pronto, Chico Antônio ficou numa alegria tão livre, parecia que o arranjo fora nele, deu uma palmada grande na anca do cavalo. Isso o cardão saltou de banda, ergueu as mãos, cortou a manhã com o relincho, olho de fogo devorando o moço. Chico Antônio avançava pra ele, sorrindo umas palavras de camaradagem, "bichin'"... Fizeram as pazes logo e o cardão vendo a camisa sempre desabotoada, enfiou o focinho ali, ficou mais de minuto cheirando o corpo do homem. Estavam ambos numa ternura simples e conversavam com apalpos. Chico Antônio se virou pra responder ao Schiavone perguntando se ele montava bem.

– Monto, nhor-sim.

O cardão encostou o osso da testa no lombo do moço. O Schiavone já queria entrar em combinação porque só sabia mesmo era estragar animal, se Chico Antônio quisesse correr no cardão, ganhando, recebia duzentos mil-réis. Mas no momento o que Chico Antônio queria era nem se sabe certo se satisfazer-se ou satisfazer o animal, queria montar um pouco. Pediu pra experimentar.

Endireitou melhor a sela gaúcha, desapertou um bocado a barrigueira, não se conteve: tirou o rabicho. O cavalo escarvava terreno. Quis sair no trote largo quando sentiu o moço em cima, Chico Antônio o prendeu. Alisou gozado o pescoço do bicho, ajeitou mais o corpo, olhou em volta meio envergonhado da grandeza do seu reino, não se conteve: cedeu completamente a rédea, abriu os braços, raspou a virilha do cardão com o calcanhar, deu um uivo de muita alegria, partiram numa disparada maluca pela rua, desaparecendo lá longe. Os italianos ficaram receosos, não explicando aquilo. A galopada chamara gente nas portas. Passou nos italianos a ideia de que Chico Antônio fugira com o cardão e o Schiavone insultou Deus. Mas era desconhecer Chico Antônio, então no momento, ingenuizado pelo contato do animal estupendo. Dez minutos depois cavalo e cavaleiro voltavam, numa camaradagem espalhafatosa pra rua, cavalo a passo, fumegando com inquietação, Chico Antônio muito sério, tironeando com firmeza, calmava o bicho.

Estava mesmo tão severo nos gestos que o Schiavone, entrando atrás dele na cocheira, loquaz, gabarola, sentindo-se o cavalo, nem teve coragem pra perguntar se Chico Antônio aceitava a proposta. Foi perdendo a fala, não compreendendo aquele moço que ficara tão sério, tão simples, depois de tudo aquilo. Chico Antônio enxugava o cardão desarreado. E agora não havia nenhuma carícia nele, pra não excitar, completamente longínquo, deixando o cavalo voltar aos seus mundos de novo. O italiano teve uma invenção explosiva, foi buscar milho, muito milho.

– É demais.

E ficou reparando o cavalo comer, enquanto o Schiavone desapontadíssimo ia guardar o resto do milho. Quando Chico Antônio saiu fora, os italianos estavam mudos, esperando.

– Aceito sua proposta, seu Schiavone.

E foram todos beber.

A notícia correu fácil com as pabulagens dos italianos e principalmente a disparada maluca pela cidade. O prefeito ficara desesperado de ódio, por causa da civilização. E a impaciência do mistério informava coisas temíveis, que o moço era um gaúcho, que ninguém andava a cavalo que nem ele e era jóquei de profissão vindo do Rio de Janeiro. Enfim se tinha como certo que "o manga-larga vencia o inglês". Era esse o jeito que os letrados achavam para compensar o patriotismo, contundido pela antipatia embandeirada do Schiavone. Seu doutor Luís andou indagando, teve raiva por dentro e ficou macambúzio. Quis, meio intimidado, ver o jóquei mas era difícil porque Chico Antônio passara quase a viver na companhia do cardão. Estava distraidíssimo da vida, se esquecera de tudo. Esperava como se a corrida de domingo, seis dias depois, fosse naquela hora mesmo. Ficava na porta da cocheira, assuntando as galinhas do pátio, de cócoras, sem pensamento. Ou entrava. Punha os cotovelos pra trás, no cocho, se encostando cômodo, e examinava o cardão, conversando com este essas frases pueris, fáceis de animal compreender. Era entorpecente e o cardão vinha, encostava o pescoço no ombro do companheiro, ficava assim momento longo. Chico Antônio erguia a boca e bem na orelha imóvel do cardão, continuava falando coisas, chamando o companheiro de "bichin'".

– Dê a mão, bichin'.

O cavalo não entendia direito, ficava inquieto, percebendo bem que a frase fora um pedido.

– Dê a mão, vam'.

E estendeu a própria. O cavalo deu a mão.

Schiavone andava inspirado por tudo e queria que Chico Antônio fosse treinar o cardão na pista, como seu doutor Luís fizera. Os cinemas também faziam isso. No fundo viera aos poucos se avolumando uma dúvida, no meio de tantas vitórias que já pabulara por aí. Chico Antônio estava mesmo certo de fazer o cavalo galopar todos os dias, porém galopar assim, sozinho, numa pista, lhe parecia inconcebível, mas acabou cedendo. Foram pra lá na quarta-feira, com a italianada e os moleques. Sem puxar muito, o cardão bateu por mais de cinco segundos o tempo sabido do inglês. Schiavone criou alma nova. Perguntava se Chico Antônio não carecia de nada, passou-lhe uns cobrinhos, e de tarde, depois de muita insistência, passeou o jóquei do Rio por todos os cafés e bares frequentados. Mas não o deixava tomar café, com medo que pusessem suor de cavalo na bebida, que dá loucura. E Chico Antônio se deixou fazer um sucesso despercebido, respondendo pra todos com bondade mas fatigadíssimo.

As apostas cresciam muito com a rivalidade que agora degenerara em franca malquerença. Toda a gente apostava. O Schiavone então nem se compreendia mais a si mesmo, tinha seis contos empenhados, ele que nunca jogava e penara pra enriquecer. Sofria surpresas chocantes quando a noção dos seis contos lhe batia na cabeça mesmo que um trompaço. Vinha um frio por dentro, dava umas gargalhadas amarelas que deixavam os mineiros muito desconfiados. Mas achava logo um jeito de sossegar, lembrando a Itália, o grande Duce, a honra da Itália que se desafogava num sacrifício de seis contos jogados fora, não fazia mal que perdesse. E o Schiavone tinha certeza de ganhar.

Na sexta-feira, ali pela uma hora do dia, um negrinho veio falar pra Chico Antônio segui-lo que queriam muito falar com ele. Chico Antônio foi, sem imaginar. Os dois deixaram as últimas chacras, e depois dum pequeno estirão, tomaram por uma espécie de picada sem utilidade, num caponete ralo. Do outro lado, na entrada dum campo, estava um moço direito. Junto dele pastava um cavalo maravilhoso, cor-de-chumbo. Mas Chico Antônio estava preocupado em responder à saudação do moço direito, nem pôs reparo no animal.

Luís perdera o princípio da intenção, estava envergonhado e não sabia começar. Afinal disse, não sabendo o que ia tirar da frase:

– Você monta?

– Monto, nhor-sim.

Era melhor falar duma vez. E Luís propôs a Chico Antônio montar o cavalo dele no páreo, que o Schiavone era um italiano, e ele estava com a perna machucada não podia montar. Chico Antônio era novato na zona, estava muito enganado, os italianos embrulhavam, embrulhavam, gente ruim. Se era questão de dinheiro, não, que estava ali um conto de réis. Chico Antônio ficou meio abobado, nunca vira um conto de réis. Não duvidou um instante daquelas duas notas grandes, tão novas! Era um conto de réis! Os olhos não viam nada mais, o cantador sofria um estragoso despencar de sensações por dentro, implorou:

– Seu doutor me desculpe, eu vou montar o cardão.

Mas falou mole, já traindo porque havia de ficar com o conto de réis. Vinha nele aquela simplicidade rebaixada com que nas cantorias do Nordeste, viciados pela tradição das janeiras portugas e o envilecimento ficado da escravidão, os cantadores perdem toda vergonha de pedir, se alguém que os ouve tem de seu. Ficava com o conto de réis, seu doutor Luís mandava, mas estava insuportavelmente triste. Não porque traísse, não traía nada, só percebia que não montava mais o cardão. E isso o maltratava numa quebra súbita de esperança. O cardão era dele, era carne da carne dele, estava certo de levar o cardão à vitória. Vitória do cardão. Não era que ele, Chico Antônio, ficasse orgulhoso de vencer, quem vencia era só o cardão amigo dele, coisa grande o cardão vencendo o ingrêis!...

Olhou pro animal. Teve a surpresa agradável que dão as coisas excelentes. O cor-de-chumbo rompia o capim numa linha tão fina que por si já era veloz. Talvez muito delicado pro costume de Chico Antônio, o inglês não lhe dava essa comodidade familiar dos cavalos nacionais, com suas formas redondas, mais conhecidas do cantador. Se aproximou, respeitoso, meio receoso, como quando aproximava de gente letrada. Estava deslumbrado. Nunca vira um cavalo tão admirável, irradiando luz, nem se devia tocar, perto de Deus. Estava adorando, esquecera o dinheiro, esquecera o cardão, adorando.

Quando Luís veio insistir, Chico Antônio estremeceu. Passou de leve a mão sem tato no pescoço do animal. O cavalo sacudiu a crina e se afastou indiferente a esse primeiro golpe de relações. Isso deu tempo pra Chico Antônio voltar a si. Desistiu de continuar a domação, pensando no conto de réis.

– Seu doutor Luís mas como é... Eu não monto no seu cavalo não! O senhor monta bem que eu sei!...

Falava aos arrancos, não descobria jeito de recusar o que não pretendia mais recusar. Acabou aceitando. Partiu fugitivo, socando cuidadoso no bolso as notas do conto de réis. Os olhos muito vivos, piscando, numa alegria poderosa. Decidido. Achava uma graça boba que o fazia sorrir, seu doutor Luís pagando um conto de réis, e eis que ficava inteiramente fácil percebendo uma graça muito sorrateira, finória, na peça que pregava no italiano.

Na cidade, se dirigiu logo para a porta do hotel e foi falando estabanado pro Schiavone:

– Não monto mais no seu cavalo não.

Tomara um ar de liberdade, de igual pra igual, que o italiano jamais vira no moço, e mais o assustou. Chico Antônio se erguia espigado, forte, se via, com os músculos ótimos na frente dele. Enganou assustado:

– Mas... porquê?!

– Monto o cavalo de seu doutor Luís que é melhor.

Então o Schiavone, seis contos de réis, ficou desesperado. Perdeu o medo e se botou xingando o outro com todas as ofensas. Chico Antônio sorria, muito lerdo, achando graça na movimentação do italiano. De repente teve raiva. Pegou só no ombro do Schiavone que teve de recuar três passos.

– Cala a boca, seu merda, que eu te...

Fuzilava. O Schiavone se retirou chorando, e as duas ou três pessoas, que assistiam à cena, se aproximaram do moço pra saber. Chico Antônio estava tão integrado na raiva que nem reparou nelas, partiu da comoção pro gesto costumeiro, dirigiu-se à cocheira do cardão. A meio caminho se lembrou que não tinha mais nada que ver com o cardão. O passo apenas pareceu que tropeçava no ar, Chico Antônio continuou o caminho. Estava ali na frente dele um cardão distante, já gasto e meio desaparecido nas sombras da tarde e do cavalo inglês tão sublime. O animal contente se aproximou logo, mas o moço acariciava apenas por costume, descansando a mão na venta do cavalo. Vinha dali um sopro quente de respiro, generoso, como que enobrecendo, umedecendo a pele do homem. Chico Antônio foi se alastrando, se sentindo muito grandioso, tristonho, como se uma dessas tardes do Sul, tão tristes, caísse dentro dele também. Mas não era bem tristeza o que sofria, antes uma certa vagueza indisciplinada, essa consciência de existir, muito malestarenta, em que ficava sempre que interrompia em caminho algum desígnio ocupador. Olhou o animal bem nos olhos. Apertou suave as narinas ardentes do bicho.

– Então? vai perder na corrida, hum? bichin'...

O cardão se enganou pensando que era carícia, e sacudiu-se todo, garboso. A atitude foi eficaz e trouxe de novo ao bem-querer de Chico Antônio a figura generosa do animal. Tanto mais que a frase, nem bem pronunciada, lhe fixara no pensamento a noção do manga-larga perder. Ficou tão incompatibilizado que tomou o recurso de sempre: marchar. Saiu da cocheira meio fugindo, foi andando num desespero irrespirável, insensivelmente refazendo a caminhada desse dia. Não levava nenhuma intenção conhecível mas estava atravessado de verdades contraditórias. Fizera e refazia o mesmo caminho sem querer. O importante era caminhar. Entrou no caponete. Ficara impossível o cardão perder. Mas também era a coisa mais lógica desse mundo que o cavalo de raça ganhasse, muito mais bonito, e principalmente duma classe elevada. Pra Chico Antônio era óbvia, insofismável a superioridade social, moral, humana do senhor de engenho. Mas o cardão era cavalo bom, era companheiro. O moço, muito comovido, pensou nitidamente o sentimento "companheiro". Mas também era insofismável que tinha que ganhar o conto de réis. Agitadíssimo, não podia mais viver com a angústia frenética.

Detrás do caponete não estava ninguém e mesmo Chico Antônio jamais tivera a intenção de procurar ninguém. No entanto bateu uma desilusão. Era mais que certo que seu doutor Luís não havia de estar ali esperando nada. Mas pra Chico Antônio o fundo do caponete não era uma paisagem, era apenas um momento da vida dele. Sem seu doutor Luís e o inglês pastando, ficou tudo sem justificativa, espantoso. Parou atordoado, livre de tudo, aparentemente esquecido do cardão, do conto de réis, da sua luta moral, só indagando dos ares, com necessidade absoluta de resposta, onde que estava seu doutor Luís? Aquilo não durou um segundo porque a resposta veio exatíssima: seu doutor Luís estava em São Paulo, vam'bora pra São Paulo!

Era já quase noite e o moço voltava apressado pra saber se tinha trem de ferro. Logo topou com um grupo grande. O grupo estacou percebendo ele, e Chico Antônio continuando no passo, reparou que eram os italianos com mais alguns brasileiros. Na frente o Schiavone, da alturinha dele, erguera o bigode pro ar e dobrara as mãos nas ancas, com jeito de dona de casa.

– Então você deixa o meu cavalo e vai correr no ingrêis, hé!

– Olha, intaliano, você não mexe mais comigo...

Um dos homens descera o cacete nele. Chico Antônio quis mas não pôde tirar a faca, o braço não era mais dele com a porrada no ombro. Foi recuar, levou com o golpe seco de pau no cangote, caiu pra frente. O Schiavone recuou branco de susto, e o pobre lambeu chão, desacordado. O grupo dispersou fugindo.

A fresca da noite estava aguda e Chico Antônio logo se recuperou. O beiço inchara com a batida no chão, a carne dilacerada pelos caninos. Estes abalados. Um calor desigual no cangote, o ombro doía muito. Se ergueu. Seguiu inda meio aluado. Lhe batia um sentimento fácil de vingança. Não tinha medo de nenhum daqueles e quem tinha a culpa era só o Schiavone, esfaqueando o Schiavone a vingança passava. Mas Chico Antônio sentia sobretudo a resolução de ir embora pra São Paulo. Era o único jeito dele fugir da sua própria miséria moral, que ele não imaginava fosse miséria, que não era uma nitidez de consciência, mas lhe maltratava o ser pela indecisão angustiosa em que o deixava. E tanta gente ordinária: seu doutor Luís ganhava corrida à custa de dinheiro, o Schiavone se vingava à custa de parceiros, teve nojo daqueles homens e a culpa de tudo, de tudo o que ele sofria internamente e de tanta gente ordinária, era da terra. Nessa maneira comoventemente ingênua com que o povo classifica bens e males, a terra é que ficara detestável, infame, ordinária, a terra não prestava. O único jeito era ir pra São Paulo mesmo, e o mais depressa. Foi na estação saber dos trens, mas trem só no dia seguinte. Depois se lembrou de procurar o Schiavone e dar uma surra nele. Estava muito lânguido por causa da tonteira perdurando e as dores fortes. Se lembrou de avisar seu João naquele endereço que trazia no bolsinho. Foi um caro custo trocarem os quinhentos mil-réis no telégrafo. Depois o Schiavone não vê que já voltara ao hotel! Saiu dali em busca da cama, fatigado de acanhamento, porque parecera estarem mangando com ele na estação, no telégrafo, no hotel. Era um desânimo enorme que lhe evitava satisfazer o desejo de muita cachaça e um qualquer uso da faca paraibana em seguida. Pegou nos teréns, o ganzá sempre a tiracolo, comendo estrada na noite.

Andando, andando, teve que dormir no ar livre o resto da madrugada. Pela manhã chegou numa vila de estrada de ferro. Indagou, esperou sentado cinco horas. De tardinha enfim partiu, todo outro, feliz com os prazeres inéditos do trem. Mas logo a viagem ficou inquieta, muito olhado pelos outros dois únicos viajantes do vagão, se sentindo estranho na primeira classe onde o tinham posto, mandado por todos, levado, não podendo orientar caminho pelo capricho dos pés. Afinal sossegou mais quando, já exaurido e totalmente infeliz por causa das paradas, baldeações, esperas, lhe garantiram que naquele vagão de segunda, muito cômodo porque estava cheio de gente, e essa gente era que nem ele, de noite estava em São Paulo. Não demorou nada aquele momento gostoso, inesquecível, em que puxando seu João ao lado, bauzinho debaixo do braço, trouxa na mão, ganzá de banda, metia a cara na rua paulistana, naquele passo inclinado, meio aos arrancos, de quem sobe morro.

Era noite de sábado. Custoso de atravessar, tantos automóveis se atrapalhando, lá na frente muitos bondes parados, um mundo de gente naquela porteira...

– Seu João!...

Ficava atrasado, com o baú batendo nos que vinham, uma espécie de viaduto escuro, e tanta luz lá fora. Desceram outra escadinha e era a rua. Seu João falava sempre, como que tinha ficado fulano, que desde ontem vinha esperar trem, Chico Antônio se lembrou que não imaginava encontrar o velhote na estação. Andava rápido mas com dificuldade por causa daquele povaréu maravilhoso, como nunca vira. Luzes vermelhas, azuis, verdes, apagavam, acendiam, casas iluminadíssimas, pra que tanta luz? enfieiras de bondes, moças passeando, misturada formidável, Chico Antônio sorriu. Seu João falava sempre mas havia também as frases dos outros, se entendia quase tudo, muitas moças passeando, mas que rua incomparável! muitas moças lindas, enfeitadas, automóvel que não acabava mais, buzinas, uma porta era teatro, músicas, deléns de mais bondes enormes chegando, Chico Antônio estava bem tonto. Principalmente estava deliciado. Gozava por dentro um chuáá contínuo, enlanguescente, muito cômodo e conhecido, que adorava. Se repetia nele um daqueles momentos de paroxismo a que atingia no coco, quando após muito esforço de canto, muito giro de corpo, e cachaça operando, na pancada do ganzá, desintelectualizado, todo ele se fundia numa nebulosa de inconsciência eloquente, em que as próprias palavras não possuíam mais que valores de som. Era maravilhoso o que sentia. Seu João falava sempre, e, inda por cima, essa voz de amigo, chegando de baixo como um apoio pra destruir qualquer inquietação possível, seu João falava que parassem, não valia a pena irem de a pé, seu João puxou o braço dele. Então Chico Antônio parou. Viu o velho estacado, se rindo, confundido numa trapalhada de corpos, sons, luzes cruzando. Os olhos do moço estavam enormes e acariciavam tudo com amor, banhados duma luz pesada. Vinha dele todo uma simpatia voluptuosa, sem requinte, mandada pelo moreno pálido muito igual, e sobretudo pelos traços confiantes, amáveis. E na cara os vincos fundos, caindo da boca ou levando aos cantos dos olhos, davam pra Chico Antônio essa experiência compassiva, de que é bom a gente se aproximar. O entusiasmo de seu João cresceu olhando o filho, e foi fácil pra ele ceder quando o outro implorou baixinho que seguissem caminhando.

O êxtase de Chico Antônio perseverou até o fim da avenida. Mas ao atravessarem o parque Pedro II, com a escureza vazia, bateu um ventinho gelado e a vida voltou. Chico Antônio principiou examinando tudo com curiosidade.

Se enxergava na pouca distância o morro em que o centro da cidade se encarapitava apertadinho, exagerado em valor, dando uma impressão catastrófica de grandeza e de pressa. Resumia todo o esplendor da aventura americana. Era despudorado, era estupidamente desengonçado, era principalmente ignorante. Naqueles capitéis, naquelas janelas e enfeites, todas as importações tragicamente apressadas, em que a Índia, a Antiguidade, a França, a Alemanha, a América do Norte se recordavam sem virtude, traiçoeiras, sem realidade nenhuma que não fosse a realidade amarga duma experiência desgovernada. Em tudo aquilo gritava a preguiça sorrateira que faz a base da aventura. O aventureiro é um ser covarde, sem energia legítima. Carrega toda a sensualidade, todo o egoísmo da preguiça. Precisão imediata de conseguir imensos lucros, sem paciência, sem persistência, ou vai ou racha! Trabalha duma vez, ferozmente, desarrazoadamente pra poder em seguida ser o alguém fútil que só a ignorância, só a sensualidade, só a preguiça imaginam, o ser que se pensa grande só porque tem de seu e está enfeitado. Essa violenta preguiça de ser humano, de pensar mais profundo, de trabalhar mais continuado. Nasce a aventura. Somos nós. Que dele a nobre persistência no dia a dia que prepara a grandeza através de gerações e gerações? Um dia o neto dos bisnetos será raçado e tradicional. Que neto esse que não conheço nem amo! A preguiça não admite tamanho sacrifício, embora apenas parcial. Se quer a riqueza pra nós. Para gozar. Pra ser grande. Sem nenhuma base nas camadas populares, embora, aliás, o aventureiro bem-sucedido fosse tão povo como o mais fisicamente sórdido lixeiro. Sem nenhuma base na terra. Mas por uma inversão risível de equações, qualificando a terra, "terra da América", randevu de aventuras.

Mas era mesmo um espetáculo muito novo e muito impressionante. Um poder de criação antinatural, desumano, individualista a um excesso monstruoso, desmantelava as enormes construções numa irregularidade semostradeira, numa desconcordância grandiosamente espetada. Eram fundos fenomenais de casas, paredões lisos chapeando o morro, deixando nos vãos aparecer mais longe frontarias e cúpulas berrantes. Tudo numa incompetência que o arranha-céu Martinelli alfinetava por cima, em via de acabamento, despido já de muito andaime, com as suas carreirinhas regulares de janelas, que consolavam num pouco de ordem. Mas dentro da noite, o pequeno princípio de ordem, que a massa Martinelli despertava, era destruído fácil, porque os anúncios luminosos, em que dominava o encarnado, quase todos invisíveis do parque, reverberavam nas fachadas e no ar empoeirado por uma neblininha mirim, criando um fim de incêndio triste. Uma caieira formidanda se acabava. Um sabor de desastre, um exemplo de progresso desastroso vinha do morro. E o lerdo farol circulante da Light, exasperando a sensação que ficava à espera que ele passasse outra vez,[1] rompia os restos de qualquer paciência ali chegada, não pra ver o espetáculo, mas pra amar o homem pelo que ele pode ser.

Mas pra Chico Antônio, a paisagem do centro urbano de São Paulo era apenas duma boniteza violenta, nunca vira coisa assim, tão linda! parecia o Recife!

Tinham acabado de cortar o parque em diagonal e embocavam por umas ruas mal iluminadas, cheias de espavento, com casas de dois andares berrando um branco inda despatinado e enfeitação cigana. Seu João falava que, como partiam na manhã seguinte pra

1. No manuscrito, MA hesita entre "de novo" e "outra vez". Neste ponto e em outros, o leitor tem a oportunidade de se deparar com o momento da criação. Ao reler o trecho, o escritor avalia a necessidade de trocar uma palavra por questões semânticas ou, principalmente, por causa da sonoridade. Percebe, então, que há mais de uma solução e sobrepõe as possibilidades, sem contudo optar. A hesitação é uma das marcas dos textos inacabados. A edição adota, no texto apurado do romance, a última forma, ou seja, a possibilidade sobreposta e, em nota de rodapé, aponta as formas na ordem em que surgiram, designando esse momento de dúvida do escritor como hesitação.

fazenda, era melhor Chico Antônio deixar os teréns no quarto, e depois darem uma voltinha na cidade. O quarto era ali perto mesmo, pensão dum sírio muito bom, amigo de seu João. Chico Antônio obedecia levado, cheio da paciência mas bem abatido. Ia macambúzio, um tanto esvaziado pelas muitas sensações brutais, tinha sono. Não julgara nada, nem se enriquecera de nenhuma experiência com aquilo tudo, era tristeza só, tristeza meiga, talvez preferindo ficar no quarto sem sair, conversando com o pai, bem na carícia. Mas prosseguia mandado, sem objetar nada, seguindo aplicadamente o companheiro, não atentando mais nem aos jorros de luz nem ao mundo de sírios de voz chacoalhante, que o princípio da noite de sábado botava fora das casas.

Chegaram assim a um sobrado de esquina, dois andares, numa pelintragem de colunatas e florões. O andar térreo era um botequim vasto com o rádio emaranhado numa bulha enfumaçada de conversas. A luz, sempre indiscreta, reavivava na calçada as manchas de tinta ficadas da construção recentíssima. Mas a casa já parecia ter vinte anos. Ao passarem pela porta entreaberta, seu João indicou:

– É aqui. Mas primeiro vamos tomar um cafezinho.

Entraram no botequim. Acharam uma mesa ainda vazia, lá num canto, entre o fim do balcão e uma porta dando pra uma área interna, donde vinha um cheiro ventado de mijo. Chico Antônio, com muita calma, dispunha os trens por baixo da mesinha, enquanto seu João berrava gesticulado pra um homem de pé, discutindo noutra mesa mais longe:

– Êh! seu Nedim! chegou!

O sírio virou pra ver, fez um gesto seco, de cabeça, e continuou na discussão. Era um homem imponente, enorme de ossos, com seus quarenta anos. Vestia sobriamente uma roupa meia gasta mas de fazenda boa. Uma cabelaça anelada, com o topete quadrado, enrijava inda mais a feição dura, sobrancelhuda, com o nariz sensualíssimo desabando curvo em narinas movediças principiadas quase nos olhos. Nedim falava baixo, muito sem gesto. Porém a voz era de flecha com direção, pouco discernida pelos que, em torno, nada tinham que saber da frase pronunciada. Pelo contrário, a pessoa a quem Nedim se dirigia, recebia a frase com uma nitidez que feria. Aliás Nedim mudara muito. Seu João conhecera e ficara amigo mas do mascate palavroso, sempre viril, não tem dúvida, não gostando de brincadeira, capaz de brigas, mas caroável, quase simpático, vaidoso de contar as viagens arriscadas que fizera a pé por Minas, Goiás e uns fundos de sertão baiano. Seu João passara uma noite conversando com Nedim, dera janta e ceia pra este, e mais oitenta mil-réis em troca duma fazenda encarnada e badulaques. Mesmo a besteira espantara por tal forma os outros colonos que eles treleram, e de tardinha, diz-que o fazendeiro com ares de pai de quem? passara na casa dele, fazendo um sermão trouxa sobre a dívida ficada e nortista ser gastador. Seu João não disse nada mas ficou safado com a trelência do patrão. Passou a noite achando que não se dava bem naquela zona de São Carlos e no dia seguinte pediu a conta pra sair, saiu. Abandonara tudo, o trabalho já feito, os trinta mil pés de café novo tratados com dificuldade, e o milho que lhe pertencia e espigava bem. Patrão tinha muito por aí. O que devia na venda e uns adiantamentos necessários, Nedim mesmo, pegado na cidade, ajudou a pagar. E a dívida e amizade subiram a trezentos mil-réis e bom juro.

De fato não fora difícil arranjar emprego novo. Não vinha mais italiano pra São Paulo e as lavouras lutavam contra a falta de braços. Isto é: italiano inda vinha sim, porém não mais os homens de aldeia com a filharada, gente brutíssima, raçada em animalidade por séculos de vilarejo europeu, selvagem, sem esgotos, sem encanamento de espécie nenhuma, sem luz elétrica, sem escola, sem quase nenhuma reação intelectual. Esses tinham dado colonos ótimos. E ao contágio das atividades novas, cheias de futuro, luzira neles um esboço de inteligência, acautelada na avareza pra não desencaminhar. Em muitos se desenvolvera mesmo esplendidamente. Esses enriqueciam, possivelmente misturando muita areia nos sacos de farinha, como resmungava a calúnia, mas ninguém tinha coragem de jurar. Alguns, de vendeiros ambulantes chegavam a potentados, coisa aliás mais ou menos fácil aqui. Já nos sobrava uma raça desfibrada pela ignorância, pela política, pela vaidade de ser uma das aristocracias do continente, e em principal pelo esforço que fizera em dois séculos de heroísmo, bandeirismo e amoralidade social. Em parte vultuosa, é certo que foram os colonos e os ricaços italianos que deram a São Paulo a posição de ser um dos centros do falso brilho americano.

Aqui os ricaços italianos e outros trustistas estrangeiros, duma ousadia afinal das contas não muito difícil, porque os governos e o povo eram duma imprevidência por demais sem-vergonha pra reagir, aqui os italianos se conservavam fundamentalmente italianos. E se perseveravam na terra, tinham de verdade uma psicologia longínqua, sentimentos e orgulhos e ideias que, em vez de nascerem da terra, vinham d'além-mar. E se depois de ricos permaneciam aqui, era em grandíssima parte porque aparentados na Itália nova desta banda do mar, vivendo aqui como chefões de clã organizados em costumes, parentela e ordem social, sempre fundamentalmente italianos, nada tendo da terra e dos seus homens, porém intransportáveis pro "outro lado de lá", a vida na Itália velha não lhes dava os regalos que tinham aqui. Iam de passeio. Mas se diante do monumento a Umberto Primo, num camarote do San Carlo, gozavam bem o fácil orgulho da pátria velha, em vez, a imundície da aldeia nativa, os parentes pobres, sem educação, uma alta-roda de nobres verdadeiros dos mais finos da Europa, onde eles podiam entrar apenas por dinheiro, e sempre com um passado povoado de assombrações desagradáveis, "larandja, bánána, friguêis!", isso os chocava, os humilhava, os destronava muito. Os mais sinceros vinham falando que sim, a Itália era mesmo grandiosa, porém quanta porcaria, não se acostumavam mais lá!

Voltavam para a Itália do Brasil. Por dentro da maioria grugrulhava uma raivinha sincera contra tudo, que se objetivava logo contra a terra onde eram obrigados a ficar, que lhes dera dinheiro, mas com o dinheiro, uma circunstância de vida também. Além dos contos de réis, São Paulo imprimia na existência deles uma tintura indelével de urucum. E os novos peles-vermelhas, possuindo no dinheiro a base de todas as facilidades, percebiam espaventados e sem compreender que as facilidades não eram suficientes pra que eles adquirissem as vaidades novas, consequentes do dinheiro.

Havia sim um jeito de tudo coincidir e conseguirem em São Paulo mesmo a felicidade relativa do mundo. Era justamente reforçarem o brilho superficial da pátria nova, jogando dinheiro na criação de universidades, bibliotecas, museus, artes, clubes, igrejas, laboratórios, expedições científicas de benefício brasileiro. Mas o passado, a ignorância, a avareza não lhes dava coragem pra tanto. E não havia estímulo nenhum. A aristocracia paulista, decadente e duma bestice arreigada em veleidades excessivas, embora aparentemente relacionada com a aristocracia italiana de cá, opunha uma barreira de bem-educadíssimo desprezo entre os dois clãs, fixando duas classes de que uma, a paulista, era da elegância mais refinada da América, e a outra se convertia quase numa classe do opróbrio. Mas essa aristocracia paulista não incentivava nada, era inculta, frouxa, desamericanizada pelo contato e nostalgia da França. A única boniteza que tinha era pífia, se resumindo ao refinamento de costumes sociais, gente com a prática dos séculos: mulheres que ao crescer dos anos iam se tornando raçadissimamente feias e autoritárias, mesmo na mocidade sem nada do amadorismo melindroso e o hórrido mau-gosto da brasileira, reconditamente elegantes; homens fins-de-raça, com ar de vício calmo, incapazes de rir, falando baixo, sem gestos. A toda essa falsificação inóspita da aristocracia estaduana, inda vinha justificar e acentuar mais a exceção climática da capital paulistana, desagradável, duma feiura discreta, bastante invisível, com apenas raros exotismos berrantes, a que a neblina e o frio davam um silêncio raçado, muito europeu.

Alguns nessa aristocracia, era afinal pelo menos trágico examinar. Se sentindo com valor pessoal e superiores à súcia deles pela inteligência, pela audácia, por trás da discrição quotidiana que não conseguia ocultar nada, alimentavam um orgulho formidável. Só por si, era uma grandeza esse orgulho. E esses homens, nostalgicamente fatigados, sentiam bem, criticavam e desprezavam a mesquinhez dos seus parceiros de grupo. Mas por uma herança terrível, esse orgulho, que podia se tornar benéfico[2] se reagente, se convertia num orgulho de classe. Vinha a sabida volúpia dos desesperados. Se compraziam em pertencer a essa classe arruinada, que apodrecia aos pedaços. Quase que lhe aplaudiam a desmoralização social, verificando-a, comentando-a, exagerando-a. E o orgulho, que poderia ser fecundo, servir de exemplo e estimulante aos outros, se esperdiçava sobre a tropilha decadente feito um orvalhinho de perdão. E de merda. Era isso apenas a aristocracia paulista do século. Fundamentalmente inculta, fundamentalmente antinacional, fundamentalmente sem valor nenhum de humanidade.

Os italianos tentaram com ânsia comovente de despatriados romper essa muralha. Mas depois se retraíram, com um ressentimento justo que até agora perdura, apesar da liberdade dos costumes já estar abrindo mais o recesso aristocrático. Se em verdade os sofrimentos são esquecidos mais fácil, as anedotas permanecem vivas, porque, principalmente nos povos arrivistas, o indivíduo é muito mais conceituoso que de deveras pensador. Permanecia intacta a lembrança das anedotas em que os aristocratas paulistas

2. Hesitação de MA no manuscrito: "beneficente"/ "benéfico".

tinham humilhado ferozmente os novos-ricos da terra. Apesar da passagem dos anos e da acomodação brilhante à vida de negócio, dum paulista perdulário raçadíssimo, o casamento dele com uma das mais lindas ítalo-paulistas ficara na memória de todos como vergonhosa mésalliance. Se contava sempre o caso de outra deliciosa ítalo-paulista que por soltar gargalhadas indiscretas num buffet de baile, se sentira tocada no ombro. Virou. Uma velha "dama", filha de barões do Império, é que a saudava sorrindo:

– Minha filha, seu pai já está bem aclimatado em São Paulo?...

Noutro baile ainda, maravilhosamente luxuoso e gritalhão, oferecido por um milionário italiano à aristocracia paulista, o desperdício e a ostentação foram tamanhos, que um grupo de herdeiros, é verdade que já tocados, passara o tempo a gastar o que o novo-rico expusera pra que fosse gasto. Esvaziavam nas flores os vidros de perfume das salas de toalete, davam champanha ao chão, e entre caçoadas insultantes, caríssimos havanas acesos aos inda mais caríssimos tapetes. Era assim.

Ou permanecia celebrada a frase doutro italiano ricaço, que, diante duma farra aristocrática lhe desmoralizando o hotel, consolava a mulher:

– Tem paciendza, Carmella! samos hotelêro!

Tudo isso e muito mais ficara no sentimento com uma permanência que não dava ódio mais porém tornava inda agora desconfiante qualquer aproximação. Sem incentivo de espécie alguma, classificada à parte, e também rastaqueramente inculta, a alta sociedade italiana era especialmente prejudicial ao Estado. Vivia num isolamento ignorado e ignorante, sub-repticiamente, como se fosse uma sociedade-secreta do bom-viver. E era duma falta de caráter mesquinha. Apresentava de vez em longe mulheres de beleza extraordinária, porém que, feito as argentinas, principiavam engordando aos trinta anos, viravam repolhos contraditórios, de corpos enjoativos e boniteza indiscreta e sempre fresca no rosto.[3] Em torno delas, os homens se ajuntavam pra dar força à classe, numa misturada que ia de valores excepcionais a simples arrivistas felizes. Todos conservavam nos gestos exteriores um cabotinismo espevitado de semostração, que poderia se tornar pelo menos... americano, se não fosse a incultura que os ditava, a falta de gosto, a italianice gritalhona. Pra redarguir ao argumento ilustre dum hospital, as praças se erriçavam de estafermos de bronze mais ou menos impressionistas, um Verdi nu, um Carlos Gomes excessivamente encapotado, um Garibaldi inútil. Pinacotecas particulares, felizmente fechadas ao povo, se enchiam de falsos e nulidades. Um monumento sepulcral destamanho acanalhava com a mais berrante desfaçatez o silêncio em que Campos Sales dormia. Só enfeites, só enfeites. E enfeites provindos duma escola de arte então vencida, arrastando, fazia mais de século, uma decadência aplicada e saudosista. Nada que valesse mesmo nada. Nada de funcional, nada que iniciasse a terra numa cultura verdadeira.

Apesar desse rastaquerismo oratório invencível, tinha muitos italianos que perdiam com facilidade a grosseria exterior. Muitos mantinham de verdade uma elegância de maneiras e de sentir, descaracterizada, macaqueada da aristocracia estaduana, cheia da mesma circunspecção emburrada e agressiva do paulista, mas in-

3. O escritor usara descrição semelhante para a italiana no conto Jaburu malandro, de 1924, publicado em *Os contos de Belazarte*, 1ª edição de 1934: "Ora a Carmela... [...] Era moça bonita, isso era, desses tipos de italiana que envelhecem muito cedo, isto é, envelhecem não, engordam, ficam chatas, enjoativas. Porém nos dezenove, que gostosura!" (Ver ANDRADE, Mário de. *Os contos de Belazarte*. Estabelecimento de texto, dossiê e apresentação: Aline Nogueira Marques. Posfácio: Tatiana Longo Figueiredo. Rio de Janeiro: Nova Fronteira, 2008, p. 39-40).

contestavelmente já bem fina. Aspecto curioso da macaqueação, consistia no sonho de possuir fazenda. No geral os milionários italianos não tinham se enriquecido no café, e jamais passaram de colonos a sitiantes, de sitiantes a fazendeiros e destes a... milionários. A aristocracia paulistana, por não se sabe que vaidade medieval, circunscrevera desde muito a sua atividade no plantio do café, que ela herdara dos antepassados imperiais. Aliás se explica psicologicamente muito bem essa mania: por que deixar a terra produzir ao carinho de escravos, dar o seu passeinho à tarde, num bonito cor-de-chumbo ingrêis ou na fordeca vibrante, voltar para a casa-grande saber dos preços do café pelo *Estado* e se queixar dos governos: era mesmo o só comércio conveniente a esses desfibrados. Com raras exceções, este preconceito, só depois da guerra europeia, principiava enfraquecendo. E se enfraquecia, se deve isso exclusivamente ao estímulo dos novos-ricos estrangeiros, que os paulistas assistiram ajuntar riquezas firmes do dia pra noite.

Pois esse abandono secular aos estrangeiros, de qualquer atividade que não fosse o café, fora inteligentemente aproveitado pelos italianos, sírios, alemães que chegavam na terceira classe dos vapores, e ainda pelos judeus transnacionais. O trigo, o açúcar, a seda, os produtos químicos, a tipografia, tudo ficava em mãos de estranhos, além das grandes empresas de força, anglo-americanas no geral. E na feitiçaria dos trusts, ao sono de governantes esportulados pra dormir, e até ao descoco nominável de presidentes de estado, que apenas sob algum disfarce insolente, permaneciam advogando no foro as causas desses trusts: a estrangeirada, num átimo, entrava nua e saía arreada de joias, dos seus alambiques, altos-fornos, tecedeiras, chaminés e depósitos colossais.

Ricos enfim, não bastara aos italianos esquivar-se da nostalgia da charrete, agora substituída pelas fíates de bom parecer. Se davam também o luxo de possuir fazendas... de veraneio. Urbanos de traquejo e interesses, embarcavam no primeiro púlman da Paulista, iam espairecer no cafezal recém-comprado, em que logo faziam valer mais em apuro e gasto a casa-grande, a piscina e o jardim em torno, que os talhões da plantação. Assim pelo menos rastreavam de perto a aristocracia paulista que os saudava de longe. O casarão, logo aflorentinado, às vezes se enchia de graça e pagodeiras com as ítalo-brasileiras novinhas e rapazes corados só na maçã do rosto. Mas o velho no terraço assuntava os netinhos com languidez, citadino irrecorrível, desprestigiado pelo enjoo desse fazendeirismo sem razão.

A essa classe pouco menos que inútil, viera desvalorizar inda mais o advento do fachismo na Itália. O fachismo dera aos italianos sempre saudosos da Roma antiga, uma vaidade e uma ousadia fácil, propriamente vergonhosas. Isso estava patente em especial nos gestos dos fachistas comandantes que, ajudados pelas tendências da raça, campeavam cegar a inquietude interior, caindo numa gargantice, numa gesticulação cheia de ameaças a todo mundo, que atingia especialmente as colônias e as amedrontava.

Foi principalmente o que se deu aqui, na alta sociedade italiana, facilitado pelo isolamento nacional em que esse clã vivia. Ao mesmo tempo que a incultura lhes despertava o entusiasmo pela tirania fachista, se acovardaram ante os mandos e ameaças longínquos do Duce, transmitidos por cônsules e embaixadores de Carnaval e por revistecos e jornais, mussolinicamente preocupados menos em proporcionar grandeza e paz à colônia que em trazê-la desvirilizada numa ambiência de inquérito. Os diretores dessas folhas não passavam de sicários fachistas, desembarcados frescamente da Itália, impregnados da espetaculosidade mussolinesca, bêbados de mandachuvismo – ignorantíssimos ladradores que achando-se bem defendidos nas costas pelo penachino bersalhere, e inadvertência dos nossos governos, se punham mandando e desmandando à sombra dos jacarandás. Indesejáveis, deletérios, não passando exatamente de ladradores promovidos, do dia pra noite se enxergavam conselheiros, juízes e expressão intelectual duma colônia que não entendiam, cujos interesses ignoravam, numa terra que ignoravam mais totalmente ainda, cujo *modus vivendi* lhes era inóspito.

E com esses jornalistas, cônsules, embaixadores indesejáveis, a alta-roda ítalo-paulista condescendia acovardada. Com os beiços melando na promessa de condados futuros, com a nostalgia tremendo à ameaça de não poderem mais voltar à outra pátria de lá, entre vaidade e sentimentalismo, condescendiam, incapazes de agir com dever. A atitude vaga que esses milionários na infinita maioria tomaram quando foi das correrias antifachistas de 1929 provara bem a incapacidade social em que viviam. Se esse movimento popular, como todos os movimentos populares do gênero, foi eminentemente desprezível pela covardia duma multidão esfrangalhar as oficinas dum jornaleco sem defesa (nem parecerá possível uma atitude corajosa e coletiva do povo paulistano, chamado de "ordeiro" porque é pagamente manso...), se, numa civilização imaginável, aos governos é que impunha reagir, condenar, expulsar: todas as classes do estado viveram então dias de intensa vida. Menos os milionários ítalo-paulistas, inexperientes, não sabendo o que fazer, oscilando entre a cruz e a caldeirinha, entre Cila e Caríbdis – que talvez lhes fique assim mais compreensível... – todos escondidos no pavor dos casarões fechados. A não ser que se chame também de "intensa vida" esse medo em que se avacalharam.

Em vez, foi pelo menos comoventemente humana a demonstração das outras classes ítalo-paulistas da cidade, uns torcendo pelos fachistas e a infinita maioria se revoltando francamente contra o pasquineiro e o pasquim.

– Ítalo, você é paulista, faça como os seus colegas da Academia, porém não esqueça que seu pai é intaliano...

Os distintivos fachistas desapareceram das lapelas, uns covardia, outros revolta. Ninguém sabia o que estava pra suceder, todos exaltados, todos impacientes, a Polícia francamente a favor dos vingadores, o Governo hipocritamente conselheiral, francamente a favor dos estrangeiros!

Ao lado dessa alta sociedade prejudicial pelo peso do dinheiro, nas outras classes o italiano fundia bem com a terra e a nossa vida. Em São Paulo o imigrante, o proletário italiano rural, e mesmo urbano, almeja ficar pequeno proprietário e entrar na burguesia por intermédio dos filhos. O carinho que tem, os sacrifícios que faz pela ascensão do filho, menos que amor por este, é ambição de grandeza, é outra maneira de "fazer américa". Tanto mais que, ao exemplo tradicional de sensualidade e ignorância nacionais, também o amor paternal dele se reduzia a beijo no filho e medo que este morra. É o carniceiro cujo filho estuda medicina, é o turco de bricabraque cujo filho vai ser "doutor", o italiano que compra a sitioca de dez mil pés e manda as filhas pra Escola Normal e o Conservatório.

Os pequenos desencontros de caráter e de modos entre nativos e imigrantes não tinham prestígio pra causar nenhuma inassimilação. Mesmo entre burgueses vivendo no ter, os preconceitos de raça desapareciam cada vez mais rapidamente neste século. Sempre era possível perceber ainda uma falta de coincidências íntimas entre paulistas quietarrões e italianos vivazes, porém mesmo isso parece destinado a desaparecer com rapidez. As ítalo-brasileiras lindinhas, provindas de familiar gente do povo, se afaziam com facilidade à calma dos nossos lares burgueses e se entusiasmavam igualmente por Del Prete e Miss Brasil. Se apaulistanavam bem, e influíam pelos modos e sentimentos adquiridos, sobre a italianidade mais irredutível de pais e manos. Ao passo que os rapazes ítalo-paulistas italianizavam as nossas famílias nacionais, sistematizando em nossa vida familiar o macarrão, o quianti, a fala alta, a gesticulação, normalizando entre nós a inteligência e tradição itálicas. Deslumbravam. Acabavam dominando os paulistas tardonhos, com as suas demonstrações de inteligência brilhantíssima, embora frequentemente exterior. E eram todos uma gente deliciosa, boa, simpática, utilíssima, os que em parte decisiva tinham feito o lustre, a normalidade civilista do estado, e o caráter da sua capital, discreta, nenhuma beleza excepcional pra admirar, mas agradável, não chamando a atenção, não irritando, sem a monotonia arquitetônica de Buenos Aires, sem o mau-gosto de zabumba do Rio de Janeiro e do Recife. Cidade pra se viver dentro de casa, entre conversa e livros.

Mas já esses italianos úteis, que vinham trabucar desilusoriamente, ou se arranjar aqui, não imigravam mais. A Itália agora, o que nos cedia de boamente era apenas o rebotalho da sua inteligência fachista, uns mandados oficialmente, outros vindos na cola da ambição. Aqueles traziam especialmente o ofício de conservar a italianitá... fachista da colônia, professores, pasquineiros. Espiões até, porque falavam com insistência que nas grandes fábricas, bancos e entrepósitos, os milionários italianos se viam obrigados a dar emprego a mocinhos recém-vindos, cujo trabalho verdadeiro era vigiar a conduta fachista dos seus chefes, disseminar nas classes ítalo-brasileiras as ideias de inacabamento e insatisfação, e o desejo dum Fascio por aqui. Porém o descaro do imperialismo fachista mandava a mais, pública e oficialmente, emissários e juízes de não-sei-o-quê, tolerados molengamente pelos nossos governos. Essa tropa nos virava numa fácil dependência colonial da Itália, e, repetindo os ouvidores da nossa primeira idade, aqui vinham "fazer correição".

Chegavam também os letrados da aventura. Professores de letras, professores de música, professores de nada, advogados, médicos, negocistas de pequena escala ou aventureiros simplesmente, os quais, acossados da pátria, porque não tinham nem inteligência nem saber pra vencerem lá, buscavam noutra terra de menos cultura e mais frouxidão moral o lamedo propício aos cogumelos. Nem toda e qualquer terra lhes servia não, nem nenhuma como terra lhes serviria jamais. Não vinham buscando um país de aventura e de luta.Vinham mas era tal-qualmente os vira-bostas no cangote dos bois pacientes, se encarrapatar sobre a colônia, botar a boca chupadeira nela e viver dela, sugando, sugando.

E todos vinham de alma revoltada, odientos, facilmente enraivecidos contra uma gente e uma terra que não tinham a culpa da miséria que eles eram. Quase que apenas isso a Itália nos mandava agora. Entre os letrados, as exceções boas eram raras. Atrapalhados por uma propaganda anti-imigratória bem fachista, que era apenas um derrame de calúnias e maus princípios imperialistas, os imigrantes úteis cessavam pouco a pouco de aportar em Santos.

E se acaso algum colono italiano vinha, espontâneo, buscar o estado, só vendo como o tratavam aqui! Os fazendeiros o disputavam numa concorrência de concessões desviadoras pra quem vinha donde vinha e vivera como vivera. A falta de braços acovardava os fazendeiros. Se submetiam a condições de fantasia ridícula, inventadas pelos tais "ouvidores" fachistas, os quais, inspecionando a vida das colônias daqui, tomados de amor retardatário pelos patrícios fugidos da aldeia dura, exigiam um poder de ninharias enquizilantes e desproporcionadas, que por pouco os analfabetos bem-vindos se veriam tratados a seda-frouxa e mel.

E não era apenas esse amor de patrício contra a terra estranha que chaleirava nos colonos imigrados a vaidade, a independência e a pretensão que, na pátria, sempre tinham dormido sem revolta. Surgiam as defesas do imigrante, grêmios trapalhões nascidos do lazer endividado de causídicos sem causas, que se dispunham a proteger os colonos contra os fazendeiros, e a se protegerem inda melhor. Se a defesa do proletário rural era mais que justa: numa terra de analfabetismo comum, de bem-estar à mão e muita sobra, um atilho de medidas governamentais bastaria pra condicionar ao colono uma existência mais humana. Essas medidas não vinham. Que se formassem entidades defensivas, orientadas por homens lavados de verdadeiro amor à classe era mais que justo portanto. Mas homens destes não havia em nossa terra de conquista. Os sindicatos inda estavam por nascer. Os colonos caíam nas unhas de advogados de escândalo ou dos frangotes disponíveis do Direito. E estes, sonhando apenas doutorar-se nos dizquedizques do Automóvel Clube, ou se coronelarem nas farras do Tucuruvi, seguiam em rabulagem de turismo pelo fazendal paulista, ateando fogo a uma luta de classes falsificada, deformada, defraudada, sem consciência social legítima.

De tudo isso, o próprio seu João sofrera, chegado aqui. Já a insistência dos filhos homens, chamando ele mais o resto da família, não fora mais que um expediente de rapazes fortes, providos da ambição lhes dada pela riqueza fácil do lugar. Mas lutavam pra achar emprego, preteridos por qualquer concorrente estrangeiro, aceitos com desconfiança pelos administradores, mandados embora na mais leve folga de serviço.

É que já principiava se alastrando a tradição de que os nordestinos eram imprestáveis para o trabalho rural. Acabada a ilusão da borracha amazônica, se dera a fuga pro Sul. O "cearense", o paroara vinha agora principalmente pra São Paulo. Tinha consigo a psicologia nordestina, já de si bem diferente da paulista; e os que vinham traziam especialmente a psicologia paroara de gente instável, capaz de esforços episódicos enormes, incapaz do ramerrão trabalhento a vida inteira. Alimentavam a esperança de lucros imediatos vastos, que a gente gasta num átimo, pra depois de novo trabucar em novo esforço de vida ou de morte. A essas ilusões nem a riqueza aventureira de São Paulo podia mais corresponder. Aqui o trabalho já se tornava quotidiano e a economia também. A instabilidade paroara se exacerbava com a desilusão, a maioria dos nordestinos não parava em lugar nenhum, mudando de fazenda a cada colheita nova. Inda mais: que nordestinos vinham? Vinham os moços, solteirões em grandíssima parte, não famílias – indivíduos escoteiros cuja tendência pra farra e chinfrim não era acovardada por nenhum laço de mãe, de irmãs, de esposa. Nos estupros das colônias, nas facadas das vendinhas de beira-estrada, era constante a assombração do nordestino solteiro. O frio paulista convidava ao abuso das saudades pelas sublimes cachaças do Norte, destiladas em alambique de barro. E vinha o banzé grosso. E, no dia seguinte, as caceteações, fugas, despedidas, polícia, precisão de arranjar camarada novo. Por isso fazendeiros e administradores, se inda aceitavam as famílias vindas do Nordeste, muitas vezes não queriam obstinadamente saber de nordestino juvenal.

O indecente é que essa tradição pejorativa era injustamente sistematizada e exagerada aqui por gente de importância, até homens de Estado, que não se envergonhavam de botar nas costas do nordestino desprotegido a culpa da incúria ou das manobras deles. Essa gente é que contribuía mais, pelos diários e Câmaras, pra generalizar a má tradição. O Governo não se preocupava mais em dirigir pra cá a imigração estrangeira. A falta de braços aumentava cada vez mais. Porém, mesmo na Liga Agrícola, ninguém não queria se pôr em oposição franca ao presidente do Estado. Não convinha atacar Júlio Prestes, que já vivia hipersensibilizado com o único problema da politicalha brasileira, a sucessão presidencial do país. Pois então ataquemos o nordestino que em grande parte vinha pra cá trazido pelos agenciadores dos próprios fazendeiros paulistas. Atacado o nordestino que vinha, salientava-se a precisão do estrangeiro que não vinha mais. E assim o problema era posto em dia, toda a gente não tinha a culpa, e ninguém ficava de mal com o futuro presidente da República. Quanto aos ataques ao nordestino saídos da Câmara estadual, nem é preciso estudar um congresso que, como o de todos os estados da Nação, era numerosamente feito de irresponsáveis, filhotes de políticos e apenas filhos de seus pais.

E finalmente: a desproteção do nordestino aqui inda acentuava a pecha de perdulários, brigões e instáveis que lhe davam. Grande parte dos fazendeiros, e até administradores, se desforrava no nordestino da raiva contida em que viviam por causa das exigências das colonizações estrangeiras. Um desprotegido que topavam, se desforravam nele. Até os administradores, porque é muito comum essa psicologia ilusionista do empregado graduado que, sem virtude nenhuma, por simples autossugestão de grandeza, se incorpora ao patrão, adquire os defeitos, as avarezas e prepotências deste. Tratavam o nordestino como a ser inferior, se aproveitavam do coitado inerme, o sujeitavam a muitos desprestígios.

Tanto que os filhos chamavam, auxiliados pelos cobres mandados, seu João se resolveu quase no susto, veio. Trazia a família toda, gente dura, resistente, capaz de vencer o tratamento de talhões gigantes. Mas logo na primeira fazenda, foram todos encafuados numa tapera malsã. E como seu João ainda não sabia protestar, e os filhos machos logo tinham readquirido com delícia a lerda dependência de filhos, ficaram lá, todos, sempre ainda naquele malestar de susto remanescente da viagem. Nas casas dos italianos tudo estava bonito e caiado. A comparação fazia seu João sofrer. Lhe rebrotavam nalma uns versos de pabulagem daquelas emboladas nordestinas em que ninguém é mais forte nem maior que eu. E foi até um espanto meditativo na fazenda, quando depois do primeiro pagamento, viram o gastador do "cearense", com as filhas, caiando a casa por conta própria, enquanto os filhos consertavam o fogão. Terminado o conserto a casa estava bonita. Mais bonita inda estaria se pintada de amarelo vivo e janelas verde-limão, como seu João sonhara, mas isso o administrador paulista não deixara por não ter senso de sonho. Porém sempre fazia um efeito enorme no branco, a janelinha e a porta encarnada, e um sofisma de amarelo no beiral das telhas.

Quando a casa ficou pronta, seu João deu um sábado de festa pra colônia. Teve doces tão bons como jamais intaliano manjara, até um barril de chope da cidade, e tanta alegria que o João Velho ficou de casar com a filha dum intaliano.

– Até que gostei bem porque com tanto filho em casa e inda não tenho neto! Intaliano é tão bom como nós mesmos... E você, Chico Antônio, quando casa?

Chico Antônio sofreu um baque, percebendo um erro enorme pra trás. Um erro qualquer, de ter casado, ou de ter abandonado a mulher, ou de não saber mentir pra seu João, não sabia bem: um erro enorme.

– Casei, nhor-sim.

Seu João espantou, olhando o moço muito. Chico Antônio não suportou o olhar, abaixou a cabeça muito simples, com um riso amarelo na boca.

– Ficou lá.

– Você largou dela!

– Larguei, nhor-sim.

– Boa-noite, João.

Era o Nedim junto deles.

– Ahn, seu Nedim...

Seu João a modos que recebia o sírio secamente. Estava era atordoado com a revelação em meio de Chico Antônio. Mas pôde se erguer e foi passando o braço pelo ombro alto do sírio, agarrando.

– Este é o moço que eu falei, meu Chico Antônio, seu Nedim. O senhor há-de conhecer ele melhor, vai ver, bom moço. (Falava ainda devagar, se retomando aos poucos.) Sério, forte, é mesmo que meu filho pra mim, e canta que nem galinho-de-campina. O senhor há-de escutar um dia, quando que o senhor vai pra nossa zona, agora?...

– Agora tenho que ficar aqui.

– Ora seu Nedim, o senhor tá rico, vá ao menos pra descansar. Nossa casa está às ordens, dou meu quarto pro senhor e vou com os filhos pro puxado, faça cerimônia não!

O sírio chegou quase a querer bem, ante aquela espontaneidade que já voltara inteira em seu João. Mas era impossível largar do hotel, e voltou fácil à seriedade, enquanto o nordestino falava pelos três. Agora Nedim não disputava mais com seu João aqueles desafios de quase noite inteira de loquacidade, como dantes, em São Carlos. Nedim mudara demais, e a capacidade de antipatia do regatão antigo redobrara nele. Era de só patrício ou só mesmo um seu João suportar.

Antipático por função, mascateando com suplício por esse imenso Brasil, mais nocivo que útil, mucuim coçando na mão gastadeira do povo, fizera tudo pra ajuntar dinheiro e ajuntara mesmo. O que sofreu nem se conta, nem o que prejudicou. Acrescentou muita miséria, muito malestar. Não por maldade. Nedim conscientemente era só bom. Havia nele um ideal que jamais se sistematizara na consciência, mais ou menos o que se definiria por "ficar rico" se por acaso houvesse nele o desejo de gozar riqueza ou ser avaro. Mas não havia nada disso não. Havia apenas mas era uma espécie de voz antiga, um mando irresistível que o obrigara a mascatear, a sofrer e fazer sofrer. Era então tudo o que é um teque-teque do Interior, a mais apenas uma certa altivez curiosa, decerto derivada do materialismo com que realizava a sua finalidade. Essa altivez o levara a muita discussão azeda por aí tudo, e duas ou três vezes a alguma troca de socos. Quando a briga chegava a isso, apanhou sempre mais que deu. Não sabia brigar. Parava a briga no meio, principiava, com muito palavreado insultoso, arranjando as coisas pra partir, partia insultando até meia légua longe, com um ódio prodigioso em que tinha muito de despeito de si mesmo. Achava alguém, uma casa, continuava falando outros assuntos, sem nenhuma raiva mais, nenhum sofrimento, pregando a excelência da mercadoria. Se não topava ninguém, o ódio perseverava. Passara noites inteiras ruminando raiva, deixando escapar insultos oratórios duma constância expansiva originalíssima. Porém era incapaz de se vingar. Trazia todas as brigas e todos os inimigos na memória, o mais antigo que aparecesse Nedim o reconheceria, e todas as peripécias da briga passada voltariam no momento. E mesmo, nos tempos de teque-teque, ficava logo no ponto de recomeçar a briga, retomando-a onde ela parara. Mas, pela mesma espécie de fatalidade, era uma espécie de bom. Jamais não servira a um ódio eterno desses por alguma cilada de qualquer gênero contra o inimigo. E se este por acaso, nalguma dificuldade financeira, viesse propor negócio pra ele, a vingança raivosa de Nedim consistia em não aceitar negócio nenhum com o outro, nem que fosse pra botar o desgraçado na miséria.

Um dia afinal, depois de vinte anos de mascate por conta própria, se soube que aquele terreno valorizadíssimo era propriedade de Nedim. Vendera metade. Construíra aquela casa branca enfeitada. Botara hotel com o café embaixo. Fora buscar, não se sabia onde, uma companheira tão gasta como ele, síria medonha de feia e jorrando malvadeza pelos ângulos. Ela ficava no hotel. Ele no café. E no hotel também. Tinha olhos pra tudo e a economia era insultante. Mas Nedim ficara desgraçado, e o sofrimento é que mudou o jeito dele. Gastara mais do que possuía na construção do hotel. Ora Nedim era dos seres que adoram a posse pela permanência física iniludível do possuído. Adorava o dinheiro que se via, visível, dinheiro mesmo, que faz peso na mão, que se guarda na mala escondido. Adorava ainda o terreno comprado, não pelo que se valorizara, mas porque eram tantos metros quadrados de terra que ele podia pisar. Pra Nedim o terreno não se valorizara nada: se conservara apenas o possuído bem concreto, que de tão pesado ele não poderia levantar com o braço forte. E tudo isso desaparecera, todo esse possuído objetivo se evaporara, não apenas pelas dívidas contraídas pra terminar a montagem do mosqueiro, mas porque este, no contínuo vaivém de compra e venda, de pagamento em troco de cama, de comida, de roupa que ficava suja e Nedim é que pagava pra lavar, não parecia ganho mais. Os lucros, o possuído se sutilizara em excesso pro sentimento de Nedim, não os podia compreender exatamente, e sofria. Na mascateação de dantes não se apercebera jamais das trocas de badulaques e fazendinhas por dinheiro. Além de hábito vindo da mocidade, o lucro ficava bem visível, bem despropositado e físico, decisivo, lhe pesando no bolso. Eram bem coisas pra se vender que vendia, e não como agora coisas pra se possuir, casa dele, arroz dele, roupa de cama dele, terreno dele. E tudo, partido o hóspede, ficava pra lavar, ele que ficava pra pagar a lavagem do que o hóspede sujara, e tinha no fim do mês que pagar os criados... E inda por cima o fantasma da dívida perseguindo-o noite e dia, embora ela se amortizasse com rapidez; o fantasma vinha e arrancava dele tudo aquilo, tudo não era dele mais, era dos credores. Não possuía nada, nem terreno, nem casa, nem louça, estava pobre, com a roupa do corpo só! Viera e ficara firme a sensação de que principiara novamente do começo, a ajuntar cruzado por cruzado. A coragem fora mais forte que Nedim e o quebrara. Tudo ia muito bem, o hotel imediatamente imundo e o café lhe davam juros duma grandeza gatuna, mas subsistia no coitado a sensação de que o espoliavam, que estavam morando na casa dele, comendo a comida dele. Quando essas fraquezas vinham, fechava os olhos pra não ver os frequentadores do café. Jamais pudera se acomodar com a sala de jantar do hotel. Não comia nela, nem passava por ela nas horas de refeição. Lhe vinham impulsos de botar pela porta fora toda aquela gente sugadeira, sofria muito. Dinheiro, não o satisfazia mais nem o vulto do dinheiro. Tinha sempre de cor quanto ajuntara já de novo, nunca voltava a recontar o dinheiro guardado. Continuava na mesma confiança dos tempos de mascate: não punha no banco nem possuía burra, a mulher que guardava tudo na guarda-roupa. E não sabia mais fazer as transações audazes, puramente bocórias do mascate. Emprestava seguro, comercialmente, legalizadamente, na certeza de ganhar bem com o empréstimo e sempre na visão angustiosa de que o roubavam, de que estava recomeçando tudo, com mais economia, muito menos esperanças e nenhuma mocidade. Era horrível. Ficara soturno. As ordens dele queimavam. Ninguém era feliz naquele meio.

A amizade de seu João era agora pra Nedim um martírio. Recebido o telegrama de Chico Antônio, seu João resolvera vir buscar o filho em São Paulo. Partiu sem mais pensar, e não havia de gastar noutro hotel que no do amigo. Apareceu fazendo uma bulha dos demônios, muita gargalhada e abraço, café adentro. Nedim, os olhos dele reconheceram cheios de carícia a imagem antiga do amigo. Foi um momento só. Secundara com um bom-dia seco e um "como vai" de mão entregue às demonstrações de seu João. Nedim estava com medo. Toda aquela jubilosidade pura de seu João, de que Nedim se aproveitara mais duma vez pra passar alguma camelote e o peso dos juros do empréstimo, agora lhe soara falso. Seu João estava enganando. Pagara tudo certo, é verdade, mas vinha pra se vingar. Vingar, não é o termo: vinha pra passar algum calote no sírio. Foram pra cima escolher o quarto. Nedim seguia o amigo, meio atrás, na defesa, observando. Quando seu João pediu o preço do quarto, Nedim sem refletir, sinceramente, aumentara a diária comum. Não é que preferisse perder o freguês, nem era por nada, fez. Meio que se defendia de antemão de alguma falcatrua em que seria fatalmente embrulhado por seu João. Este, numa paciência entusiasmada, andava da Central pra Estação da Luz, esperando trem numa conta, sem saber por onde nem quando Chico Antônio chegava. No hotel, era o mesmo bem-disposto e palavroso. Mas Nedim não estava vivendo aqueles dois dias. Um medo enorme, sem remorso, apenas medo de seu

João, fazendo o sírio desconfiar de tudo, entre indefiníveis sustos interiores.

Não era a primeira vez que seu João o convidava pra ir passar uns dias de férias na casa dele. Seu João nem punha reparo que isso dependia de licença na fazenda. Oferecia de coração, menos levado pela bondade aliás, do que pelo prazer de dar e dar-se. Era aquele maravilhoso desprendimento tradicional, que no Brasil ficara especificado principalmente no nordestino de tradição: dar, pela felicidade de dar. Nedim recusara com ódio por dentro. Bem previu de golpe a possibilidade de se aproveitar do amigo e descansar sem gasto, mas era mesmo impossível porém. Seu João estava mas armando uma cilada qualquer. Crescera uma antipatia visível por seu João, que só mesmo o nordestino era incapaz de perceber. Nedim detestava o amigo, que estava preparando uma cilada clara e indeterminável contra ele. E o detestava ainda pela amargura de não poder se aproveitar da oferta repisada. Mas agora ficara preso pra sempre aos gastinhos do hotel, que o martirizavam. Nesses gastos Nedim sentia escoarem todos os restos da sua riqueza, mas era por isso mesmo que jamais poderia se afastar deles. Não porque com ele presente houvesse mais economia, mas por aquele desespero tragicamente avaro com que a gente não pode se afastar, e colhe os últimos respiros da pessoa amada que se morre.

Além do mais Nedim temia a mulher. De primeiro, por instinto natural mais do que por bondade, tomara o costume de dar esmolas. Dava principalmente aos paralíticos, por uma transposição curiosa de personalidade. Mascateava de a pé por esses mundos, e em cada paralítico que enxergava, se via impossibilitado de caminhar, ou via toda uma profissão de itinerantes acabada pela desgraça física de um só. Então dava. Dava com a mesma irregularidade sentimental da maioria dos esmoleres, conforme a sensação de horror que recebia do mendigo. Quanto mais feio este, mais dava, no desejo único de se libertar pelo maior sacrifício, e se o pobre era loquaz na gratidão, fugia perseguido, até com raiva do outro.

Pois mesmo o costume de dar mudara agora. Vivia numa luta mesquinha com a mulher. Esta era menos sensível e sabia que estavam ricos. Dava esmolas também, como o marido, e embora o gesto físico de dar fosse nela um insulto pro mendigo, isso não era culpa dela, era culpa do corpo horroroso. Não concebia as esmolas de mais de tostão e muito comentara com Nedim os desperdícios deste, algumas vezes até mil-réis indo parar em mãos emberevadas. E agora Nedim que a censurava pelos poucos tostões dos sábados! O sírio dera pra tomar conta das esmolas da mulher. Achava mesmo sempre um jeito de surripiar uns três tostões à sabatina esmoler da companheira, não pra conservar mas pra ele dar durante a semana. E esse dinheiro ele dava bem, sem nenhuma luta com a economia, com alívio pessoal de dar. Mas a mulher está claro que percebia o roubo, e por seu lado roubava em qualquer compra a equivalência do perdido, pra dar exatamente, friamente, o quanto destinava a esmola. Não falava nada pro marido, mas Nedim conhecia a mulher e tinha consciência de, ou antes amesquinhamento por ela perceber os roubos. Nem por isso deixava de roubar, e numa ilusão só mesmo possível em seres assim tão fatais, se desintegrava da vida econômica da esposa, e continuava imaginando que sempre tinha alguma forma de economizar, naqueles roubos mútuos.

Afora isso, que vida terrivelmente unânime a dos dois! Só havia entre eles a confiança perfeita e o silêncio. Quase não se falavam. Não tinham o que se dizer pois um bisava a consciência do outro, apesar de seres diferentíssimos. Tudo o que era espontaneidade em Nedim, se repetia sistematizado conscientemente nela, e da mesma forma como ele sem querer era naturalmente bom, ela naturalmente má. Jamais ela pensara na própria feiura, porém fora a feiura física que lhe determinara o ser moral. Honesta, sim, mas duma honestidade que chocava por causa da impossibilidade de errar. Inda quando limpa, à saída do banho semanal, a pele encardida, que brilhava sempre de tão lisa, era sórdida, parecia suada, cobrindo uma ossatura toda em arco.

O que ela sentia por Nedim era o mais completo, mais frio e mais sistematizado ódio. Está claro que isso jamais lhe chegara ao conhecimento, mas o fato é que odiava Nedim, quando imaginava estar apenas desprezando o marido. Viviam em muito perfeita harmonia, e as rusgas que tinham eram rusgas de Nedim, uns gritos ásperos, uns insultos de "cadela por sua mãe que foi cadela" pra baixo, tudo parado no meio, de repente, sem razão pra continuar. A megera estava acostumada e não sofria. Obedecia quando era justo obedecer, desobedecia se não. Não se sentia feliz porém não haveria modos de a fazerem desgraçada. Se o marido morresse, a vida continuava, e na certa que encontraria mais alguém que pretendendo lhe gozar a herança lhe servisse de objeto pra supliciar. Suplício sutil, feito mais duma criação de ambiente que de gestos reais. Mas estes existiam também e eram conscientes.

Uma das formas com que ela supliciava Nedim era o gamão. Nedim, não se pode afirmar que gostasse de gamão, jogava-o. O fraco dele era esse gamão jogado a leite de pato com a mulher. Desde os tempos de casamento, se estavam juntos e sem quefazer, eles jogavam o gamão. Nedim às vezes fatigadíssimo duma viagem, e agora, exausto com os terrores financeiros do dia, se atirava numa cadeira, na entressombra familiar. A danada largava o servicinho ou calmamente continuava acabando um arranjo. Depois trazia o jogo. Muitas vezes a fadiga de Nedim era tamanha que ele nem mexia, fechando os olhos pra não ver o jogo. A danada arranjava as pedras de ambos e ficava ali, sem uma frase, esperando. Nedim se remordia desesperado. Uma vontade imensa de não jogar, despeito por ter perdido na véspera, aquele número seis que não viera nem uma vez pra ele na negra... Abria os olhos e principiava jogando com afobação. E eram duas horas de martírio. Uma luta de espertezas. Os dois roubavam. O interesse do jogo não estava na vitória, estava na trapaça. Tomavam mais cuidado em somar os pontos do adversário que os próprios. Nos próprios, se errassem, nunca jamais que errariam de maneira a se prejudicarem, mas à mínima desatenção que tivessem, era certo o adversário trapacear. Somava como lhe convinha ou na conta dos dados ou no pulo das pedras. Um gamão que consistia angustiadamente nisso: não deixar o inimigo roubar.

Pra esse jogo escuso das horas noturnas, a leite de pato, separados dos homens, no quarto solitário, o casal transportara todo o instinto de roubo, que a honestidade, por uma espécie de puerilidade moral, não deixava eles praticarem na vida. No gamão é que conseguiam a maior intimidade entre si, de seres ávidos, duma ganância fixada em finalidade, capaz de todos os sacrifícios morais. Se detestando no momento, um buscando de qualquer forma prejudicar o adversário, é que eles se emparceiravam melhor, um encontrando no outro, como num espelho, a única verdade fixa de ambos. E quando um pegava o outro na trapaça, vinham as palavras ásperas, os "gatuno", os "filha de cadela", cantar os passes daquele gamão desgraçado. Mas a verdade é que estavam se insultando a si mesmos. O insulto era uma espécie de autossugestão com que se incitavam a roubar inda mais; um cilício excitador e ao mesmo tempo uma qualificação cheia de desprezo pelo que quereriam ser. Aquilo esquentava o manejo. Jogavam rápido numa habilidade prodigiosa de somas e gestos, loucos pra andarem mais depressa, acabar com aquilo e fugirem de si mesmos. Pouco a pouco a noção do jogo se transformara inteiramente neles. Não havia a mínima consciência de roubo. Se ganhavam por alguma trapaça escapada, a sensação de vitória vinha absolutamente virtuosa dar um gozo indizível pra Nedim. Pra ela não; dava apenas um olhar de confidência deslavada: roubei e você não percebeu. Ela jogava friamente, ele com toda a paixão, mas ambos agastadíssimos. E continuavam assim, até que o sírio não suportava mais o suplício, ia deitar, com um sono inexato, bordado de memórias e raivas. A megera vinha, como um insulto desafiando, se deitar ao lado dele. Nedim recuava com nojo. Outras vezes se lançava sobre ela feito uma fúria, mais por vingança que outra coisa. Ela se deixava gozar pacientemente, pronta sempre. Mas não tivera jamais um suspiro de amor.

Quando Nedim viu seu João na companhia dum desconhecido, percebeu que na certa era o moço esperado. Teve um choque desagradável que permaneceu ecoando no malestar. Respondeu, mais vago que seco, à saudação gritada do amigo, e se virou de novo pros patrícios com quem falava, fingindo continuar no meio deles. Na verdade estava longe, e dando uma atenção falsa à conversa, ficara isolado em si, matutando, procurando adquirir uma noção definida de que estava sentindo, de qual era a verdade que a chegada enfim do moço provava, a respeito das intenções de seu João contra ele. Não chegou a nenhuma conclusão, tal era a perplexidade atemorizada em que sufocava. Percebia apenas que tinha uma noção perfeitamente nítida duma coisa vaguíssima. Tinha a certeza incontestável de que aquele era o moço que seria a causa de quê? De não sabia o quê, uma coisa horrível, um mal grande, a perda definitiva não sabia como, nem se dele só, um desastre formidável ia suceder. Só isso. A própria realidade comezinha de que seu João era mesmo amigo dele, de que era naturalíssimo chegar um nordestino em São Paulo, todas essas evidências primárias davam pra Nedim um tal ou qual pudor que o impedia de afirmar francamente que seu João e o moço tinham combinado pô-lo na miséria. Afirmar semelhante coisa seria uma falsificação tamanha da verdade que mesmo o cagaço alucinatório em que Nedim se debatia parava diante dum limite: dava de encontro num muro de pudores, de coragens, de evidências, e se despedaçava num vago insuportável. E o pensamento normal de Nedim estava aliás prejudicado pelo desejo de ir ver o moço, de conversar com ele, apalpar-lhe as manhas, os desígnios secretos, enfim tudo o que pudesse esclarecer de algum jeito o perigo ignorado de que tinha a certeza. Não pôde mais, foi ver.

Chico Antônio não gostou da chegada de Nedim. Estava num momento por assim dizer feliz da vida, que o turco vinha atrapalhar, chegara ao reconhecimento dum erro qualquer. E essa convicção o deslumbrava, como o deslumbravam sempre as raras convicções a que chegava na vida. Pouco lhe importava saber qual o erro, se o fato de ter casado, se o fato de ter abandonado a mulher. Inda lhe importava menos que fosse uma certeza de erro e não de virtude. Como todos os seres muito místicos, lhe era fácil se defender da vergonha pelo arrependimento. Ia gozar um instante de verificação e nitidez. Se é certo que tinha o seu mais absoluto prazer e mais constante vício nos momentos de absoluta, de aintelectual diluição de personalidade a que atingia na cantiga rodada do coco, em certas cismas ao sol, ou diante das surpresas estupendas que nem a de há pouco atravessando a várzea do Carmo: a vacuidade constante em que vivia o conservava num estado de armistício, tão vegetal que não chegava sequer a reconhecimento de vitalidade – uma interminável monotonia. Por isso, toda convicção, todo e qualquer marco de pensamento que conseguia fincar nos domínios perplexos, e nele especialmente ilimitáveis, do conhecimento, lhe dava um instante de verdadeira vida humana. Esses instantes em que passava da irracionalidade insegura pra uma composição mais firme do ser abriam nele uma verdadeira sofreguidão de amor e desprendimento, Chico Antônio ficava maravilhosamente bom.

– Larguei, nhor-sim.

Como era bom não mentir! Como era bom confessar pra seu João que fora um malvado, largando a pobre da Isabel! Como se arrependia... de tudo! Como era bom a gente se arrepender pra um amigo, que era pai, que era padre em confissão, mãe nos perdoando, nos castigando, como era bom o castigo!... Estava imóvel, muito sentado, mas as sensações voavam dentro dele, se sentia de joelhos, nessa volúpia implorante de esconder a cara no corpo confortador, sentia um choro interno, uma faculdade consoladora de fazer o bem, percebia que era capaz de consertar o malfeito, percebia o malfeito já consertado, não porque o fosse de fato consertar (Chico Antônio nunca mais se ligaria com Isabel) mas porque tinha capacidade pra isso. Se sentia premiado, todos o louvando, Isabel felicíssima, ele felicíssimo, seu João que ele queria tanto bem e respeitava, alegríssimo, uma grande festa no sábado, com muita cachaça, ele cantando... O sírio viera atrapalhar tudo.

Olhou pra Nedim sorrindo aquele sorriso de conhecimento indiferente que sempre tinha diante de qualquer estranho. Se o desagradava a chegada intempestiva do sírio, era incapaz de antipatia por ninguém, e acostumado a uma vida viageira, inda por cima de cantador, com quem toda a gente se acha no direito de conversar camarada, sem nenhuma apresentação prévia: diante de qualquer estranho não tinha a sensação sempre interrogativa de quem vai conhecer, mas a segurança de si mesmo de quem apenas está reconhecendo.

Nedim apalpara a mão de Chico Antônio e o examinava com avidez. Mesmo sem esperar que seu João desse espaço, perguntou abrupto pro moço:

– Você... o que vem fazer em São Paulo?

– Vem ganhar dinheiro que nem o senhor, seu Nedim!

Seu João caiu na gargalhada. Nedim olhou com ódio pra ele. Percebia com segurança na frase que o rapaz vinha ganhar o dinheiro dele, Nedim, mas era tal a enormidade da verificação que não podia tomar nenhuma defesa contra ela. Disse convicto:

– Sou pobre.

– Ora, seu Nedim!... se o senhor é pobre quem que é rico então! De certo, eu!

– E já tem muito imigrante em São Paulo.

As frases do sírio cortavam, e seu João principiou sentindo um certo malestar. Chico Antônio não, estava seguro, muito calmo, voltado à vacuidade habitual.

– Sempre hei-de arranjar ele por aqui. Está bom... agora já tomamos nosso café, vamos dar um passeio na cidade pra Chico Antônio ver.

O moço obedeceu, levantando da cadeira e carregando os trens. Falaram-se até-logos sem que ninguém desse a mão. Caminhando entre as mesas, seu João falou baixo pra Chico Antônio:

– Este Nedim é burro.

E deu uma risada de confiança, porque a afirmativa o fizera voltar à intimidade do sírio outra vez.

Nedim ficara imóvel seguindo os dois com olhar de exame. Nascia nele um desejo doído de seguir os dois, saber o que iam dizer e fazer, mas não podia deixar o café. E um prazer! se ao menos nessa noite de sábado, ele se divertisse uma só vez na vida com os amigos!... Mas não podia deixar o café.

Quando os nordestinos desceram a escada do hotel, deixados os trens no quarto, Nedim estava na porta, com um sírio moço. O estado de curiosidade fora tão insuportável que se libertara naquele alvitre: mandar alguém com os dois. Só isso, mandar mais alguém, sem especificar pra quê. Nem no momento, Nedim se prometia interrogar depois o Jorge; tratava-se apenas de mandar Jorge, por esse conhecimento instintivo que nós temos de que o número três desintegra a força humana dos conluios. Jorge atrapalhava pelo menos as conversas do momento e tudo ficaria adiado pra mais tarde. Ora pra Nedim a vida se tornara tão desgraçada, tão desastre irremovível, que o único sentimento de felicidade, ou pelo menos de posse, consistia em afastar "pra mais tarde" o que fatalmente havia de chegar. O timbre sibilante da voz dele adquiriu uma certa surdina pra mandar:

– João, Jorge vai com vocês pra mostrar...

– Ara, pra quê, seu Nedim, carece não!

O velho até ficara bem contente com o aumento de mais um no passeio. Era mais uma possibilidade pra gozar, tanto mais que havia uma razão violenta de passado que não lhe permitia, diante de Chico Antônio, se libertar completamente da sua autoridade. Ora seu João era um desses tipos admiráveis, de que Job explica moralmente a lição, mas esquece a verdade psicológica. São os egoístas do bem-estar, e que por isso levam a prática do conformismo até dentro da maior disgra. Tudo estava sempre bem pra seu João, e desse bem-estar ele era voluptuoso. Muito correto, duma virtude apriorística, incapaz por natureza de fazer mal a um bicho, no seu meio ignorante ele não servia-se da autoridade natural que lhe vinha da maneira de ser, senão nos momentos em que se impunha a existência duma verdade fixa. No resto, não havia ninguém mais complacente que ele, se tornava em toda a parte, e agora na colônia, uma espécie de confessionário prestimoso em que iam se perdoar ou consolar todos os pecadinhos. A autoridade dele era muito sutil mas sem nada de hipocrisia. Achava muitos jeitos de perguntar pra ensinar, tratava a muitos por "seu Fulano, o senhor", e punha uma delicadeza tão exata em esquecer o passado alheio nas conversas e trato quotidiano, que toda a gente se aproximava dele, mesmo após uma falta recente, sem receio duma alusão, ou pior ainda, dessa indecisão repreensiva que a maioria põe no gesto, diante de alguém que errou. Os homens são insaciáveis de prepotência. Quando um erra todos o condenam, e secretamente se recreiam com a possível inferioridade do outro. E não é pela precisão de nos justificarmos diante de nós mesmos, que agimos assim. É muito fácil a gente achar o perdão das próprias culpas porque de fato noventa por cento dos erros humanos são dignos de perdão por independerem de nós. Nós podemos ser justos pra conosco mesmos porque cada um possui, e só ele nesse mundo, os dados da sua precariedade pessoal, mas por isso mesmo que a nossa função física na Terra não é fazer justiça mas viver, diante dos outros homens a nossa inteligência procede com a lei dos irracionais, não perdoa porque perdoar é sempre um processo de rendição. Inculpa, que é sempre uma maneira de vencer.

Seu João instintivamente nunca agira por essa maneira geral. Os homens não tinham passado absolutamente nenhum pra ele, seu João se regozava neles pela presença no presente; e se o presente era de paz, sejamos felizes juntos – tal era a lei de seu João. A presença de mais "seu Jorge" no passeio lhe permitia partilhar com o sírio a autoridade que recebia da existência de Chico Antônio. Por isso gozou com a oferta, recusando só porque era praxe recusar. Mas Nedim percebeu muito bem que o velho recusara não gostando que viesse um terceiro atrapalhar... que conluio? Um conluio qualquer. A voz dele fuzilou, impondo Jorge.

– Não zanga, seu Nedim! Qual! ninguém me tira da cabeça que o senhor tá carecendo é fazenda! Amanhã a gente combina isso.

Partiram os três e era ali pelas vinte e uma horas. Moveram-se um pouco dispersos ainda, principalmente pela diferença de andar. Chico Antônio caminhava mais rápido e, separado de seu João pelo sírio no meio, não conseguia ritmar o outro nordestino. Ia por isso um bocado livre, o mais na frente dos três, recaído na sua inconsciência habitual. Não olhava, não examinava nada, já inteiramente acostumado com São Paulo. Numa esquina, tendo seguido a reta do andar, em vez de dobrar subindo a ladeira, quando o sírio o chamou, foi retomando logo a dianteira, sem nenhuma hesitação por ter errado.

Dois passos atrás de Chico Antônio vinha seu João, e um passo atrás deste o sírio, mais lento que os outros por ser o único a conservar a consciência, ou melhor, o prazer do passeio. Seu João conversava, contando a vida pra Jorge, perguntando muitas coisas sobre este. Jorge era loquaz também mas secundava sem vontade, assim como escutava sem nenhuma disposição. Afinal pôde levar o assunto pra São Paulo, e unilateralizado pelo seu papel de guia, existiu violentamente contando coisas. Mas doía pra Jorge a indiferença de Chico Antônio, tão separado dele. Pretendeu andar mais rápido pra ficar ao lado do outro mas foi impossível. Chico Antônio curtia também um certo desagrado porque o andar dos companheiros o prendia atrás. Quando Jorge, desistindo do movimento de passeio, apressou mais o passo, Chico Antônio simplesmente desafogou mais a andadura, e as distâncias se conservaram iguais. E apesar da conversa entre seu João e Jorge, os três estavam ainda muito solitários.

Na porta do hotel, quando Nedim mostrara o companheiro inventado pros nordestinos, Chico Antônio e Jorge tinham se trocado um olhar comprido. Esse é geralmente o jeito com que transportamos pra nossa espécie humana o cheirar dos irracionais. Tinham se reconhecido da mesma espécie, o que, no caso, queria dizer da mesma idade. Eram moços e ficaram companheiros íntimos porque podiam tomar muitas liberdades um com o outro, e se falar muitas coisas secretas. Jorge sentira desde logo mais prazer pelo passeio, enquanto Chico Antônio apenas depunha inteira confiança no amigo novo. Agora estavam separados por uma incompetência física no andar, ambos se constrangiam com isso, porém o mal era pequeníssimo pra lhes prejudicar a amizade, e se a dispersão natural de Chico Antônio não lhe permitia se preocupar com essas coisas, Jorge, que sabia claro o que estava se passando, era praciano de cidade grande, já possuía aquela experiência urbana que dá espaço pra esperar. Sabia que em pouco tempo uma conciliação qualquer havia de vir. Veio logo. Desembocaram da rua de São Bento na praça Antônio Prado, e o espanto do arranha-céu os fez parar.

– Para, Chico Antônio!

O moço obedeceu ao chamado e veio pra junto dos dois. Então Jorge, estimulado pela aparente escuta do amigo, fez uma preleção em decretos, como era só possível a ele. Tinha uma natureza de Deus, simplório e tranchante. Não concebia a dúvida nem a possibilidade de errar, e se acaso numa conversa acontecia alguém provar que ele errara, não sofria a noção do erro, percebia apenas ter havido uma mudança de verdades. Uma verdade fora trocada por outra verdade. Jorge era assim, e num minuto de discurso diante do Martinelli, inda mais pôs à prova a admiração de seu João pelo monstro, com uma dúzia de afirmações estupidíssimas. Quanto a Chico Antônio, viu um bocado e esqueceu imediatamente quanto ouviu. Caíra num vazio modorrento, exacerbado pelo cansaço de ter puxado os outros dois até ali. Quando continuaram andando, subindo a rua Quinze cheia de gente, foi ele a ser puxado por Jorge, agora já na posse legítima do amigo.

Seu João falava. Jorge respondia mal. As frases que tinha eram pra Chico Antônio, porém poucas, porque unidos numa intimidade muito suave, os dois já tinham muito rara coisa a se falar. Havia multidão e a todo momento os dois eram seccionados um do outro por grupos contrários, mais coesos na ostensividade do prazer. Num momento em que a precisão de abrir caminho os uniu por demais, as mãos deles se roçaram. Então deram-se as mãos, como é tanto costume entre sírios. Chico Antônio deixou-se pegar pelos dedos e seguiram mais sossegados. O alvitre fora bom porque a velhice de seu João, não permitindo entre os amigos total liberdade de conversa, os desligava ainda um pouco. Principiou um diálogo de mãos em que puderam finalmente se dizer as melhores verdades.

Avançavam felizes, no dualismo conquistado, porque não tem nada capaz de fundir melhor corpo e espírito, e nos dar o gosto do ser integral, que a presença dum companheiro íntimo. O homem sozinho raramente chega a ser completo porque a unidade entrega demais a gente a essa contradição naturalmente monstruosa que é o ser racional. O indivíduo se perde no fio do pensamento, meio que abandona o corpo, e a integridade se desequilibra. Também os momentos de vida social nos fazem perder muito de nós mesmos, quer pelo excesso de presença física que organiza o prazer coletivo, quer pelas circunstâncias violentamente individualistas de luta e competência. O homem só fica inteiro, só fica bem equilibrado, na intimidade de mais um. Intimidade que é puro engano a gente imaginar exija conhecimento firme, convivência longa e até amizade. Pra maioria isso não é necessário. Por um poder invisível de simpatia ou coincidência momentânea de destino, ideal, desejo, ofício, às vezes a gente fica íntimo dum ser ignorado faz pouco, mas, acima de igual, nosso idêntico. Essa era a intimidade em que estavam Jorge e Chico Antônio: uma congruência momentânea, auxiliada no último pela despersonalização contínua que o tornava aceitador de tudo e todos, em Jorge por causa da simpatia sentida pelo outro, tornando o sírio amoldável e identificador.

Viveram um momento pequeno assim, nesse prazer perfeito da intimidade sem mais nada. Porém a ignorância os tornava muito inexperientes pra que estimassem conservar um prazer assim tão indestinado, só esperavam uma direção por onde a intimidade se justificasse. A direção estava ali mesmo, era a sexualidade. Bastou uma mulher cruzá-los sozinha, os dois nem se consultaram, olharam pra ela. Praticaram esse rito comum da sexualidade, olharam pras pernas da mulher. Um aperto de dedos pelo sírio os levou pras costumadas bandalheiras dos homens. Sorriram muito satisfeitos, o sírio pelo exterior, buscando o olhar não dado do amigo, o coqueiro num recato de desaponto. Em Jorge a excitação foi a de sempre, urbana e quotidiana, mas no cantador nasceu uma sensualidade enorme. Ficou indiscretamente excitado, no poder da angústia. Respirou forte, abanando as narinas, como colhendo no ar a direção das fêmeas. A continência fora comprida na viagem. E agora, a todo contato novo com as mulheres passando, o corpo dele se sobressaltava numa aspiração violenta.

Seu João não maliciava o que estava se passando. As frases dele quando vinham feriam Chico Antônio feito uma censura que surpreende a culpa em meio. Instintivamente o moço dava de banda, puxando Jorge mais pra longe de seu João, e o sírio, percebendo que alguma coisa no velhote incomodava o amigo, passou fácil da procura de excitações pra uma raiva irritada contra seu João. Chico Antônio não fazia essa passagem, queria mulher. Nem punha reparo que o pai o incomodava. Sofria uma frase vinda, capaz de cortar a espécie de sofrimento mas tão delicioso em que estava, e dera pra andar de banda, fugindo da importunação. Iam quase obliquamente, e afinal Chico Antônio desceu da calçada pro leito da rua. Jorge também.

Aí a pressão do povo era menor, Chico Antônio abriu num passo largo, puxando o companheiro pela mão. Os autos passavam rentinho dele sem que viesse noção de perigo pra aqueles olhos úmidos, abertos pra frente agora, regados de simpatia, enquanto na boca entreaberta o ar entrava secando. Seu João atrás quase gritava que andassem mais devagar. Isso enfim esclareceu subitamente Jorge, que apressando mais o passo ficou a par do amigo e meio que tomou a dianteira na fuga. Nele isso era uma deliberação. Estava inteiramente livre dos desejos agora, guardava-os pra depois que deixassem o inimigo incapaz de os acompanhar.

– Vamos largar o velho num café, eu sei dumas no largo de São Francisco!...

Chico Antônio não entendeu bem, se entendesse havia de ter raiva do sírio. Mas a frase ferira tanto ele como a voz de seu João. O andar se irregularizou, como o de alguém que desiste de achar o que procura. Seu João se aproximara, achando muita graça no "brabo" do filho que inda não sabia andar em cidade grande. Jorge se dissolvia, desanimado com aquele besta de companheiro incapaz de dar o fora no velho, pra ambos irem gozar com as putas do largo de São Francisco. As mãos se desligaram.

Chico Antônio solto, continuara caminhando em plena dor de volúpia. Tomou pela rua Direita, admiravelmente sozinho, mais lento, reentrando no apertão da calçada. Algumas vitrinas já estavam se apagando, mas ainda assim as luzes aqui eram maiores, mais excitantes, deixando as mulheres bem visíveis. E nas casas de modas e quinquilharias, manequins, meias, vidros de cheiro, Chico Antônio deu um encontrão, "Desculpe, dona", foi desviar, quase pisou em gente e desceu pra rua. Vinham músicas lindas do outro lado, movendo o andar, que o passeio ficou mais jeitoso e Chico Antônio pôde se despreocupar de não dar esbarrões nos outros, coisa que lhe trouxera mais a atenção pra realidade. Reentrou na calçada e logo adiante parou, vivendo com os olhos aquelas banhistas maravilhosas, duas, uma de pé, outra já deitando na areia, se rindo pra todos na vitrina da Casa Alemã. Ao longe as dunas, o mar verde do Rio Grande do Norte. Chico Antônio ficou encostado na parede, à beira da vitrina, respirando o prazer daquelas figuras tão lindas, era lindo! num muito respeito humilde, porque se elas fossem vivas na certa que seriam gente de outra classe, filhas de senhor de engenho, pros amores dele não. Olhava com cisma grandiosa, num esvaimento suave da excitação. Os beiços, muito secos, se tinham fechado reentrando um pouco pra dentro por causa de Chico Antônio ser banguela, a expressão era de boca voluntariosa. A tez polida brilhando e os incomparáveis olhos meigos, com o nariz sensual mas bem-feito, o corpo pesado mas com uma juvenilidade esbelta, encurvado feito uma haste até o braço quebrado na parede, o outro incorporado à curva do torso, com a mão enfiada no bolso da calça: apesar de "gente baixa" mesmo as burguesinhas o fitavam com insistência. Chico Antônio se quisesse, talvez não achasse companheira grátis porque era noite de sábado, porém as acháveis se barateariam facilmente, aumentando com o sacrifício[4] um prazer verdadeiro.

Seu João, apesar da complacência, positivamente não via mais o que olhar naquela beleza de vitrina. O Jorge, meio amolado, parara cinco passos adiante na beira da calçada, mandando o mundo à merda.

– Se a gente fosse tomar um café!...

Seu João alvitrava assim, com uma certa tristura, porque afinal lhe estava parecendo que os três não conseguiam passear direito, faltava qualquer coisa. Pois pagava o café e se quisessem mesmo uma branquinha pra esquentar o frio delicado da noite e o prazer.

Chico Antônio se desencostou da parede, retomou o equilíbrio com mansidão, e os três continuaram andando. A procura dum café uniu-os numa intimidade mais legítima. E Jorge logo retomou o seu papel de tapejara, atraído pelo café dum patrício lá no baixo da avenida São João, foi guiando.

Assim chegaram ao ponto capital da vida paulistana, a praça do Correio.[5] Numa cidade de imigrantes, era ali o Correio. Se via a massa pesada e sem caráter do edifício, feito imigrante também, assustado, acachapado, cheio de dedos, de pontas e reminiscências estranhas. E os dois aclives dominadores da avenida, num ritmo de despejo, atiravam a qualquer hora do tempo na pracinha disforme, com nada menos de oito bocas de ruas, uma piracema de gente. O ponto era bem um desses lugares típicos do que tem de novo, de feroz, a vida americana. Liberdade e aceitação pragmáticas. Ausência de tradições nacionais, ausência de moral, duma qualquer moral coletiva. Despoliciamento de qualquer espécie,

4. Hesitação de MA no manuscrito: "essa dor"/ "o sacrifício".

5. Hesitação de MA no manuscrito: "Verdi"/ "do Correio".

urbano, político, filosófico, racial, financeiro, sexual. Prazeres. O exaspero do prazer e da ambição do ganho em competência. Desclassificação malestarenta de todos os indivíduos, famílias, grupos, desclassificação que insultava sempre, e a todos, a ricos, a pobres como a remediados, porque não provinha de nenhum nivelamento social organizado. A aparência de nivelamento, essa desclassificação monstruosa, que fazia mesmo os ricaços e aristocratas parecerem chãos e "muito democráticos", não derivava de nenhuma elevação dos indivíduos e da sociedade a um estádio superior de civilização: provinha sim dum verdadeiro desmancho do ser, que a pobres como a ricos desautorizava, lhes tirando qualquer valor trágico de classe. Porém, e por tudo isso mesmo, havia nesta vida americana uma secura invencível, a agressividade, a inassimilação insistente. E todas as liberdades, aceitações e despoliciamentos não conseguiam desfazer a característica mais intrínseca da vida americana verdadeiramente representativa dos grandes centros urbanos: a desamabilidade. Podia-se estar no prazer da companhia e em júbilo do indivíduo, faltava sempre, e a todos no geral, os elementos mais específicos da felicidade: a destinação inviolável, tradicional, a inobservância do alheio, o abandono de si mesmo.

Aliás de noite, a praça do Correio era ainda uma barafunda de luzes e escuridões. Junto das casas baixas, ainda dos últimos anos do Império, sempre jorrando luz, todas tomadas por cafés, restaurantes, barzinhos de passagem, os edifícios modernos, enormes, achatavam a terra com peso escuro. O Correio se fechava inteiro, sem uma luz na fachada, e como ele, à direita, ostensivamente germânica e acervejada, mais escura ainda que o Correio por causa da enxundiosa deselegância do estilo, a Coletoria Federal também se conservava inteiramente apagada. Lhe escorando as paredes, ou rondando sem vontade, com a maior incompetência de ferócia que é possível imaginar, guardavam-na carabineiros crianças, representantes da assombração enfermiça que somos por quase todo o Interior, escrófulas caipiras cor de areia molhada, procissão dramática de bocas ridentes e banguelas, peitos fundos e olhos no geral bonitos. A recolutagem do Sorteio Militar é que nos dava esse memento. Tirava do Sertão os seus filhos legítimos, que lá viviam como herdeiros, modorrando e trabucando nas intermitências dos fuás, fandangos, brigas, esforços curtos mas heroicos, lançava essa mocidade imperfeita nas cidades, deserdando-a dentro da marotagem beócia do militarismo. Dolorosos caboclos, caipiras, tabaréus, tapuios, sertanejos, brejeiros, praieiros recebiam com a caderneta de que tinham bem servido à pátria, a profissão da expectativa. Se assargentavam na inadaptação. Ou viravam sargentos de verdade pra gozarem o eterno das preguiças militares, ou ficavam nas cidades, biscateando sem manha nem luta. Alguns voltavam pra terra deles, sem-vergonhas, pabulando façanhas e mentiras urbanas, erguendo os olhos pra filha do juiz ou do prefeito, casando com elas muitas vezes, transmitindo males, nunca mais podendo retornar ao caboclismo natural. Numa terra de gente pouca, a Nação mesma tomava pra si o encargo de criar seus descla ssificados.

Noutra esquina, fronteira ao Correio, se erguia um fantasma esquipático e possivelmente mais nosso. A pretexto do estilo que chamavam de neocolonial, a índole enfeitadeira duns arquitetos sem engenharia imaginava servir às tradições da pátria, esvaziando em cada casa construída apenas o que a sarapantara em portais barrocos, janelinhas de rótula, azulejos e beirais inquietos. Em cada monumento desses ia uma azáfama exterior de semostração, tão idiota e repetida, que o neocolonial já estava querendo fazer da São Paulo tão pachorrentamente discreta dos mestres de obras do fim do Império, uma Baía falsa, muito episódica e desprovida de natural. Dessa arquitetura mestiçada era o estafermo em que, por instâncias do saudosismo decadente, fora se instalar o Clube

Português. Era o único edifício grande da praça que conservava iluminação nas janelas. No andar térreo, do lado da avenida, jorrava luz um café expresso ali encaixado por um sírio. A outra face do prédio metia pela rua do Anhangabaú que ninguém sabia pelo nome, e era a "rua do Cassino Antártica", ponte curiosa da nossa vida, por onde árabes, turcos e sírios pouco a pouco atingiam o centro da cidade. No corpo dela, retorcido, eles tinham montado uns restaurantes pobres, disputando freguesia com outros italianos, e principalmente uns espertalhões de chineses que, aproveitando a curiosidade de serem chins e a esperança de comidas chinas, ofereciam aos fregueses o macarrão, a canja, e o peixe podre paulistano. Mas a especialidade dos sírios da rua do Cassino Antártica eram as casas de frutas, monstruosas pela variação dos preços. Gordo, havia notadamente um sírio doido, maneta pela direita, cujas maçãs mudavam do dia pra noite de trezentos réis a mil-réis cada. Agia feito um rei tirano ou criança: o prazer dele era como que apenas mudar as etiquetas marcando o preço da fruta. Outros mais calmos, enriqueciam nos quartiúnculos, com lixo guardado vários dias e as frutas cobertas pela polvadeira da rua agitadíssima. E também, já pela praça do Correio e adjacências mais chiques, a turcada aparecia, meia tímida ainda, com o café do sírio e alguns barateiros, principalmente do lado em que a avenida, após o curto descanso no vale, empinava outra vez, rumo do poente.

Por não ser mais bem o centro urbano e nem assumir ainda a função de bairro, na praça do Correio e suas vizinhanças estava reunido o que São Paulo possuía de mais curioso. Cinemas, circos, teatros, hotéis misteriosos, a "zona estragada", clubes esquisitos, frontões, enfim tudo o que ainda não era caro nem completamente barato, tudo o que era prazer de emergência, vício policiável, perigo quase perigoso, estava por ali. Estufa de consolo vário. Ali se alapardavam os brasileiros dos outros Estados numa nordestinagem beócia ou na eterna carioquice do fila-jantar; ali os sírios principiavam a bancar de senhores; ali a soldadesca safisfazia os desejos, ali chins, ali japões, eslovacos, alemães, italianos, estudantes, caipiras, conscritos encontravam um terreno só pra homens, em que a simples complacência duma parada deteriorava qualquer metal de alma. Porém seria engano afirmar só por isso que esses tipos vindos do estrangeiro eram deteriorados pela cidade. Porque sob um certo aspecto eles também faziam a cidade: era esse encontro assombroso que fazia o nosso mundo americano em sua epiderme representativa. E as cidades como São Paulo eram que nem árvores de Natal a que esses polichinelos vinham se dependurar, dando ocasião, vida, brilho. E se a cidade acabava desonrando a muitos, estes, como no caso dos recrutas caipiras, não a caracterizavam também em nada nas suas validades essenciais. Era o próprio exotismo inassimilável deles que os acabava desfibrando totalmente.

Naquela mixórdia, também o que entra pro domínio do proibível achara o lugar mais propício pra viver em paz e prosperar, sob a proteção da Polícia, de cambulhada com os ofícios e divertimentos permitidos da noite. Por ali assentavam essas sociedades formadas por aceitação tácita de vários, que tratavam dos crimezinhos baratos de toda natureza. Um tempo mesmo, sob a direção dum ítalo-paulista capenga, baixote, caixa-d'óculos e sujíssimo, teve como sede a escadaria do Correio, às barbas da vida pública, uma curiosa sociedade de meninotes sem lei. Ou por outra, a lei deles era esse indivíduo a quem chamavam de "o Gordinho". Era admirável o domínio que o Gordinho exercia sobre essa rapaziada. Ficava ali durante horas, na sua roupa barata e sempre a mesma, chapéu preto desabado, paletó pardo só abotoado no botão de baixo, calça branca de brim muito apertada junto das botinas encarquilhadas, mas encarquilhadas a ponto de atingir a completa disformidade, como de pessoa que sofre horrorosamente dos calos. Parava imóvel, encostado às guardas de pedra da escadaria. Às vezes mesmo sentava ali, sobre um lenço cuidadosamente estendido e certamente muito mais sujo que a pedra. Vinha um menino. Não se diziam boa-noite, nada. Se encostava ao lado do capenga e principiava contando suas coisas. Não era possível perceber o que conversavam. Mesmo puxando conversa, travando relações nutridas ao possível com algum daqueles rapazes, nenhum que não fosse da lei deles, conseguiria que o tal desse a trela sobre o chefe. Acervejando muito o camaradinha, conseguir-se-ia porventura lhe devassar a realidade quase trágica de vida indestinada, mas bastava tocar no capenga, pronto, o rapaz fechava-se em copas assustado, ficava esquerdo num instante, olhava ressabiado, pouco depois não se continha, se despedia seco, partia fugindo.

Pois o menino ficava ali conversando com o Gordinho algum tempo. De repente partia rápido, certo na direção, e sumia por qualquer das ruas. Agora chegavam mais dois. Mas a conversa não animava nunca. O Gordinho falava pouco, sempre muito calmo, incapaz de rir. O grupo nunca atingia cinco pessoas, porque, se mais gente chegava, logo outros partiam, sempre com destino certo, num ritmo de obediência, como que mandados pra alguma parte. O que primeiro estivera ali, voltava horas depois. Vinha contando mais conversas, sempre num cochicho sereno. Muitos dos rapazes eram visivelmente pederastas, o que fazia à primeira vista imaginar uma caftinagem torpe. Alguns, de tão característicos no gesto, tão pálidos, podiam orientar a gente pra alguma quadrilha de vendedores de drogas. Eram isso tudo e a sociedade não era nada disso. Aquilo não passava duma dessas manifestações de desgraça humana que só as cidades grandes podem produzir.

O Gordinho era um tipo abortado. Física e psicologicamente. Pequenino, aleijado, imberbe sempre, não podia nada neste mundo. Tinha já pra mais de trinta anos, e na fala uma tristeza rija, de efeito imediato sobre aqueles meninos, órfãos de qualquer finalidade. Estava há mais de quinze anos empregado numa tipografia italiana ali da vizinhança mesmo. Talvez não conhecesse banho mais que mensal, tão sujo que repugnava aos próprios companheiros. Não se corrigia por isso, mas não dava a mão a ninguém pra não sofrer o vexame duma repugnância demonstrada sem querer. Não tinha sequer a coragem dos seus vícios, era honesto. Sabia ler, escrever, e, dotado duma memória puramente sentimental, ele contava em frases escritas as experiências da vida que a literatura de cordel e de fascículos apresenta.

Não demonstrava jamais atração por mulher, não lhe conheciam ligação de espécie alguma. Diante dos rapazes, sempre se conservando impassível, aquela tristeza percuciente que trazia na voz, se aprofundava, adquirindo uma segurança reflexiva que comovia muito. E os perdidos, a que a própria circunstância de vida obrigava à inteligência e firmeza de observação, ficavam logo amicíssimos dele, confiantes, lhe contando a existência. Jamais tivera uma descompostura pra ninguém. Não o assombraria talvez nenhuma "proibição". Não praticava proibições, é certo, mas toda a felicidade dele consistia em sabê-las praticadas pelos moços. Nem jamais tivera intenção de desencaminhar ninguém não. Na tipografia, onde já tinha emprego qualificado, os novatos, as moças, os meninos encontravam nele sempre uma ajuda certa e mesmo conselhos bons.

Se servia do prestígio que tinha apenas pra dar coragem. E dava coragem pros que andavam direito como pros que praticavam proibições. A ação noturna que exercera sempre, mas episodicamente, ao acaso dos encontros e das relações procuradas, sistematizou-se afinal, desde princípios de 1927, naquela verdadeira associação de crapulice. Tomara o costume de se postar ali na praça. Lugar de passagem quase forçada, os já conhecidos o encontravam aí. Trouxeram companheiros. Em menos de seis meses estava formada a malta duns trinta rapazes de quinze a vinte anos, com as mais diversas "profissões". Chantagistas a varejo, inculcadores de fêmeas, frescos, vendedores de cocaína, e principalmente faz-tudos à espera de patranhas ocasionais.

O prestígio do Gordinho sobre todos era mesmo inconcebível. Aconselhava, dirigia, censurava, mandava, chegara mesmo a expulsar um do grupo. Porque roubara e o Gordinho não suportava o roubo enquanto o roubo consiste em se apropriar do alheio sem consentimento deste. Isso ele não tolerava, lhe repugnava porque seria incapaz de praticar roubo assim, e conseguira incutir nos meninos o mesmo sentimento. Permanecera sempre no grupo uma noção amargamente trágica da honra, em que todos aqueles indestinados como que se consolavam da vida, imaginando seguir uma profissão destinada. Ora o conceito mais vulgar do roubo, por causa do não consentimento dos roubados, "não era um ofício", como argumentara um dos mais inteligentes da malta! Decerto ecoando apenas uma moralidade falada pelo Gordinho. E nenhum reagia. Respeitavam-no e queriam bem ele. O Gordinho dera pra eles o que é tão difícil de ter na juventude, principalmente entre incultos, essa espécie de consciência profissional, e além disso, a volúpia dum perigo, que dantes os amedrontava demais. O que ele exigia era segredo. Um prazer de mistério dourava aquela gentinha infeliz. Contavam tudo pra ele, mas os chantagistas nada contavam diante dos que vendiam cocaína. Só os parceiros do mesmo trilho se sabiam por suas conversas, e todos se inteiravam uns dos outros por intermédio do Gordinho.

Naquela presidência de pedra, escutava o que fora o dia, lembrava uma festa pra uns, orientava outros pra tal cinema ou pra tal bairro. Discutia, ou antes, resolvia as possibilidades produtivas de tal luta de boxe num circo e delatava as marés da população. Hoje todos estavam se dirigindo pro Triângulo. Muitos automóveis estavam tomando pelo parque, se no Municipal não tinha nada, era decerto o cinema Paramount. Acertava sempre. Tinha uma admiração maternal pra descobrir as ondulações da cidade e quem se aconselhava com ele saía sempre ganhando.

E foi esse um tempo de vida gozada pro Gordinho e pros companheiros. Durou quase dois anos. Escutando pormenorizadamente as aventuras dos rapazes, o Gordinho sentia uma plenitude sublime. Não deixava escapar um detalhe que sensualizasse, e as frases curtas, tão tristes de som, com que interrompia os relatórios, eram sempre uma procura de si mesmo, em detalhes de perigo, de ação, de decisão, a que os rapazes calejados já não davam mais importância. Insistia, raspava minuto por minuto os casos, chupava o último apojo das sensações. Nos ofícios mais oprimentes, pela discrição de escolher os momentos em que eram só ele e o confessado, pela ambiência mesma de confissão que criava, conseguia saber tudo, sem que a vergonha amparasse nos coitadinhos um derradeiro resquício de individualidade.

Relatório acabado, vinha o conceito. Tinham agido muito bem, deviam ter demorado mais pra ceder, tivessem pedido seis mil-réis da moça em vez de cinco. E agora não fosse gastar os cinquentão numa farra só, guardasse. Ele mesmo guardava, se insistiam muito. Não gostava disso, mas guardava. Virava então duma usura terrível, não permitia gasto falso, o dinheiro voltava aos pingos pro bolso do rapaz e com destino sabido. E jamais não exigira dinheiro de ninguém. Mas visivelmente lhe agradava receber presentinhos, gravatas, lenços, distintivos, até o anel com monograma.

Esta prodigiosamente romântica associação não se acabou, desfez-se. Modificou-se. Pelos fins de 1929, ou exatamente, setembro, o Gordinho teve uma gripe que quase o matou. Quando apareceu, mês e meio depois, vinha ardente, empurrado por um desejo selvagem de tomar vingança do tempo perdido. Estava áspero, muito irrequieto, não podia esperar. Os rapazes passavam, festejavam com certa surpresa a cura dele, e parece que já estavam acostumados... Há sempre em nós uma tal ou qual decepção contra o moribundo que não morre... E na idade em que tudo se modifica do dia pra noite, aquelas férias de conselho tinham dado uma meia liberdade pros rapazes. A impaciência do Gordinho, lhe modificando o som da fala, desferindo ordens agudas, não os prendia muito. Desaparecera do grupo o único dom puríssimo que o justificava, a ambiência maternal. Os rapazes se percebiam homens-feitos ante as inquietações que afeminavam o Gordinho. Saíam, voltavam, não voltavam, uma razão verdadeira não existiu, bateu em todos um desinteresse contagioso pelo chefe. E o capenga recomeçou, como de primeiro, as vadiagens mancadas através da cidade. Deu pra vender bilhetes de loteria, o que lhe propiciava aproximar de toda a gente. Quase que diário era visto na praça do Correio, porém só de passagem. E se não se podia descobrir no aspecto dele qualquer demonstração de desespero ou desgraça, devia de fato sofrer muito. Não parava, lhe vinha aquele frenesi novo, que o tomara na convalescença, ia pra porta de tal cinema, de tal circo ou frontão, onde estava lhe palpitando encontrar algum sem-família moço por intermédio de quem ele pudesse viver.

Esse gênero de associações tácitas, que não pode se confundir com simples agrupamentos de camaradas, é mais comum do que a gente pensa, nas cidades grandes. São verdadeiras cooperativas, muito mais de caráter defensivo aliás, que de auxílio no ofício ou repartição nos lucros. Na própria rua do Anhangabaú, em pleno bairro turco, passado o viadutinho, durante muito tempo se reuniu outra associação, feita de choferes, que era bem uma caftinagem deslavada. Gente feita de ar livre, moços de vinte a trinta anos, todos possuídos pela beleza física, polida a banho diário, cada qual dono do seu próprio automóvel de aluguel, luxuoso, inda aproveitavam o dólmã de fazenda boa pra mostrarem melhor a lindeza do corpo. Eram todos gigolôs de fêmeas caras, e depois de acompadrados no grupo, viravam inculcadores das próprias amantes e das dos manos. Noite chegando, rondavam pela cidade, em especial nos pontos onde era possível encontrar o serviço novo. A maioria já tinha posto de estacionamento nesses lugares propícios, vizinhança dos grandes hotéis principalmente. Viviam cheios de dinheiro mas, abastardados pela preguiça, não sabiam viver de ricos. Comiam estupidamente mal em freges de comida reles, dormiam pior em pardieiros sórdidos de que não percebiam o contraste medonho com os leitos de passagem onde pousavam. O ponto de reunião era aquele barzinho, muito iluminado, incapaz de possuir uma bebida mais fina, onde nem chope havia, servido por uma garçonete só, risonha. Essas associações acabam sem que às vezes haja um motivo pra isso. Mas na maioria dos casos o que põe fim a elas é um caso grave, uma briga, muitas vezes um crime. Então se desfazem sem a mínima resistência de vitalidade. Parece que só mesmo alguma profissão criminosa de grande perigo firma a estabilidade de certas quadrilhas, a não ser que essa estabilidade seja mais ou menos fantasia inventada. Não há código escrito, não há juramento que estabilize os associados, e mesmo quando reunidos são legitimamente animais de viver solitário. Labutando ao lado da lei, a única lei deles é o sentimento. O que não sentem, não fazem. Não podem respirar, se contrafeitos. A prática do que não sentem assume pra eles a repugnância dum exato crime contra a natureza, e principalmente por isso lhes é intolerável a traição. Não podendo se trair a si mesmos, valorizam ao excesso de virtude única e universal, a fidelidade profissional. Isso é que congrega, as mais das vezes sem razão, esses seres de viver solitário, ao mesmo tempo que lhes permite nutrir a possibilidade de serem... morais. A traição é o único crime que concebem como tal. Ficou inesquecível o Gordinho, quando uns dias depois que lhe quiseram fazer um dos meninos falar, encontrou com o curioso. Encarou com ódio tão violentamente desesperado o inimigo, fazia medo, fazia pena. Passou, teve a hesitação de quem vai parar mas se dirigiu pra escadaria. Não cessava de espiar o adversário, e este, apesar de confortado pelo urbanismo, pressentiu o mal da morte. Se percebeu mesmo seguido algum tempo por meninos do grupo, mas decerto vieram a saber exatamente quem era, de repente ninguém mais lhe deu atenção. E o Gordinho continuou, mesmo o curioso ali, dirigindo francamente o grupo. Só mesmo depois da associação acabada é que alguns dos rapazes deram a trela.

Mas de tais agrupamentos de patranhice policiável pros grandes clubes de jogo, vai toda uma escala incerta de gradações associativas. Assim essas admiráveis associações carnavalescas, de vida intermitente, de que duas paulistanas mantiveram sede ali mesmo na praça. Também localizada muito próxima desta, e aliás perfeitamente lícita e porventura elogiável nos seus fins sociais, uma associação coral interessantíssima arrastava todas as noites quase a sua nostalgia de desterro. Fundada por um antigo ator da Rússia tzarista, tomava parte dum primeiro andar numa casa envelhecida cedo. Salas escuras, economicamente iluminadas, a que nenhuma lavagem tiraria mais o aspecto de sordidez, com o papel das paredes rasgado em certos lugares, noutros despregando, riscado noutros, uma rara cadeira, o piano, o estrado dos cantores. O ator sabia regularmente música, e a mulher, também cantora de teatros russos, o ajudava familiarmente. Com uma paciência maravilhosa, o casal conseguira arrebanhar aquele orfeão singularíssimo pela heterogeneidade dos componentes, em que eram numerosos os imigrados da Pequena Rússia. Mas havia alemães, tchecos, húngaros também. Modistas, grilos, fotógrafos, marceneiros, garçonetes, criados, criadas, pintores, mistura de tipos abertamente alegres ou abertamente sombrios, numa promiscuidade assustada, incapazes do mal e todos duma dolorosa fatalidade. No meio deles, o cantor, jamais discutido, era maestro, pai, médico, e confidente. A mulher dele a mesma coisa. Nos intervalos dos cantos, os grupos se faziam, rindo a meia-voz ou cochichando numa aparência de segredo, inconscientes de toda a força trágica que representavam, não possuindo a prosápia da própria mesquinhez. Todos eram facilmente perceptíveis e fatigantíssimos. A única dor que permanecia comovente naqueles indivíduos é que nenhum não conseguia ser verdadeiramente sereno. Possuíam quase todos esse movimento de curvatura servil, das raças perseguidas. Embora muito distintos dos brasileiros já raçados, pelas diferenças de linguagem, de costumes, de realidade exterior, alguma coisa misteriosa de fundamental, de essencial, tornava essa gente eslava bem parecida conosco. Talvez por isso é que não conseguiam intimamente nos desprezar, como faziam com franqueza ingleses, argentinos e principalmente norte-americanos daqui. Não conseguiam nem mesmo ignorar a nossa frágil realidade de senhores desta terra. E daí lhes vinha a atitude de inferioridade pra conosco, um servilismo dolorosamente desamparado. Era triste observar. Nas festinhas muito idiotas que se davam entre si, havia doces monótonos, feitos pela patroa da casa, ou pelas sócias, assim como cervejas, guaranás violentamente oferecidos pelo cantor. Uma saudade, pela pátria absolutamente sem critério, chamava a atenção duma possível visita brasileira, pra certos açúcares enfeitados e pro vodca nem bom nem ruim. Era triste, sim, de observar... E o maestro, duma admirável e bem cabotina confiança em si mesmo, apesar de dominar todos, não conseguia infundir nos subalternos aquela serenidade gorda com que blasonava de músico numa terra sem controle nem inquirição de competências.

Quanto a essas camaradagens de criminosos gorados, elas proliferavam muito com a aventura, a riqueza e o despoliciamento nosso. Havia na cidade milhares de Gordinhos, porém desprezíveis, por não possuírem a veemência apaixonada do capenga. Semifeiticeiros, incapazes duma organização fixa que nem as macumbas, catimbós e pajelanças que vão do Rio até o extremo Norte; vendedores de cigarros inofensivamente perfumados com drogas célebres; espiritistas e demais mexedores de mesinhas que perseveravam nas suas mistificações menos pelo cobre conseguido, que pelo gosto de aventura que elas davam; religiõezinhas bastardas, que nem a do indiano Huaquidi, feitas de plágios miseráveis do Catolicismo de mistura com vagas recordações asiáticas.[6]

Mas tudo gente sem interesse, desprovida de qualquer originalidade. Era enorme a falta de seres extravagantíssimos, sob qualquer aspecto. Os próprios tipos da rua eram duma vulgaridade insuportável. Apesar de cidade grande, São Paulo conservava ainda um provincianismo duro, insolvável, sem perdão, que imediatamente transformava em escândalo e xilindró as originalidades fatais. O próprio estrangeiro se aprovincianava logo aqui, seguindo o destino da serra. Ficava moral... pros outros, principalmente se estes outros eram estrangeiros também. Todos censuradores.

6. O manuscrito de *Quatro cantos terenas*, de 1929, ao lado dos documentos atinentes à pesquisa musicológica, também iniciada nesse ano, exibe desdobramento ficcional a respeito da história de vida do informante Huaquidi Gaturamo que seguem a mesma linha desta menção a ele no romance *Café*: "[...] Huaquidi, de decadência em decadência ao convívio e contato com os brancos de cultura europeia, chegou à desmoralização de viver em São Paulo como um cabotino religioso. E na civilização dos nossos ameríndios tanto Huaquidi como o pai, além de sentirem uma organização definida, encontravam com variantes profundas de invenção não tem dúvida, e menos progresso objetivo e conforto espiritual, o mesmo sentido da civilização indiana de que provinham." Em outra nota de trabalho aponta: "[...] Cerimônias que se Huaquidi for desse distrito, ele pode transportar pra cá e deformar ao contato de ritos daqui." (Ver documentos na série Manuscritos Mário de Andrade, no Arquivo do escritor, IEB-USP e ver também: PENTEADO, Flávio Rodrigo. MÁRIO DE ANDRADE POLÍGRAFO. *In*: *Processo de criação e interações*: a crítica genética em debate nas artes, literatura e ensino. IX Congresso da APCG. Associação dos Pesquisadores de Crítica Genética. Belo Horizonte, 2008, p. 109).

Todos aburguesados no único ideal de possuir casa e descansar. Uma falta ríspida de complacência que expulsava por monstro a qualquer personalização extravagante.

Assim mesmo, num daqueles pardieiros seminovos e sujíssimos da rua do Seminário, no próprio quarteirão do Correio, morou quase um ano um marinheiro alemão de tipo raro. Muito viajado, com seus quarenta anos talvez, esse era bem capaz dos crimes piores, só que tinha a paciência maruja de não procurar coisa nenhuma, esperando. E como no tempo em que viveu em São Paulo nenhuma falcatrua lhe surgiu, viveu sem nenhuma, perfeitamente adaptado e sem pressa de viver. Sabia muita coisa, falava mal várias línguas e, curiosamente, um português asiático, mais dolente ainda e menos colorido que os diversos portugueses do Brasil. Tatuava como ninguém. O próprio corpo dele era uma renda minuciosa, já muito escalavrada por berevas antigas estrelando em franziduras e beiços polidos de cortes. Mostrava o corpo com uma indiferença espetacular. Solicitado, retirava o dólmã e a calça e já estava nu. Não chegava a repugnar, mas afastava com um quê de sobre-humano e de relíquia. Principalmente isso: uma tamanha anormalidade de epiderme que impressionava como se fosse o resultado duma velhice milenar.

Ainda ajudava essa impressão a fantasia horripilante da maioria das tatuagens, tão audaz na sua pornografia religiosa a ponto de parecer ou realmente ser aquela inocência amedrontadora do paranoico. É impossível descrever aquele mundo de desenhos, alguns pueris e não interessando nada, mas chocando por essa mesma violência de contraste com a grande maioria cultivando uma religiosidade de sensualíssima espécie. A particularidade inesquecível eram uns a modo de borrões irregulares, duma grafia meticulosíssima, representando chumaços de pelos. Totalmente depilado por natureza, apenas com uma penugem dourada nas partes e nos sovacos, essas restingas de pelo abundante e crespino das tatuagens não sei como explique a sensualidade, a pornografia que emanavam. Sobretudo a quase cabeleira em torno do umbigo e se alongando feito asa nodosa pelas pregas entre a barriga e a peitaria. O chumaço acabava à direita na boca escancarada dum perfil feminino, boniteza de folhinha, topete e birote ainda, com um nome embaixo.

Esse marinheiro tatuou muita gente em São Paulo. Copiava nos corpos distintivos de clubes esportivos, frases votivas de amor, bandeiras, figurinhas de revistas, que reduzia com admirável habilidade a uma bastante viva síntese linear. Mais raro, e só com prévio consentimento gravava imoralidades. Só então não exigia modelos, inventava; e sempre as imoralidades saíam eivadas de ardor religioso. Eram de interpretação obscura, pouco sedutoras pros que se deixavam tatuar, gente simples, operários moços, amantes, futeboleres, vadios. Mas no caso de fazer alguma, vinha sempre acompanhada dum chumaço de pelo.

Pois o alemão conseguira aqui uma rodinha nutrida, feita principalmente de brasileiros boçais. Muitos mulatos. Essa roda é que atraía fregueses, alguns acolitavam as tatuagens. O alemão emprestava dinheiro deles e todos davam sem discussão, embora a importância jamais voltasse ao dono. Mas o tipo era tão suntuoso de si, duma afabilidade que deixava cair sobre todos com tamanha sobranceria, e dava a trela com tão discreta indiscrição... Se exprimia bem, de resto, com uma dose enorme de cabotinismo. Porém parece mesmo que fora estudante de Heidelbergue, como contava, pois sabia coisas impossíveis dum apenas marinheiro ou ginasiano saber. Curiosa também era a paixão que tinha pelas flores...

Socialmente falando era um safado de marca maior, aproveitando de todos. Egoísta e triunfalmente egotista. Passava o dia inteiro no quarto, sem fazer nada. Estirado numa maqueira e embocando o berimbau, bem movido, com uma virtuosidade enorme que nos poderia distrair cinco minutos. No fogareirinho fazia café e fritava algum ovo muito raro. No geral vivia de frutas e pão.

Gostava especialmente de laranjas, que comia vorazmente, com casca. Um dia se despediu, falando que ia viajar. E desapareceu.

As sociedades de negros davam quase sempre o exemplo do desperdício moral e do chinfrim. Uma das mais curiosas foi a mantida muitos meses numa rua escusa da Barra Funda. O presidente perpétuo era um mulato da maior mulataria,[7] baiano imigrado, com mais carnes e gorduras que os quarenta anos da mulher argentina. Os "cavalheiros" do conluio formavam uma súcia de espertalhões semicriminosos. A sociedade era de baile e se mantinha de roubos. Ao contrário das congêneres, as damas é que pagavam, tendo, em compensação, o direito de escolher cavalheiro pras danças e pra depois das danças. Não havia mensalidade estipulada e nem se aceitava dama que não fosse criada. Nos dias de baile, elas chegavam, entravam e procedia-se à coleta. O presidente, acompanhado pelo segundo secretário e pelo segundo tesoureiro (os primeiros apenas escrituravam de maneira policiável o movimento social) na frente duma mesinha coberta com um pano de chá muito fino, tocava num gongo de prata. Tudo parava, e o orador oficial saudava o belo-sexo. Depois é que principiava o que eles chamaram de "dispensa" pra dançar. As damas vinham, uma por uma, e deixavam, sobre as rendas da toalha, anéis, estatuetas, colheres de prata, gravatas, combinações, broches, tudo. O dispenseiro vinha, arrebanhava tudo, pra em seguida o presidente encerrar a cerimônia com um discurso de congratulações em que se salientava o papel da "senhorinha" Rosália que trouxera um anel cabochão, a senho-

7. No processo criativo do romance, o escritor recorre à expressão usada em *Macunaíma*: "Nesse momento um mulato da maior mulataria trepou numa estátua e principiou um discurso entusiasmado explicando pra Macunaíma o que era o dia do Cruzeiro." (Ver ANDRADE, Mário de. *Macunaíma, o herói sem nenhum caráter*. Estabelecimento de texto, dossiê e notas: Telê Ancona Lopez e Tatiana Longo Figueiredo. Rio de Janeiro: Nova Fronteira, 2008, p. 115).

rinha Eloísa que se "dispensava" sempre com colheres e garfos de prata, assim sim! moças que haviam de se ilustrar "pela dedicação à nossa Sociedade e a haviam de elevar apesar de tantos percalços da nossa vida contemporânea. Tenho dito".

Aliás estava se dando um fenômeno notável entre as gentes de raça negra do Estado e especialmente da capital: uma espécie de seccionamento sistematizado contra as outras raças. Rareavam cada vez mais as uniões físicas entre negros e indivíduos de outra cor. Apesar da vastíssima proporção de letões, sírios, estonianos, alemães, russos, polacos, sempre o italiano inda predominava aqui. Ora, o italiano jamais demonstrara, mesmo vindo viver em terras americanas, a mesma atração alvoroçada que, por exemplo, franceses e portugueses demonstram diante do corpo negro. Simples questão de tendência fisiológica, pois que apesar de bastante raros os casamentos entre pretas e italianos (o contrário ainda era mais raro), não se criara aqui o mais mínimo preconceito social de cor, capaz de preparar uma futura questão negra, que nem nos Estados Unidos. Mas a separação obscura, vaga, não determinada mas real, ocasionara nos indivíduos de cor um isolamento por assim dizer sexual, que os fez de novo se voltarem pra si mesmos e se reunirem em tribos, associações, companheirices que, embora sem a menor intenção de classe, de raça e reivindicação social, se compunham exclusivamente de pretos. Um ou outro branco raro que se aventurava nessas rodas, a não ser que tivesse mesmo uma constância prodigiosa de audácia ou que o animasse uma aberração gostadora exclusivamente de negras, não conseguia sustentar em tais associações, principalmente porque a negrada brasílica, bem aceita em qualquer meio e não sofrendo de nenhuma humilhação de cor, não alimentava o sonho de clarear pigmentação. Eles mesmos blagueavam sobre o negrume racial, desinteressados, sem amargura nenhuma, se chamando de "jabuticabas". Por isso o branco não tinha dentro dos clãs negros nenhum prestígio especial, antes se via espezinhado como individualidade, porque a beleza e elasticidade física dos rivais negros, a natural loquacidade viva destes, deixavam o branco pobre aventurado nessas rodas, numa enorme subalternidade de brilhação.

Bem possível que a simples sensação visual da cor proporcionasse ao seccionamento dos pretos uma aparência estrondosa que ele estivesse longe de ter na realidade estatística, porém era incontestável que o fenômeno desmentia a visão otimista dos sociólogos, profetizando o total desaparecimento da raça negra no Brasil. Os fatos paulistas faziam antes prever um apuramento novo da raça entre nós; e se de fato, como afirmavam os etnólogos, o tipo negro-africano puro já era mais que raro no país, só persistindo nalgum exemplar velho, era possível imaginar que estávamos testemunhando a fixação dum tipo novo, o do negro-brasileiro puro.[8]

8. Neste ponto da narrativa, MA marca o numeral "(1)" que remete a um volante mimeografado, posto entre os fólios do romance. No volante, a retomada de "(1)" liga-se à determinação "Nota no baixo da página, em tipo menor", acatada pela presente edição, ao transcrever aqui o volante, bem como o comentário complementar que o segue no papel, datilografado pelo escritor:

> "Bandidos
>
> Elementos corrompidos do povo negro, salteadores de nossa classe... envergonhadores do passado.
>
> – Gente sem instinto, gente perversa, gente sem coragem, gente desanimada e pandemônio do povo negro.
>
> Oh! Gente sem coragem, nós estamos em luta para o bem e a moral da raça, e vós bandidos sem instintos continueis a parar nas esquinas de pernas bambas, dando campo ao ataque da imprensa e mesmo a difamação de seu próprio povo!...
>
> – Bandidos, regenerem-se bandidos.

Contra isso vinha se opor, em dose que inda não se pode garantir suficiente, a mudança de costumes que o tempo novo, o americanismo, a falta de organização tradicional de negros,

———————

Aquele
Covarde!... estudou e anda calado, permitindo que outros ataquem a sua própria raça, seu próprio sangue, sua própria pátria, e seus indefesos pais!...
E quem é esse? É o grande covarde da raça negra. E quem é o grande covarde? É aquele que embora sendo uma grande mentalidade da raça, é o maior canalha e fariseu de seu povo.
Acorda-te, covarde, e venha ao nosso encontro. Acorda-te, fariseu.
E ele não acorda, ou por outra, quer pertencer com todas as pompas e regalias a uma classe que dia a dia, maior ultraje atira a sua família, esta grande família negra do Brasil.

Canalha, acorda-te.
Covarde, levanta-te.
Fariseu, desperta-te para a luta.

– São Paulo, 16 de fevereiro de 1932.
– O Frentenegrino
Pedro Paulo Barboza"

———————

"Documentos como estes, a criação curiosa e bastante ridícula dessa Frente Negra, viriam em breve testemunhar que de fato a gente negra se tornara consciente do seccionamento em que aos poucos principiara a viver neste século vinte. Se por 1928 fatos tão comprobantes assim ainda não tinham se passado, o fenômeno já rumorejava muito e se tornava perceptível a qualquer observador."

estava criando aqui. A liberdade de costumes afeta muito mais os ignorantes e sem tradição. Isso a gente notava muito entre os negros paulistas, em grande maioria caídos numa promiscuidade, numa bandalheira que na certa os atraiçoava bem. A crença, que entre eles, sempre conservados na ignorância, fora apenas uma religiosidade supersticiosa fundamentada numa confusão de assombros católicos e mitológicos, não prendia senão a menor parte. Estes se resguardavam honestos sob a confraria do Rosário, tendo à frente sempre algum zumbi arranjado, com vasto correntão de ouro no colete. Nos mais o Catolicismo, quando inda existia, era apenas episódico e cedia ao primeiro convite da vida.

O conceito de família inda era mais vago nesses descendentes de escravos, dos quais a única família fora o senhor, cujo sobrenome herdavam. Nenhuma tradição de nenhuma espécie salvaguardava esses pobres. E o que o mundo lhes mostrava de brilhante era a liberdade de maneiras, a ostentação combativa do corpo e do luxo, um instintivismo sem lei. Assim, imitavam ridiculamente os brancos, exagerando naturalmente o que os patrões e os jornais mostravam; e o que nos brancos era ostentação descambava neles pro mais repugnante despudor, o que era instintivismo em animalidade, o que era liberdade de costumes em bandalheira completa. Desaparecidos os tipos populares de bêbadas velhas, agora o que se via com certa frequência eram negras novinhas ainda, em plena rua, bêbadas, se encostando nos transeuntes com grandes risadas e convites abertos. A brincadeira acabava no xadrez se realizada em pleno dia, ou nas mais fabulosas noites de gozo, se protegido pela condescendência do escuro, algum mais safado as tomava pra si, pra saber como eram certos passes de amor, inda não conseguidos.

Recrudescia muito com tudo isso o meretrício negro, dantes tão raro na circunspecta São Paulo, em que sempre fora pedra de escândalo um lente de Direito que, diziam, era apreciador de negras. Pretinhas barateiras, de corpo alinhado e sempre limpo, apesar delas preferirem o meretrício de rua, mais semostrador e divertido que o de espera. O lugar preferido delas era ali mesmo, junto da praça do Correio, os jardins do Anhangabaú. Jardins escuríssimos porque neles a péssima iluminação paulistana inda se via estorvada pelas árvores baixas e folhudas, eram perfeitamente propícios às negrinhas. Não que elas se envergonhassem de si, mas a escureza lhes protegia os amadores brancos que inda guardavam um preconceito. Por ali passavam muitos dos que buscavam a praça pra se orientar no divertimento da noite. De lá vinham muitos buscando as aventuras da noite. As negrinhas passeavam, passeavam, num vagamundear galináceo, passos lerdos, ritmo incomparável. Às vezes era até uma baratinha que parava mais adiante. A safadinha nem apressava o andar. Fechando os ombros, num gesto elegante apertando com as duas mãos cruzadas a golinha de pele do casaco, passando pelo motorista à espera, olhava com indiferença traiçoeira. Se chamada, debruçava na portinhola do auto e sabia responder com voz arrastada e sem medo. A conversa era curta no geral, e a safadinha deixava-se raptar por pouco preço. Já sabiam de cor que automóvel não queria dizer riqueza verdadeira (comprovada).

Em noite de sábado então, os jardins do Anhangabaú eram um viveiro de contratos amorosos. E contrastava ironicamente com o luxo da ambiência a qualidade dos contratos. Mas o parque regurgitava curiosíssimo. E dele principalmente é que no curiangar do seu voo curto, ia ter na praça do Correio o rebotalho do meretrício e da veadagem paulistana.

Jorge conduzira os companheiros até o café expresso do sírio. Era um quartinho sem ar quase, onde ninguém podia se mexer na estreiteza. Tudo estava aproveitado. Uma das portas se transformara em janela por onde o próprio dono do café vendia doces gelados. Da outra única porta sobrada, metade se tomara com uma vitrina de pastéis e empadas quentes. Dentro havia o espaço apenas pra menina que vendia os bilhetes e pro balcão de café e garapa. Mas o ponto era excelente e o café do sírio regurgitava a qualquer hora do dia.

Seu João foi logo comprando os bilhetes, num estardalhaço de obsequiosidade perfeitamente inútil, porque o Jorge, está claro, não fizera o mínimo gesto de pagar coisa nenhuma. Já estava bem carioquizado pela vida da capital. Quanto a Chico Antônio, esse nem sabia mais o que se passava, estava mandado, sem tomar a iniciativa de nada. Caíra na cisma habitual, recebendo como um eco as sensações do exterior, divagando por dentro sem um tema.

O café estava tão cheio que foram obrigados a esperar na porta. Jorge ainda guardava a ideia duma farrita com Chico Antônio essa noite, olhou pra ele sorrindo. Mas o nordestino já estava longe da sensualidade, apenas vivendo o mundo, numa certa fadiga dolente nascida das sensações descompassadas da noite. Impulsionado por um freguês que saía, estreitou o peito contra a porta num gesto tão gracioso, virado o rosto pra rua, se rindo do ocorrido, que Jorge olhou pra ele extasiado. Chico Antônio desceu o degrau e, encostado na parede da rua, dobrara a perna esquerda, prendendo o pé numa saliência da arquitetura. Os braços lhe caíam ao longo do corpo, e, mandado pelo aquecimento da caminhada, encostara a cabeça na parede, oferecendo o pescoço à viração. Todas as atitudes e gestos dele eram assim, duma graça masculina tão macia, duma sensualidade tão improvisada, que se diria uma mocidade de conto de fadas, em que tudo é o que a gente imagina como a perfeição do agradável. Se era de fato bonito, era principalmente simpático, uma dessas simpatias envolventes, invencíveis, que dão a quem as sente uma satisfação maravilhosa.

Indivíduos desses conseguem quase tudo e poderiam dominar mundo se soubessem se aproveitar do invencível dom que possuem. Porque nós nos sentimos tão amigos deles, e especialmente tão alegres em lhes prestar serviço, que não temos jamais a mínima intenção[9] de pedir compensação. Nós mesmos é que nos compensamos com a alegria de prestar serviço. O favor não é nosso, é antes deles, dessa simpatia encantada e sem promessa, da qual, porque é tão raro um universo bom assim, a gente não pede senão a dádiva dela ser simpática.

– Mas é o João!

– Ô, seu Astrogildo!

– Você por aqui!

– Pois é, nhor-sim... Não conhece mais este?...

– Chico Antônio! Alô, Chi-co-An-tô-ni-o por a-qui!!...

E vieram abraços, batidas nas costas, uma zoada de palavras altas, ditas com a comodidade de quem está dentro de sua casa, toda a gente virava pra ver.

Astrogildo era Astrogildo Pinto de Brito, um sujeitinho atarracado, baixote que só ninharia, protótipo do cabeça-chata. Pálido, moreno forte de madeira, duma horizontalidade sistemática de linhas, olhos maravilhosos de tamanhos, apesar de meio baços, e com uma ironia despeitada se escondendo por detrás da morbidez. Boca bem sã, com dentes perfeitos espaçados, muito amarelos, cor de força. Os cabelos, castanho-claros, eram finíssimos, duma lisura perfeita. Vestia do quase bom, coisas atrapalhadas, seu brilhante na gravata, sobretudo reclamista de inverno polar, e um chapéu de palha meio de banda, avacalhando a ironia tão inteligente dos olhos.

Cearense legítimo. O pai fora deputado estadual, chefe de polícia de assassinar, secretário-geral de Estado e mais outras coisas de homem com influência e politicagem condescendente. Herdara

9. Hesitação de MA no manuscrito: "intento"/ "intenção".

por questões de advocacia o naco de sertão seridoense em que seu João fora morador, e Astrogildo lá vivera muitas férias, no tempo em que passeou pelos ginásios recifenses. Depois viera o indiscutível Direito, estudado malémal, só pra adquirir a senha de doutor. Nem bem formado, Astrogildo já estava com a decisão firme. O pai talvez preferisse mais razoavelmente pro filho uma carreira igual a que fizera, porém o moço esgotara a paciência de viver numa semirriqueza nortista e sonhava só com o Sul. Veio pro Sul.

Astrogildo era apenas mais uma amostra, entre muitíssimas, desse fenômeno da atração do Sul. Em tudo amostra miserável, porque se alguns exemplos havia de nortistas que faziam carreira e se enriqueciam por cá, a maioria alcançava apenas se esperdiçar numa existência aventureira, de expedientes. A própria inteligência vivacíssima e tão exterior de que eram dotados no geral esses nortistas, as próprias miragens de ambição e de conquista de que vinham gerados, lhes impedia constância. Quase todos sem uma base de dinheiro que lhes permitisse fundar qualquer empresa, tinham que principiar pelo começo. Era mais raro, e tanto mais espantoso, um maranhense tendo de seu, casado rico no Nordeste mesmo, e preferindo vir, depois da viagem aos hospitais de Viena, montar o melhor laboratório de garganta e ouvido numa cidade do Interior paulista, a ficar na capital de seu Estado, vivendo em grande escala. Casos desses até horrorizam pela estranhêz. A maioria principiava mesmo pelo começo. Um empreguinho lhes bastava, aos que não tinham mais que uma aspiração física de atividade, um empreguinho no Correio, noutra repartição qualquer, doutores a vender selos, a colecionar papéis, engenheiros pagando viúvas pensionistas da Nação.

Mas pra um bem forte número desses filhos-famílias burgueses, sem dinheiro, moldáveis e de inteligência fácil, o começo era o jornalismo. A não ser que a vesgueira de ilusão de que vinham dotados não os sujeitasse à magistratura, mandados pela nossa condescendência estaduana, pros fundos do Estado, nalguma delegaciazinha, nalgum juizado de merda. Preferiam isso, brilhar pela loquacidade: carregados de prognósticos de "grande futuro" jamais realizado, ativos e muitas vezes realmente civilizadores, numa cidadinha qualquer mas de São Paulo, a viverem com maior significação regional, mais necessários, e muito mais felicidade essencial pelas terras do Norte! Porém os mais pacientes, ou mais espertos, preferiam principiar de mais baixo, ficavam nas capitais e ingressavam no jornalismo. Que jornalismo lhes convinha? Jornalismo de deveras independente não havia em nossa terra, e isso era carreira sem esperança, não "tinha futuro". Nobreza, dignidade, humanidade, tudo isso não podia ser ideal pra quem deixara a consciência na ilha de Marapatá[10] e vinha pra um meio de financismo e aventura feito o nosso. Só havia jornalismo de Governo ou oposicionista. Ambos convinham pra essa moçarada com frio, que debandavam desde Manaus até a Baía, campeando um "Sul" lá deles, visão infantil de inteligência desabrida e sem mobília. Mas se ingressavam no jornalismo de oposição, isso era apenas pra brilharem, mostrarem o que valiam, se valorizarem, porque sempre o ataque, a descompostura, o aleive facilitaram a brilhação. Pois lá ficavam brilhando apenas à espera do primeiro olhar de namoro que o Governo lhes lançasse. E esse olhar vinha muitas vezes. O descaro, a prepotência, a inominável imoralidade governamentais já faziam com que os próprios desfibrados escritores paulistas sentissem uma certa repugnância em se porem do

10. O escritor retoma o motivo de guardar a consciência, explorado em *Macunaíma*: "No outro dia Macunaíma pulou cedo na ubá e deu uma chegada até a foz do rio Negro pra deixar a consciência na ilha de Marapatá. Deixou-a bem na ponta dum mandacaru de dez metros, pra não ser comida pelas saúvas." (ANDRADE, Mário de. *Macunaíma*. Ed. cit., p. 49).

lado de Governos desses. Talvez também um resquício de patriotismo regionalista impedisse aos estaduanos ajudar os oligarcas no malbarateamento de quanto São Paulo pudera ser. Se afastavam discretamente dos jornais governistas, raros conseguiam se aguentar neles, e os Governos se debatiam numa carestia temível de defensores imprimíveis. Era natural namorassem os que vinham de longe, sem a tradição da terra, sem o amor à terra, sem a vergonha da terra. Tanto mais que já estava já bem conhecida a psicologia que animava estes arrivistas. O *Correio Paulistano* então, eternamente o jornal oficial das nossas indecências, pululava dessa espécie de estrangeiros. Sim, sou sergipano, sou isto, sou aquilo, mas o meu coração é paulista! Quem não se deixa empolgar de entusiasmo e de amor ante esta terra maravilhosa que a todos recebe de braços abertos e é o mais justo padrão de glória do Brasil? Quem não sente a nobreza honestíssima dos chefes que conduziram à grandeza do presente o povo paulista? Repitamos com o mestre: São Paulo é uma locomotiva que puxa vinte vagões vazios. Etc. etc. E aliás, nada lhes incomodaria a esses nortistas que isto aqui fosse por água abaixo, possuídos no fundo daquele despeito enorme que os do Norte tinham pelo progresso do Sul, especialmente de São Paulo. Até que ponto mesmo o ódio, o despeito não moveria a muitos desses que aqui vinham banzar a sua ideologia de horas vagas, de excessivas horas vagas, brincando de comunismo, malbaratando o comunismo, formando a quase única e mesquinha espécie de comunistas (de emergência) que tínhamos por aqui, até que ponto? Até que ponto não lhes era grato, pragmaticamente olé! serem comunistas de boca, mas em troca de elogio abocanharem as sobras dos nossos Governos, pragmaticamente olé! salientando a infâmia dum regime, introduzindo a inquietação na terra, apressando uma morte certa, porque, pragmaticamente sempre, isso era seguir a Lei vinda da Rússia! O *Correio Paulistano* transbordava de gente assim, era um engenho.

Engenho de besta, à moderna, em que o Governo aboiava uma cantiguinha pecuniária reles, pagando realmente com muito pouco, alguns contecos e a esperança, a esses que tinham vendido quase tudo o que era deles. Do Norte só lhes sobrava o tipo gordote e horizontal, a fala aberta e a amabilidade.

Era tudo engano, duma amargura insuportável. Abandonavam uma terra pobre mas cuja pobreza desaparecia por ser uma normalidade geral e só se concebia relativamente ao Sul (da mesma forma com que o Sul seria paupérrimo se relacionado à Argentina, os Estados Unidos ou muito país europeu...) abandonavam uma terra cuja luta era muito mais atraente por estar inda em começo, desprovida dos erros essenciais que faziam a indignidade social do Sul; abandonavam uma terra dotada de adaptação nacional, com inteligência, psicologia, costumes tradicionais e bem brasileiros já... Abandonavam um corpo pra se tornarem uma nuvem. Se despaisavam ridiculamente, precariamente, pra se engordar de avacalhamento quase que sem exceção. Dispostos a tudo pra enriquecer. Mas não conseguiam isso não – o que os tornava inda mais ridículos, mais desprezíveis e gorados. Conseguiam na generalidade mas era quando muito combinar um sobretudo polar com a palheta de banda do Astrogildo.

O grupo afinal se recostara ao balcão, bebericando um café conversadíssimo. Seu João quisera sair mas Astrogildo opinara ficassem ali, apesar de amassados contra um canto de parede pelo entra e sai contínuo do café. Lá fora algum conhecido podia passar, e ao palheta, bem adaptado ao meio, apesar da palheta, não convinha que o vissem naquela amizade camarada com gente "baixa".

Não havia em Astrogildo a mínima parte de preconceito de classe. Ou por outra: havia sim, mas episódica, se mostrando numas coisas e noutras não. Essa é toda uma parte complicada da psicologia burguesa nordestina. Aceita a promiscuidade, mas baseada sempre nos costumes da escravidão, e se a carícia não tem olhos pra saber onde que pousa, não se concebe a independência do inferior e muito menos personalidade. Astrogildo não teria jamais vergonha de estar conversando, mesmo quotidianamente, com gente do povo. Não poderia fazer distinção em abraçar um amigo rico e um amigo seu João. Nem mesmo como prazer físico de sentir num abraço gente limpa, e noutro, suor de corpo. A promiscuidade luso-africana dos tempos da escravatura como que fixara no nordestino, mais que em qualquer outro dos tipos étnicos do Brasil, uma indistinção atrapalhada de classe que se exemplificara magnificamente no tipo da mulata sarará. A amizade, a riqueza de assunto, as manifestações físicas de companheirice perseveravam na mesma liberdade cordial entre nordestinos de classe diferente.

Também, força é reconhecer que o proletário, o indivíduo de classe inferior nordestino era fisicamente muito menos repugnante que o de certas outras partes principalmente urbanas do país. O nordestino popular era especialmente limpo. A qualidade das terras influía nisso muito, mas havia também esse contato real, quotidiano com "gente limpa", tradicionalizando nele hábitos e principalmente aspectos de limpeza. Porque o "aspecto de limpeza" é muito importante, principalmente se tratando do homem proletário. Há indivíduos que são sujos de fisionomia. Outros, que mesmo saídos do banho, pela qualidade de pele, cor, exalação, parece que por quinze dias não se limpam, como era o caso da encardida mulher de Nedim. E mesmo... seria possível imaginar nesses nordestinos, tão tapuios ainda, um grão de ancestralidade mandando permanecer neles alguma coisa dos numerosos banhos quotidianos que os brasis tomavam...

Enfim a gente, cercado de povo nordestino, não sentia aquela vontade física de se afastar que tem por exemplo quando cercado da multidão paulistana. Aqui os fenômenos eram bem outros. Das aldeolas mais selvagens da Itália, de Portugal, do velho mundo inteiro, vinha uma gente tão ostensivamente porca, tão irracionalmente sem banho e cheirosa, o nojo era invencível. Nos carpinteiros, nos verdureiros, jornaleiros, choferes, até nos choferes mesmo, o desleixo pela higiene era sistemático. E culminava então em galegos cobradores de bonde, gente duma imundície tão semostradeira, tão repugnante que era difícil sustentar qualquer ideia de solidariedade humana. Não se tratava não de sujeira de trabalho, como a que marchetava por exemplo os mecânicos de macacão azul, era porquice de atraso mental, se percebia, indigência de gosto de ser, irracionalidade de recém-chegados. Porque os moços logo se afeiçoavam aos hábitos higiênicos da América, numa carícia dominical. Então os que ingressavam na Guarda Cívica se viam tomados do delírio pânico de grandeza dos que inventaram o uniforme novo. Limpos, grandes e lindos, tinham se tornado a coqueluche da cidade milionária. Namorados pelas moças dos autos, presenteados pelas criadinhas, florões de raças presumivelmente arianas, passeavam pela rua numa grilagem beócia a sua limpeza de *sportsmen*.

Mas a circunstância da limpeza do popular nordestino serviria apenas pra justificar a permanência de cordialidade que o cabeça--chata alfabetizado mantinha com as classes inferiores. Essa cordialidade antes se explicava pela promiscuidade tradicional que indistinguia classe no manejo do dia, pela naturalidade nordestina – a gente mais amável, mais amorável do mundo – e também um bocado pelo vício de conversar.

Astrogildo jamais teria, dentro consigo, vergonha de conversar com Chico Antônio e seu João, e sabia com uma naturalidade inata, elegantíssima, pôr de parte as riquezas intelectuais, morais dele, que pudessem produzir algum desequilíbrio de assunto, de compreensão mútua, e matar a conversa. De resto, quando necessário, ou mesmo sem necessidade, sabia estadear seus conhecimentos de “seu dotô Astrogildo”, introduzindo na conversa alguma palavra dos dicionários, ou nome de sábio alemão, com uma desenvoltura perfeitamente afável e sincera. Aos olhos dos conterrâneos humildes ele ficava então admirável; e podia manter com isso aquela hórrida prepotência, aquele mando insolente, aquele autoritarismo rebaixante com que, em nosso tempo livre, permanecia ainda muito no Nordeste, entre "seus dotores" e povo, a forma de relações da escravidão. Ainda, como a generalidade dos nordestinos, Astrogildo possuía uma faculdade enorme de adaptação. Ou por outra, não era propriamente faculdade de adaptação, mas antes uma espécie de indiferença preguiçosa, um abandono caroável de personalidade, essa difícil graça social que permite a gente se afeiçoar aos outros, vivendo-os, antes que se vivendo numa integridade insolúvel.

Esta integridade é que, ajudando o ciúme despeitado que os brasileiros tinham pela grandeza da cafelândia, criara a imagem do paulista orgulhoso e desprezador, da lenda brasileira. Paulista e antipatia eram sinônimos no país todo. E se a antipatia do paulista legítimo era verdadeira, principalmente por causa da lerdeza intelectual que nos diferenciava tanto dos outros brasileiros, a lenda do nosso desprezo e prepotência era duma flagrante injustiça histórica, pois se recebido sem excesso de cordialidade, que esse não era mesmo o nosso jeito, por outro lado nenhum brasileiro tinha a lutar aqui contra preconceitos estaduanos, e atingia, com valor, canalhismo ou pura brilhação, as maiores posições do Estado e da família paulistas. E é certo que eles, principalmente os nordestinos, nos deslumbravam, embora houvesse um tal ou qual, não desprezo, mas esquecimento de amar, na maneira com que os paulistas sentiam os seus manos mais pobres. Ora essa faculdade de ser conforme aos outros é que fizera Astrogildo preferir o canto escuso do café expresso, pra não ser visto em companhia de gente de outra classe. Paulista reparava. Mesmo que não falasse nada, ficava chocado por dentro. Isso era de fato a característica mais odiosa do paulista, essa integridade insolúvel, muito mais propriamente íntima que exteriorizada, é certo, mas que, feito um eflúvio, cercava o indivíduo, o isolava, o tornava longínquo, inabitável e divino. Insolúvel, principalmente. O brasileiro tinha bastante razão: paulista e antipatia eram sinônimos.

Um pregão fresco de jornaleiro veio lá de fora lembrar a Astrogildo uma edição nova de jornal. Tirou a moeda do bolso, deu-a a seu João que estava peito a peito com ele naquele apertume de lugar:

– Me compre a *Folha*.

– Pois não, seu Astrogildo.

E lá foi, esgueirando entre o povo, com uma diligência servil.

O incidente chegara bem pra exemplificar a cordialidade de classe que havia entre nordestinos. Astrogildo já bem que aprendera em São Paulo e mais Sul viajado, a dizer o "faz favor", o "tenha a bondade", o "deus lhe pague". Mas pra com seu João readquirira instintivamente os hábitos nordestinos: "Me compre a *Folha*", um mando. Talvez que a seu João não importasse mesmo nada que um "faz favor" viesse converter em pedido o que pra ele era sentido e aceito simplesmente como ordem.

Uma das manifestações humanas mais chocantes de todo o Nordeste é a conservação, muito generalizada ainda, dessa psicologia escravagista que divide claramente a coletividade nordestina em duas classes: o senhor e o escravo. No indivíduo nordestino intelectualizado a psicologia do mandão permanece intimamente viva. E a maneira de mandar ou simplesmente de pedir, é a intimativa, que hoje nós do Sul apenas podemos imaginar que foi a do senhor de escravos. O nordestino intelectualizado continua mandando desse jeito. Se na viagem de auto se descaminha no sertão e readquire a rota ao conselho dum morador ou dum vaqueiro, vai embora sem agradecer. Se na sua afabilidade incomparável busca por todos os meios agradar uma visita, um amigo que veio de fora e se interessa pelas coisas da terra, em plena rua do Recife, às quatorze horas, chama o carregador esperando serviço na esquina:

– Você canta coco?

– Ah... não sei não senhor...

– Ora deixa de besteira! este moço é de São Paulo, tire um coco pra ele ouvir.

E o carregador, com um pouco mais de recusas, acaba cantando coco, plena rua do Recife, às quatorze horas.

Na dedicação hospitaleira de mostrar ao viajante os prazeres, vida de engenho, a moenda chia...

– Antônio! ôh!... largue o banguê, venha cá!

Antônio depõe custoso o banguê carregado de bagaço no chão, deixa o parceiro esperando e vem.

– Boa tarde.

– Faça aquela careta que você fazia no Mateus do Boi.

Antônio, meio fatalizado, pleno trabalho do dia, os Reis estão longe pra pensar nos brinquedos do Bumba, faz a tal careta pro senhor de engenho rir. Antônio já vai outra vez, fortíssimo tronco atarracado, seminu, cobreado em suor ao sol, carregando o banguê rumo da bagaceira.

Seu João trazia o jornal.

– Guarde os trocos.

O velhote sentiu a sensação agradável de ficar com os trezentos réis de que não carecia. Não carecia daquilo mas perdurava ancestral nele a tara do pedinte. Guardou contente os tostões.

Agora a conversa entre ele e Astrogildo meio que perdera a razão de ser. Astrogildo queria passar os olhos no jornal. Quanto a Chico Antônio, se conservava sempre ali, numa presença delicada, vivendo as frases de Astrogildo e a ascendência deste. Mas sem uma palavra realmente dele, só respondendo quando perguntavam. Jorge, na porta, estava desesperado. Perdera completamente qualquer significação e inda por cima estava querendo mulher. O que o prendia ali era apenas a dificuldade de se despedir e uma vaga esperancinha de levar Chico Antônio na farra. Farra que pra eles seria a deles, um vagamundear cheio de risadinhas e frases pela rua das mulheres – jeito de se excitar correspondente aos beijos e contatos dos mais refinados. Depois cada um escolhia a sua, o prazer rápido, e a volta confiante, juntos de novo, mais amigos, se contando coisas. Mas a volta de seu João com o jornal, em vez de fazê-lo compreender que o grupo se desmancharia, acabou por desesperá-lo, Jorge era muito curto. Espiou sorrateiro pra trás, partiu fugindo sem se despedir de ninguém. Mas partiu tristíssimo, cego, em busca dum corpo de mulher que o anulasse.

Astrogildo se despedia. Uns oferecimentos vagos, muito caídos de cima, porém falados com sinceridade. Seu João agradecia, mas que logo de manhã tomavam o trem pra fazenda. A lembrança de que partiam, deu pra ele e Chico Antônio uma nitidez agradável. Principalmente pro coqueiro, dentro do qual a noção de verdade era rara e chegava sempre como se fosse uma luz confortante, um trago de cachaça afirmador. Por isso a partida de Jorge foi muito indiferente pra ele, ao passo que ecoava dolorosamente em seu João.

E os dois amigos se sentiram mais entregues à amizade. Tinham acabado as perguntas, as expansões, o desejo de olhar: estavam mais amigos. Uma calma confiança de intimidade, muito cômoda, foi substituindo tudo e garantiu um prazer novo. Agora estavam apenas amigos e era uma felicidade. Foram andando sem destino, de manso. Uma frase, uma palavra de seu João. A noite esfriava. Tomasse cuidado que aqui no Sul não tem clima bom não. Fadiga.

Tinham saído do café e flechado sem destino, pra frente. Bateu-lhes quase de supetão no corpo a escureza do Anhangabaú, maltratando. Sem terem percebido ainda nada, os dois pressentiram que entravam por lugares onde família não vai. Seu João não gostou porque era casado e não desejava nada, mas sobretudo lhe doeu o perigo que corria Chico Antônio. De fato, o moço, que vinha imóvel, até ali puxado por seu João, sem andar quase, principiou tomando a dianteira, entrou pela escuridão, corpo empinado, trotando com *panache*, ver garanhão que soltam de repente em campo aberto. As narinas engoliam os anúncios de moça do ventinho, o olhar movia inquieto, a cara relumeava desejando. Avançou firme, trotando bem pisado, meio que escutou como um gemido atrás "Chico Antônio!", parou, esperando seu João. Seu João se aproximou e como censura duma delicadeza sublime, apenas roçou levianinho no braço de Chico Antônio. A presença do pai foi tão desesperante, tão malvada, Chico Antônio viu que era impossível. Tudo ficou desagradável, com o contraste do velho ali, se olharam profundo, sofreram. Sofreram com amor porque se amavam fixamente como filho e pai. Era só se largarem, cada um pra seu lado, e aquela irredutibilidade de posição os punha se amando de novo com a suficiência cheia de desleixo dos amores de família, em vez, estavam ali quase inimigos, se querendo bem com antipatia, quase com rancor. Era só se largarem, compreenderam isso, a solução era fácil, porém nenhum dos dois não tinha coragem nem inteligência pra tanto. Não acharam por onde ver um pretexto pra separação, e aliás, o que era bem a incompatibilidade do homem com a vida, a separação havia sempre de os maltratar também. Foram segundos temíveis. Mas o velho, por instinto de ascendência, pegara segurando no braço de Chico Antônio, era um conselho de não. E logo adiante, por trás da Coletoria, fugira dos jardins, retornando pra luz e muita gente. E então, por necessidades e razões diversas, a mesma imagem veio pousar no pensamento de ambos, Isabel.

Estavam mudos, largadíssimos. Seu João achava em Isabel uma desculpa de não ter dado liberdade ao filho. Pois se Chico Antônio era casado como é agora que!... E tinha já que saber como o caso foi, censurar, consertar. Taí, se o filho tivesse trazido a cabocla: não... Mas achava dificuldade em principiar a conversa. Vinham de volta à praça do Correio. Frontões. Muitos restaurantes noturnos. Quartiúnculos abertos na boca da rua, muita luz, muita gente dentro. Entrando, saindo. Sírios, mendigas, encostados nas paredes, vendendo amendoim. Pouco mais de meia-noite. Multidões penduradas nos bondes, cheios. Ondas de gente, era um mar. O mar verde, nordestino da vitrina da Casa Alemã. Uma jangada longe, quem que vinha nela? quem que vinha?... Pra Chico Antônio a imagem de Isabel era mais íntima, saída duma precisão sexual, Isabel era o amor casado que ele poderia gozar na frente mesmo de seu João, Isabel conciliava nele o desejo da noite com o pai. Os três juntos, sem se separar. Não era um caso proibitivo de outros prazeres, que nem o velho estava imaginando, era uma conciliação momentânea. Chico Antônio estava real, irreal. Numa sensualidade que ele nem pensava em disfarçar, não pondo reparo. Magnificamente pensando Isabel. Um detalhe de corpo. Um aboio, cheiro pesado de engenho, as filhas do senhor de engenho tomando banho, eram Isabel. O mar da vitrina era agora um mar verdadeiro onde os manequins se moveram logo em caboclas peitudas, bem nuas; eram Isabel, e Chico Antônio nadava custoso no meio do povaréu da calçada, puxado por seu João, quem que vinha na jangada?

–Vam' comer pipoca!

O velhote inventava um desafogo enquanto não achava jeito de entrar no assunto. Nem era dificuldade de entrar no assunto que isso em gente do povo se entra de supetão, olhe, Chico Antônio, vamos falar duma coisa séria, como foi o caso com a Isabel?, era mas a dificuldade de falar essa frase pura, a discrição de não se mostrar mais sério e mais perfeito, aquela delicadeza de alma que no velho era mesmo duma perfeição maravilhosa, apesar de não cultivada.

Comiam pipoca na esquina. Os olhos de ambos, reconhecendo, atravessaram a praça, foram penetrar no café expresso de faz pouco. Astrogildo. Seu João pensava no Jorge e estava satisfeito porque tirara o filho duma aventura sem-vergonha. Percebeu ingenuamente, com verdade e sem ela, que fora o Jorge a causa de Chico Antônio... turquinho safado! Chico Antônio calmava desesperadamente. Os sentidos se fechavam como asas sonolentas, mas o moço estava muito triste. Pusera a imagem de Isabel do pensamento do velho, e agora só mesmo um ralho bem firme do pai o havia de repor na sua inconsciência habitual. Mas a pipoca, seu João de novo espertinho, o ralho não chegava, era capaz de não vir mais... e Chico Antônio recomeçava insistindo, agora só com a cabeça, de pique, na vontade de mulher. Os olhos foram ondulando sobre os magotes de gente, mais esparsos agora, até lá no alto donde a avenida escachoava sobre a praça como um enorme vagalhão. De repente acreditou nítido que enxergava Isabel numa barca bem no meio dum mar de navegar. Isabel vinha pra ele, sentiu, vinha pra ele atravessando o verde mar de navegar. Brotaram-lhe ritmos do coração, mais inquietado. De navegar... Uma linha apenas imaginada, de melodia. Mas como Isabel não pudesse vencer as ondas, parada de pé no meio da barquinha, diz--que vindo mas não fazendo nada pra chegar junto dele, a barquinha desapareceu súbito. Chico Antônio enfiava maquinalmente punhados de pipoca na boca, esperando que seu João falasse de Isabel e o censurasse. Fazia esforço cabeçudo pra recordar como era a barca que enxergara e não via mais. A miragem não tinha sentido, mas ele enxergara sim. É porque Isabel estava sem remo... Por isso é que estava de pé na barquinha... Seu João, ficara muito sério e falou de Isabel.

– Vam' sentar. Se toma um trago.

Entraram no bar da esquina. Seu João pediu cerveja e:

– Você casou com ela?

– Nhor-sim...

– Ela era boa?

– Boa... ela era.

Todo o ser dele chorava internamente, numa desgraça felicíssima. A sexualidade, a vontade de mulher desaparecera por completo. Os olhos do coqueiro se entregaram pra seu João, em busca de castigo. Mas seu João estava ainda apenas uma censura insuficiente, mexendo lento a cabeça. Chico Antônio teve uma raiva de botar um defeito bem grande em Isabel, porém jamais que imaginasse nisso e não mentia, se lembrou que ela estava prenhe.

– ... nunca que ela quis ter um filho de mim...

Teve medo logo do que falara sem querer, só pelo desejo invencível de prejudicar Isabel. Não pela falsidade mas porque estava desejando que seu João ralhasse bem com ele, e a frase o defendia. Mas seu João ralhava mesmo. Principiou de mansinho, voz grave, falando vagarento. Ainda não estava bem no movimento da parolagem que lhe era tão da natureza, e às vezes entreparava esperando uma deixa. E isso maltratava Chico Antônio porque as ausências repentinas de voz não tinham mais nexo pra ele, lhe interceptavam a liberdade de cismar. Porém seu João aos poucos agarrara num discurso muito igual e sem parada, indo até as portas da infância do coqueiro, pra poder censurar perdoando. Chico Antônio estava imóvel, de cabeça baixa, arrependido. Seu João, a voz de seu João o botava numa perfeição agradabilíssima, lhe recordava tantas coisas de si mesmo, como que lhe dava passado, tradição, como que lhe ajuntava tudo o que ele já fora e fizera, ao homem de agora. No seu natural desmancho de ser, o moço criava a sua vida apenas do momento que tinha na frente, jamais o moviam as experiências do passado. Por isso o deliciavam sensualmente esses momentos de consciência de ser, tão raros, como o que as palavras de seu João lhe estavam dando agora. A voz, as expressões às vezes duras mas conhecidas, lhe batiam no corpo feito mão que acarinhasse. Surgiam detalhes, às vezes provocados por alguma frase, alguma expressão que já escutara num tempo vastamente atrás, em circunstâncias especiais. Viu, viu de fato a famosa vaca vermelha correndo que enlouquecera de com sede, seu João agarrara ele, enganchara ele no pescoço do cavalo, mais o Ramiro com o Dico na garupa, galopearam fugindo, depois mataram a vaca, ficava com raiva porque era sempre ele que mandava arrancar mandioca, um dia fugiu, havia de mandar buscar Isabel porque seu João havia de abraçá-lo quando ele voltou não aguentando mais de fome... Havia poucos fregueses no bar. E o grupo, lá junto do balcão tomando café expresso, Jorge, se ligava mais era com o Ramiro, tão forte, que ensinava bem as habilidades do sertão e o amava por causa da cantoria, agora ia casar, seu João contara, ele também já estava casado, e aquela feita em que os dois foram, qual o quê! não conseguiram espantar a boisada que arrebentara a cerca do açude, sujara toda a água onde seu João até batia neles por causa de irem brincar com as barquinhas sempre amarradas com linha de carretel de Mãe, porque senão a barquinha ia lá pro meio do açude, seu João via, quem foi? foi Isabel... Seu João pagava a cerveja, se levantavam, era bem tarde, seu João mostrara que eram quase duas horas, estavam limpando o bar, já meio descidas as portas de ferro. Saíram na praça outra vez. Mas Chico Antônio estava completamente atordoado, em plena integridade. Tomara com uma esfrega mãe, seu João dissera boas pra ele, e Chico Antônio forte, com o corpo retesado numa plenitude perfeita, inda se sentia mais forte aguentando as censuras do pai. Bastava um peteleco seu João ia longe, mas seu João que batia, Chico Antônio se deixava bater, o que inda mais lhe dava uma masculinidade absurda, heroica, cheia de complacência.

Seu João estava bastante fatigado, quando pararam na esquina, se orientando. A praça ficara monumental assim, quase vazia, sem bonde mais. Os homens solitários, parados nas esquinas, vindos de algum trabalho noturno, de alguma farra, com medo de arrancar a pé pros bairros longínquos, esperavam o primeiro bonde da madrugada. Tinha dois sentados na calçada em frente. Outros não esperavam nada, esperavam a vida, sabendo que a praça do Correio era o lugar mais propício para esperar a vida. Passou um automóvel deslumbrante, chato, branco e preto, moços chiques dentro e aquela menina sem chapéu, olhando francamente pra ele. Chico Antônio baixou os olhos.

Caminharam silenciosos, subindo à praça Antônio Prado, donde seu João podia se orientar. O velho ia meio com medo do moço. Chico Antônio estava tão mudo, não falara nada, tão vago, tão úmido de saúde alumiada na pele brilhante, seu João teve receio, como se estivesse junto dum animal bravo. Tomou instintivamente o partido de enfraquecer, a ladeira era tão íngreme que explicava tudo.

– Não posso mais... Me ajude, Chico Antônio.

O moço esbarrou no velho que pretendeu se apoiar mas foi levado feito pluma. Seu João sentiu que dominava inteiramente o animal bravo, que Chico Antônio estava muito arrependido e logo, tendo uns cobres, mandava buscar Isabel, ele ajudava, já falavam mesmo que gastava por demais!... Deu um riso:

– Não vê que sou intaliano pra estar manjando polenta, polenta. Ajuntar é pros ricos que não têm no que gastar...

SEGUNDA PARTE[1]

AS DUAS IRMÃS

Chico Antônio chegou na fazenda ali pelas quinze horas, absolutamente inaceitável e tristonho. A presença de seu João já o normalizara desde a noite passada, na presença de toda a família, e o afeto que tinha por todos, muito real mas pouco agente, naquela série de boas-tardes, algum riso e o abraço chorando da "mãe", não lhe deu mais que um conforto pequeno. Tinham passado por completo o prazer maravilhoso de chegar e o estado propício de exaltação que São Paulo lhe dera. Dormira mal no hotel do sírio e acordara já sob a influência do ambiente novo, e este o desolava. A viagem de trem só fizera aumentar essa consciência que São Paulo lhe dava e o fixava em muitas reflexões que além de exasperantemente nítidas eram desusuais nele:[2] a ideia do trabalho determinado, a fixação da energia numa luta pela vida, o apalpo duma certeza monetária a que não estava disposto mais. Ou a que nunca estivera disposto pois que a resolução de vir embora pro Sul não fora ambição mas puro movimento de sensibilidade. O ambiente novo, a estrada sem poeira, as terras todas trabalhadas, a regularidade das plantações, cidades, tantas cidades poderiam ter dado pra ele a evidência do conforto, a fisionomia da riqueza, mas essas eram aquisições que não entravam absolutamente na sensação de bem-estar que Chico Antônio tinha. Está bem certo dizendo que pro cantador a felicidade era uma sensação, e que o próprio

1. Nota MA: "Esta parte até p. 52, inclusive, absolutamente não está trabalhada. Esta é a primeira versão".

2. Hesitação de MA no manuscrito: "pra ele"/ "a ele"/ "nele".

conforto não entrava nela. Até, se mais tarde as circunstâncias da vida paulista lhe fariam entrar o dinheiro nas preocupações, não como uma vitória contra a vida e aquisição de segurança, mas pelo que o dinheiro traz de satisfação dos desejos; a noção do conforto jamais que se organizou no coqueiro. Havia de se conservar sempre duma indiferença enorme ante o prazer vindo dos objetos acariciantes ou limpos, sempre muito longínquo das poltronas em que sentava, frio, duma frieza exemplar ante qualquer melhoria da participação inanimada da vida.

Chegou na fazenda; e todo aquele organismo estilizado que agora apalpava com violência, a jerarquia dos seres, a limpeza, os caminhões, o terreiro monumental de tijolo, a casa da máquina toda caiada (teve uma apressada recordação de Pernambuco e usinas), os cafezais tristíssimos, a colônia numerada... tudo o abatimento enormemente. Inda por cima seu João, num orgulho desarrazoado, passeava o filho, apresentando-o aos colonos, aos fiscais, ao administrador. Fez a burrada enorme de o levar até o patrão, recém-chegado, lá na casa-grande. E todos não viam a maravilha, nem podiam compreender nem perdoar o prazer orgulhoso do velho, apresentando uma obra-prima visivelmente falsa.

– Dá bom camarada se não for cachaceiro – brincou o dono da fazenda, desabrido e antigo, olhando aquele corpo forte.

Chico Antônio que andara de mão em mão já numa desconfiança irrespirável, sentiu-se inteirinho nu com a frase, foi horrível. Na terra dele, ou com mais segurança de si, dava o estrilo, ia-se embora, não aguentava mais. Porém se sentia peado, aquelas grandezas acumuladas o escravizavam, perdera o uso da voz. Seu João também desapontava pouco a pouco, numa grande insistência agarrado ainda ao prazer inicial. Mas o filho não ajudava nada e, no atordoamento das desilusões sucessivas que lhe vinham do moço e de todos, já não percebia bem por que se entusiasmara tanto. Ficou afinal atordoado por completo ao perceber a verdade nova: Chico Antônio era um reles. De fato estava relíssimo, num despaisamento guaçu, desgraçadíssimo.

– É, mas o senhor há-de escutar é ele cantar!

Disse e morreu-lhe enfim todo o entusiasmo. Numa fazenda de São Paulo cantar!... Nem seu João podia se inteirar da enormidade que estava falando. Desde muito que se fora o tempo em que cantava a escravaria preta saracoteando no batuque ou disfarçando a monotonia dos eitos. Viera um colono, musical por tradição, mas que talvez pelo clima novo, pela desconfiança dos desraizados ou mais possivelmente pela nova psicologia de ambição que adquirira imigrando, fechara quase que totalmente a voz. Também a época da modinha de salão passara por completo na casa-grande, agora tantas vezes um bangalô quando não um castelo; e na rapidez com que as coisas se transformam nos países de aventura e sem tradição multissecular, as fazendas das zonas ricas eram dum mutismo horrível. Inda nas zonas mais paradas ou já mortas, ou na maleitosa pasmaceira dos jecas, nas barrancas dos rios pardos, a moda caipira balanceava a doçura das suas linhas monótonas e das suas terças invariavelmente açucaradas, mas na Paulista nada, era o silêncio mais perverso. Nenhum desprendimento, nenhuma vontade de viver agora. Uma sanfona só, de longe em longe. Os gramofones de raro em raro, e lá na casa-grande o rádio, às vezes muito ruim, tossindo.

Não é possível a gente imaginar diferença mais chocante que entre o Nordeste e São Paulo, nisso. Lá uma vida adaptada, tradicional, fixa, uma cultura baseada no indivíduo e na região. Aqui uma civilização falseadora, empréstimo d'além-mar, a vida instável, cujo brilho falso não conseguia disfarçar a sua fatal transitoriedade. Lá o homem estava bem de posse de todas as suas possibilidades de ser. E por isso também sabia cantar. Aqui um ser escalavrado de inquietações e desejos, manejado pela concorrência, mudo, enormemente mudo. Um desastre financeiro, ou qualquer desastre era apenas momentâneo aqui, não excluía a continuação nos seres da esperança de futuro: a vida se convertia numa jogatina em que se jogava com desejo de ganhar e economizando. Lá vivia-se com alma a própria desgraça da seca, o indivíduo surpreendido no desastre vivia com paixão exclusiva a desgraça da hora, botando em cada minuto a vida inteira. Quaisquer que sejam as considerações detestáveis que a gente possa fazer a respeito duma vida assim e gente dessas, sempre é uma verdade, uma cultura exata que com inteligência era possível transformar numa civilização enriquecedora da humanidade e valorizadora do homem. Aqui, não se passava dum fenômeno transitório, passível de envernizar o corpo vaidoso da terra mas incapaz de vitalizar o homem. Pelo menos por enquanto, porque o progresso, aparentemente grande, era insuficiente pra nos tornar pelo menos um peso político e econômico na balança internacional. E era neste meio hostilíssimo que seu João, se agarrando feito um desesperado nos valores do filho que sentia admirável, decidira vencer os inimigos, lhes garantindo que Chico Antônio era um talento na cantoria! Chico Antônio ficou reles, reles, tão desprezível como um papel usado. Voltaram ambos pra colônia, seu João macambúzio, o moço exausto, enquanto a tarde caía, mansa, vasta agradável no inverninho santo da roça, mas, como sempre nesta zona, majestosamente triste. Entraram todos pra dentro numa conversa muito sem sabor. Ninguém imaginava que estivesse ali mesmo o instante de Chico Antônio se vingar.

De repente um uivo medonho de boi estarreceu o espaço, a fazenda se encheu de pavor. Não vê que seu Quinzinho mandara matar um bezerro pra se ter carne fresca na janta do dia seguinte. Bem podiam mandar buscar quanto quisessem de carne na cidade, era pertinho, mas batera também no fazendeiro aquela fadiga de economizar que a mudança pra São Paulo dera à família. Dantes a economia de Quinzinho não era, nunca fora em proveito duma riqueza futura, era apenas uma questão de bom senso, de integridade moral. Vivera sempre patinhando, na mediocridade feliz, mandando educar as duas filhas no colégio interno, depois quiseram se formar na Escola Normal, não precisavam, não haviam de precisar, graças a Deus, pois estudem! Ora devendo um pouco pro comissário, ora com dinheiro pouco reservado, um mão-aberta, colar de pérolas pequenas pras filhas com vinte e um anos, passeios até o Rio e pois se tem carne na cidade e automóvel na garagem manda-se buscar a carne, e o bezerro dá boi de carro, adubo, depois se vende. A valorização do café o enriquecera mas não o tirara do bom senso e da mediocridade. Mas as filhas queriam São Paulo pra se morar que é muito melhor, médico no vizinho, o que confortava muito dona Eulália que sofria de estômago e fígado, teatros, bailes, enfim era uma cidade grande. Quinzinho via com horror a aproximação da cidade. Prometia triplicar as viagens, que a cidade era ruim, que ele não tinha o que fazer lá, mas as meninas conseguiram afinal granjear a adesão da mãe que visitara a casa dum fazendeiro vizinho, lá na avenida Angélica de São Paulo, e descobriu que era um egoísmo do Quinzinho sacrificar as meninas naquele fundo de roça. Dona Eulália não se defendia apenas do desejo de ter uma casa enfeitada como a dos vizinhos, era sincera. Só que as coisas se misturavam muito na sua ignorância bondosa e satisfeita de si. Tinha uma noção muito vaga de que precisava descansar. A riqueza estava ali, e pra ela a riqueza era assim uma espécie de liberdade infindável que não carecia agenciar nem fecundar mais, era a riqueza, um tesouro inesgotável, exatamente como a água fervendo tomada por causa do fígado e que era só ir na cozinha, despejar da chaleira na xicrinha de café e beber. Quinzinho acabara cedendo também. Os medos dele eram puramente egoísticos, aliás mais questão de pachorra. Via com tristeza se aproximarem os dias, cinco horas da manhã já de pé, sem nada pra cuidar lá em São Paulo, ao passo que na Santa Eulália o dia não dava. Sonhou um momento que as meninas aceitariam ir morar em Aracina, a linda cidadinha próxima. Isso a lembrança foi despedaçada com grandes espantos. Antes fazenda que aquela pasmaceira de cidade do Interior! São Paulo ou nada. Depois: papai acaba cedendo mesmo pra que tanta história, agora! Então cedeu.

E foi o delírio. Todos na família foram tomados dum delírio de grandeza, muito apressado. Uma sofreguidão impossível em que todos agora se vingavam dos "rebaixamentos" da vida da roça. E queriam se vingar do dia pra noite. Compraram logo um casão apalaçado, duma brancura ofensiva num terreno quase sem jardim, desprovido de árvores mas orgulhoso na aparência e nos quase duzentos contos de custo. Quinzinho aprovando impassível a escolha da mulher e das filhas. Na casa-grande também quarto sobrava, mas um era quarto de hóspede, noutro dona Eulália guardava certas frutas pra madurar, noutro se fazia o escritório de papai, onde só se entrava quando vinha algum comprador ambulante de café. Todos os quartos tinham utilidade e um chicote dependurado justificava um aposento. Agora a casa não acabava mais. Inventaram uma biblioteca, um quarto de costura onde dona Eulália mal sabia de longe em longe consertar uma prega, pregar um botão, porque tudo passou a ser feito nas costureiras da cidade.

A biblioteca ficou dum brilho impassível, luxuosíssima e incapaz de se estragar, com os dois armários de livros, armários pesadíssimos do Liceu, e a mesa do centro, estilo colonial com o *chemin de table* de veludo vermelho e ouro na bordação. Veio o problema do bronze, discutidíssimo entre as duas meninas, porque Vivi, a mais espertinha e também com, sim, com mais gosto, queria só bronze, um busto de homem, e Clara queria uma estátua da Casa Loeb, que era uma princesa oriental com braço e cara de marfim. Acabaram comprando a princesa também, pra sala de visitas. Quinzinho concordando, concordando. Era duma irregularidade desleixada, e não tinha autoridade que convencesse ninguém naquele incêndio. Um bom senso desvigorado lhe roncava nas tripas que aquilo era uma despesa idiota, assim como estavam fazendo, às pressas, sem finalidade humana, sem caráter, só pelo pretexto de encher uma casa, mas gastava doze contos numa mobília, achando internamente que era mesmo muito bonita e depois vinha protestar, diz-que uma almofada de quinhentos mil-réis era cara! Riam dele, era natural, e a almofada lá ia pro chão da sala de visitas, que agora estava na moda almofada no chão. Criados caríssimos, porque as da fazenda eram muito grosseiras, só mesmo a cozinheira que ninguém via capaz da couve indispensável pra papai. Clara sorria, concordando com Vivi que era realmente o querosene do incêndio. E a casa ficou chique, suntuosa mesmo, num arrivismo garantido, mas que não apenas o valor verdadeiro das coisas mas a própria sugestão do ambiente ajudava a disfarçar. Tudo era bom de verdade e só mais tarde, com as dádivas de amigos e parentes, toalhinhas deste, vasinho daquele, um vistoso par de crianças de barro cozido, a falsidade ficou um pouco mais visível.

Afinal uma noite no hol, Vivi pegou numa revista e já pôde correr os olhos nela: iam dormir a primeira noite da "casa da Alameda Santos" e não tinham mais no que pensar. O silêncio desceu sobre todos, foi uma tristeza enorme. A luxuosidade assombrava o ambiente com malícia. Vivi movia-se bem, estava natural. Clara quase, não porque fosse propriamente aquele o ambiente dela mas porque era mesmo duma naturalidade muito pura, muito igual. Nem se vestira mais chique pra aquele primeiro jantar da Alameda Santos, estava sentada com apoio e esperava pra responder. A boa da dona Eulália é que era a excrescência daquela casa, coitada. Estava num desconforto vasto, penosamente ridícula. O vestido roxo de cetim se desdobrava em muitos panos e o instinto antigo a sentava na poltrona, com ar de visita, muito rija, sem nenhum conformismo físico, pra não amassar o vestido. Dos dois gordos braços roxos mal pousando nas guardas da poltrona, as mãos pendiam, curtas, quentes, mãos de mãe, mãos de dona de casa, gretadas e encardidas pela serviceira da vida. De repente aquelas mãos recordavam quatro filhos mortos, lembravam cinco anos de cozinha, lembravam a moça recém-casada que fora pra fazenda que a meia incapacidade muito lenta do Quinzinho estava abrindo por mando da sogra. Eram a coisa mais comovente ali, e estavam horríveis aquelas mãos.

– Clara, arranja aquela flor que está caindo.

Vivi saltava:

– Não está, mamãe! Fui eu que arranjei, é assim mesmo!

Dona Eulália sorriu. A mão fizera apenas um movimento de erguer-se, indicando a flor. Movia-se inteira, inteiriça, sem dedos, naquela inflexibilidade que os trabalhos pesados dão ao corpo humano. Os dedos faziam já parte do corpo da mão, eram palma de mãos, sem aquela independência que eles adquirem nas mãos vadias, livres, ágeis, ávidos buscando sempre qualquer coisa pra curiosear. No fim das mãos de dona Eulália, havia as unhas do artritismo, sem lisura sem brilho, cortadas sempre rente e cheias de películas. Muito limpas sempre, tinham porém ar gasto, pareciam sujas, encardidas nos cantos, e aqueles curiosos calos de artritismo, esfarinhentos, entre o corte e a ponta dos dedos. Mãos violentas de tanta expressão, pele brilhante e gretada, capazes das maiores delicadezas no deitar um doente, no manejar uma renda ninguém sabe como, profundamente vividas, não viviam ali. A visão delas derreava qualquer pensamento nobre, despertava uma indiscrição ruim. O que diziam era todas as sujeiras em que dona Eulália já devia de ter pegado na vida, transportava a lembrança da gente pras partes sem convite mais do corpo dela, no que elas não deviam já de ter se sujado, as fraldas sujas em que, se percebia com aquelas mãos, ela pegava decidida, sem nojo nenhum dos filhos, está claro, meu filho! e o lenço das crianças, e no preparo da comida, as tripas... Não se teria coragem de beijar, naquele momento vistoso de hol chique, aquelas humaníssimas mãos, davam nojo.

Clara sentiu um movimento irresistível de piedade pela mãe, foi beijá-la, beijou-a longamente, muito muda, limpando o excesso de pó de arroz que ficara numa das orelhas de dona Eulália. Dona Eulália descansou o rosto no peitinho da filha e ficou com os olhos cheios de lágrimas. Quinzinho, Quinzinho mastigava o cigarro de palha, irritado contra não sabia o quê, folheando o jornal da noite que mandara comprar pelo chofer mocinho. Não achava nada, jornal barulhento com tanta letra grande, que não dizia as coisas arranjado, que nem *O Estado de S. Paulo*. Porcaria! Olhou pras duas abraçadas, deu de ombros disfarçando com indiferença ostensiva a piedade enorme que tinha da mulher, de si mesmo, o ódio que estava das filhas, e não lhe atingiam propriamente a consciência. Virou na poltrona, ele sim entreguemente sentado, na sua roupa natural e sapatão de elástico, não mexessem comigo! e foi lendo com ânsia um artigo que era, parece, um artigo sobre divórcio de cinema; dormia no cinema, besteira de festa, bobice de vir pra cidade, bobas! bobas! Vivi estava com remorso mas não queria dar o braço a torcer. Quinzinho não pôde suportar mais:

– Bom, agora se arranjem, a casa é de vocês, dou pra vocês. Minha não é, Deus me livre!

E de fato viveria sempre hóspede no palacete da Alameda Santos. Acomodado com tudo por causa da pachorra, mas paulistamente aferrado numa naturalidade antiga, cabeçuda, agressiva, desconfiado contra a ambiência, chocante pra todos e num espanto de escandalizado. Amarrotou o jornal, teve que fazer um esforço ridículo pra se erguer da poltrona funda que até era imoral, parecia de casa de mulheres de que ele não tinha absolutamente nenhum conhecimento. Mas a comparação pra ele era exata. Ia jogar o toco de cigarro até no chão, mas o chão agora, até o chão impunha respeito a ele, não era possível, moveu a cara com uma raiva desgraçada. Vivi saiu correndo, muito solícita pra se justificar, foi ver o cinzeiro, que ia de cá pra lá, do hol pra sala de jantar, da sala de jantar pro hol. Veio sorrindo e era bonita.

– Mas, filhinha, pelo menos compre então mais um cinzeiro.

Ficou com raiva outra vez.

– Mas compre logo de ouro! Quanto carece! Dois contos! Três contos!

Vivi estava exausta também. Os beicinhos dela já principiam num tremor que ela morde, pra não chorar.

– Bobinha, estou brincando.

Ela abraçou-se com o pai beijando largadamente o paletó; o pescoço dele. Chorava com franqueza e todos estavam engasgadíssimos. Quinzinho alisou o cabelo da filha e não podendo mais foi pro passeio fumar. Dona Eulália ficou distraindo as filhas, inventando um cinema pra amanhã, consolando.

Mas num instante as moças e dona Eulália se acostumaram com a vida nova. Era tanto passeio, tanta visita, tanto gasto e principalmente tanta soberania, por viverem entre relações e parentes mais modestos: se adaptaram com prazer. As meninas logo não deixaram nada a desejar como urbanismo civilizado e dona Eulália pouco a pouco, por aquele velho bom senso antigo, que a fazia sempre simpática e boa, se reduziu a uma inexistência caroável, sem nenhuma loquacidade nem nenhuma pretensão de brilhar. Era apenas a dama de companhia das filhas, base moral honestíssima pra aqueles dois balõezinhos cativos que vadiavam agora na cidade. Mais nada. Uma base invisível mas segura.

Quinzinho é que sofria vadiações enormes. Disfarçava um pretexto de arranjar uma roseira, qualquer coisa no automóvel e ia conversar com o chofer, com o jardineiro que vinha semanalmente arranjar aqueles fiapos de verde a que chamavam jardim. Depois do almoço ia na cidade e eram então os momentos de maior penúria de alma. Buscava os conhecidos, passava horas paradas na charutaria Alex que era dum alemão conhecido; quando encontrava alguém lá da roça agarrava o amigo perguntando com rapidez pra conversa não acabar; lia todos os jornais com um desinteresse novo, por curiosidade só, pra passar o tempo, coisa que antes não sabia o que era. Dantes, na fazenda, cada noticinha à toa, só vendo como ele se apaixonava! O caso dum indesejável que pretendera desembarcar com nome falso o tornava heroico patriota, capaz de dar o sangue pelo Brasil, uma falência fraudulenta o deixava economista, um crime o moralizava, tudo, sim, numa grande aparência de calma pachorrenta sempre, mas vivido com paixão interior. O caso das revistas era engraçado. Dona Eulália colecionava *A Cigarra* e o *Para Todos*, tinha montões delas que aliás serviam pra dar destino a mais um quarto, o "quarto das revistas de mamãe", onde havia também um armário velho de livros e os bancos, dois, que tinham sido dos primeiros tempos da fazenda e as meninas queriam pôr no pomar. Quinzinho mandou fazer dois bancos novos pro pomar. (Mas o pretexto pra discussões de fazenda continuou porque uma vez por outra acontecia uma falta de bancos e lá vinha a conversa interessada.) Nos dias de chegada de revista, era uma porfia sorrateira pra ver quem lia primeiro. As revistas iam de cá pra lá, onde está *A Cigarra*? agora sim! ninguém mais não se lembrava onde estava *A Cigarra*, Vivi tomava pito, Quinzinho zangava, dona Eulália zangava, todos brigavam por causa d'*A Cigarra* com muita felicidade. *O Estado de S. Paulo*, esse era exclusivamente do Quinzinho que, quer o lesse de tarde, se não tinha ocupação, quer o lesse de noite, o contava era de noite, comentando as notícias contáveis.

O Estado de S. Paulo era o decreto, era a Lei, era os Dez Mandamentos. No dia em que um roubo no Correio, um atraso de envio, um feriado importante não dava o *Estado*, a fazenda não tinha mais equilíbrio, sem sua ração espiritual. E dava muitas conversas, não só em casa, mas nas visitas quando os vizinhos se reuniam. Todos liam o mesmo jornal e da mesma maneira. E pra todos *O Estado de S. Paulo* era a Lei. Um que não concordasse, derramava o pânico na fazendeirada que pensava assim porque *O Estado de S. Paulo* pensava assim. Ficavam irritados, aquele um independente não chocava pela independência, era concebido como uma espécie de grandíssimo tonto, parecido com esses jornais errados, cheios de letras de todos os tamanhos, atrapalhantes, e não verdadeiros como *O Estado de S. Paulo*, cuja nobre e frígida serenidade de colunas cinzentas cheias de letrinhas iguais e regulares se coadunava bem com o interminável, monótono enfileiramento dos cafezais. Era um cafezal também: fecundo, imponentíssimo, certo. A influência do grande jornal era imensa em todo o Estado e mesmo nas adjacências dele. Chegara a criar uma mentalidade que, apesar de servil, não deixava de ser comovente, pela sua enérgica unanimidade. Era uma força enorme que, no meio do nosso individualismo tamanho que as maiores empresas do Estado eram quase todas de iniciativa individual e só depois encampadas ou virtualizadas pelos Governos, podia ter sido duma influência fecundíssima, despertando por toda a região atitudes políticas definidas ou grandes iniciativas. E incontestavelmente as despertou por várias vezes. Porém em grande parte a influência exercida pelo grande diário provinha justamente da sua superioridade pacheca, em que a discrição cuidadosa, o meio-termo apalpante, o ar de profecia não muito nítido e por isso mesmo sempre acertador, se coadunava otimamente com uma raça gasta pelos esforços dos séculos de aventura viajeira e a que a riqueza desfibrava muito agora. Qualquer atitude muito enérgica, jogadoramente apaixonada que o jornal tivesse, iria igualá-lo aos outros diários e ele perdia grande parte do reinado espiritual que exercia sobre a gente paulista. A utilidade funcional do grande matutino provinha de que ele não representava apenas o bom senso, mas também o senso comum. Assim: o próprio meio-termo da sua fecundidade nacional dependia do meio-termo das suas atitudes serenas. Se abandonasse estas é mais que duvidoso conseguisse aumentar aquela, mais provavelmente a diminuiria por se igualar ao jornalismo ambulante e combativo que enxameava, apaixonava apenas idealistamente, não despertava nenhuma corrente popular efetiva e tinha aliás alcance puramente urbano, ecoando quando muito nas cidades mais importantes do Interior. *O Estado de S. Paulo* tinha de ser o que era pra ter a influência e a utilidade nacional que exercia. Era um fruto, não mais do meio, mas da raça primaz que iniciara o meio atual e não correspondia mais a ele. Esse aliás é um fenômeno comum nos centros de riqueza rápida e aventura: os do lugar, que iniciam essa riqueza e proporcionam essa ocasião de aventura aos que acodem ao chamariz, como exaustos da primeira impulsão dramática estagnam, incapazes de se afazer ao progresso rápido demais, desapontados ante um êxito excessivo cujo excesso desbaseado e sem norma os atemoriza, irritados, despeitados pela facilidade com que os chegadores vindo de fora os alcançam logo e ultrapassam. Então estagnam, numa aristocracia inamovível, muito ignorante e mais que falsa. Se tornam saudosistamente os "tradicionais" e, em vez de ficarem de fato tradicionais, são o passado. Não representam uma tradição, não representam uma força compensadora e reguladora, não agem como sons fundamentais de novas harmonias. São insolúveis, inatuais e passivos. São o passado em tudo quanto o conceito de passado é a estagnação, monumento comemorativo, peso morto. No tumulto das raças mais díspares, das falcatruas e benefícios mais contraproducentes e que de todas as partes vêm, tudo se equilibra, tudo se iguala, tudo se racializa por assim dizer, e assume um aspecto aceito e representativo da terra, do Estado. Mas eles não:

não se ligam, não se amoldam, não refletem coisa nenhuma. São injustificáveis na inflexível lufa-lufa do ambiente, são os exóticos: carregam com todos os males e castigos de serem exóticos, na própria terra em que nasceram, que fizeram ou ajudaram a fazer. No ambiente pois dessa fazendeirada egoística, ensimesmada e fundamentalmente inativa, assuntando a terra produzir, *O Estado de S. Paulo* era mais um bem que um mal, com o seu meio-termo cauteloso. Ele, sim, era uma tradição e não apenas o passado. Se nos meios urbanos mais vitais do Estado, o jornal chocava bem com a sua calma pachorrenta e gestos pousados, na verdade ele regulava e fundamentava a pasmaceira da nossa vida rural e conseguia dela alguma condescendência com o presente, fornecendo pra ela o único alimento de que ele era possível e que ela pedia. Representativo como uma fatalidade.

Pois nem o jornal querido e obedecido Quinzinho concebia mais agora. Lia-o sempre, e até mais que dantes, porque lhe tinham afrouxado aquelas virilidades criteriosas com que escolhia os assuntos que lhe interessavam, e eram bastantes pra encher o espaço acordado das noites fazendeiras. Não lia Cinema, não lia Artes e Artistas, ia direito aos movimentos de Bolsa e de mercado, seguia pelos Falecimentos, depois pelos Aniversários, e depois era a busca pausada, através das páginas gordas, de quanto se relacionasse com café. Aqui uma notícia do Havre, além uma outra da Colômbia, cujo só nome já lhe dava um malestar desarranjado e o despeito. O Paraná, chegador de última hora, apesar de brasileiro, também sem querer o despeitava. Os Estados Unidos, isso lia telegrama por telegrama, nem que noticiasse apenas um divórcio de estrela ou jogo de boxe: eram os Estados Unidos! Vivia numa dependência solícita, quase amorosa, em relação aos Estados Unidos, as coisas de lá lhe doíam, lhe comoviam agradecidamente, quando relacionadas de qualquer forma com o comércio do Brasil. Principalmente se relativas ao café. Um discurso, um artiguete de jornaleco de província lá que maldasse do café o machucava como uma ingratidão flamejante, e comentava com a mulher, olhava tristonho pras filhas e elas que estavam pensandinho nas suas felicidades e cuidados, se humanizavam de repente apaixonadas por tabela, ao contato da injúria que o pai sofria. Finalmente agora vinham as Notícias Diversas, as comemorações, os crimes, o lado inatingível pra eles da vida paulista, que entregava todos a uma conversa desejosa, cheia de visões movimentadas, o cinema quotidiano apaixonadamente comentado enquanto a criada trazia o café com leite, os biscoitos, requeijão, farinha.

Agora o jornal chegava agressivamente de manhã, todos ocupados, as meninas nos quartos, fazendo a lição de francês, qualquer coisa. Dona Eulália trabalhando também. Quinzinho não tinha pr'onde ir. No escritório, era inabitável aquele ambiente vazio e pesadíssimo de tanto luxo, o bronze dava raiva pra ele, aquela cabeça de homem enorme, Voltaire, que não era pra ele retrato de coisa nenhuma. O terraço, no verão tinha muito sol, no inverno era frio demais... ia pro hol. Na verdade tudo era principalmente desculpas interiores de que ele não se dava conta. Ia pro hol porque por lá sempre Eulália, às vezes passava uma das filhas, e ele apressado contava que as chuvas estavam prejudicando muito o café na Colômbia, que a gente não devia mesmo pensar em abrir fazenda no Paraná porque fora descoberto um novo grilo formidável etc. Mas nada ecoava mais porém. Falavam "É?", "Que pena!", "Uhm." e passavam. A casa é que ficava ecoando, eco de material, frio, desamoroso, incompreensível e sem virtualidade pra Quinzinho. Continuava seguindo as páginas, sem escolha mais, sem preferência, lendo qualquer coisa, só pra passar o tempo, às vezes se esquecia até de saber como estava a libra – o que era aliás uma felicidade porque fornecia mais assunto pra com quem encontrasse depois do almoço no Triângulo. Ia lendo, cinema, concurso de natação em Montecarlo, os bolchevistas (canalhas!) estão produzindo como nunca, mudança dum delegado regional no Sergipe, prêmio Nobel de literatura... De repente não podia mais, largava o jornal onde estivesse e ia conversar com o chofer.

O vício da cidade não transformara em nada a união da família mas estava acentuando ou defraudando fundamentalmente os caracteres. Só Vivi se valorizara fisicamente nele e era urbana. Clara, apesar de mais velha, era agora um reflexo da irmã e se adaptara a essa inferioridade de brilho, em que a gente acabava sempre por descobrir a caipirinha. Por isso a vida social dava pouca atenção a ela. Tudo era só Vivi, Vivi que era chamada ao telefone, Vivi que era a convidada para o benefício, Vivi que era pra secretariar o clubinho de baile. Clara vinha no convite só porque era irmã de Vivi. Mas não sofria com isso nem lhe passara jamais pela cabeça ter inveja da irmã. Nunca alcançara o inglês desenvolto que a irmã falava, mas também agora preparava melhor suas lições de francês. Possuía uma paciência chegadeira muito mansa, que sem mesmo muita reflexão, lhe dava uma ciência aparentemente mais segura do mundo e do seu próprio destino. Havia de ser feliz porque se amoldava às coisas e circunstâncias, numa sujeição indiferente, bem da nossa educação patriarcal antiga, ao mesmo tempo no entanto que escolhia as coisas, tinha uma habilidade enérgica e invisível pra escolher e determinar os elementos de vida a que havia de se sujeitar. Não era bonita mas tinha uma simpatia sábia que se normalizava facilmente como elemento de felicidade. Vivi não. Sem ser o oposto da irmã, era na largueza do termo uma estouvada. Se a cidade a valorizara e Vivi seria sempre brilhante e feliz nela, esse brilho e felicidade lhe estariam sempre cortados de mais de metade pela família e pelos hábitos antigos de ser. Não era a cidade que a tornaria tantas vezes desgraçada, mas o passado insolúvel que sempre conservaria dentro dela e no contato com a família. Se pudesse se libertar dessas coisas, e pra isso não tinha nem educação nem energia suficientes, daria então uma mulher eficaz, muitas vezes casando, se divorciando, amando livremente, mas eficaz, socializada, trabalhando com utilidade, criando empresas, dando largas à inteligência forte que possuía, talvez escritora, artista, não se sabe, revoltosa... E então uma compreensão mais livre, mais adaptável, mais materializada lhe determinaria a norma de sua felicidade eficaz. Porém tudo lhe desvirtuava a possibilidade de ser feliz, mesmo a própria cidade que não era suficientemente "moderna", pra que qualquer gesto de maior independência inda não causasse escândalo. E Vivi tinha tradicionalmente receio do escândalo. Era brilhantemente bonita, bonita por falsificação de brilho, com um nariz um bocado pontudo, que irritava com prazer.

Dona Eulália era a única que perseverava intacta, integral na sua personalidade de roceira, da qual a própria condescendência bondosa lhe permitira se sujeitar à subserviência enorme em que vivia. Se não era infeliz, isso provinha da própria anuência a tudo, tão característica das mulheres brasileiras de educação antiga, e que a tornava a mais moralmente inexistente de todas as mulheres. Nos bailes, nas festas, nas visitas, jamais dava uma opinião; a tudo quanto lhe falavam sorria com uma paciência longínqua de quem não era mais deste mundo. E de fato era uma desgraçada se por acaso soubesse sofrer por si e não apenas pelos reflexos da vida de família, doença ou morte em casa. Aquele vazio interior que desde os seus tempos de moça ignorante e roceira fora sempre o seu modo de ser, vida duma animalidade muito ordeira, inflexível no cumprimento dos deveres objetivos, incapaz anos e anos, toda a vida, duma falha, duma invenção de preguiça, da menor independência de ação: agora se tornara também um vazio físico, porque na cidade ela não tinha nada que fazer. É humanamente maravilhoso como na fazenda, um colono que passa no longe, uma colona que vem trazer um presentinho de ovos em paga do filho que sarou ocupam o tempo da gente. Especialmente de pessoas tão fatalmente materiais como dona Eulália. Não tinha um momento de descanso, naqueles trabalhos descansados em que engordara tanto e ficara lustrosa que nenhum pó de arroz vencia. Mas agora na cidade, mesmo consertando um botão, mesmo fazendo uma roupinha de criança que as úteis e ineficazes "Senhoras Católicas" depois enviariam pra algum pobre de São Vicente, mesmo no cinema a que anuía com uma fadiga enorme por aqueles perigos violentos da tela, dona Eulália estava trabalhando mas não tinha nada que fazer. Não havia naqueles trabalhos aquela concatenação sagrada, aquela espécie de liturgia com que a ocupação dessas vidas materiais, não é o trabalho que se está fazendo no momento, que esse não ocupa ninguém, as mãos agindo por si, mas a segurança dos trabalhos seguintes, sem nenhuma solução de continuidade. O que torna trabalhosas essas vidas disponíveis, é a seriação ritual dos fatos do dia, tornando todos os dias iguais e conhecidos de antemão. Isso enche a vida e faz o verdadeiro trabalho, não o fenômeno de agir num momento determinado. Vidas disponíveis a que os próprios momentos prefixados de descanso eram um grande trabalho quotidiano, numa sutil exclusão da disponibilidade. Essa é a maravilha da vida das fazendas que socializava as donas Eulálias.

Agora, às vezes até dona Eulália se movia muito mais no veste-e-despe dum chá, no arranja-arranja de qualquer baile, num chapéu não chegado a tempo, naquela história de casa encerada que a martirizava porque coisa que a gente não lava com água, bucha e sabão não podia ficar limpa, e o problema assombrado de não haver dinheiro que bastasse, e o dia inteirinho na cidade campeando um sapatinho que combinasse com o vestido novo de Vivi, nada. Era um vazio que roncava, um sem quefazer vultuoso e triste, muito triste que pouco a pouco devorara todas as pazes interiores de dona Eulália e tivera como resultado aquele sorriso forçado, de anuência a tudo, que era um sorriso muito triste, um sorriso de desgraçada. Mas dona Eulália não se dava conta de coisa alguma, está claro, boa, inalteravelmente boa pra todos, a virgindade das filhas, o nó da família, e o desafogo de Quinzinho que nas conversas de quarto despejava pra cima dela todas as irritações contra a vida que tinha agora e ficava roxo por causa duma ceroula, todos os pitos que ele passava nas meninas e que dona Eulália é que transmitia. Dona Eulália desculpava as meninas que "era por causa da idade", desculpava a ceroula, aceitava tudo pra si, e ainda por cima, quando era pra descansar dormindo, tinha que aguentar com aquele braço pesadíssimo por cima dela, uma cabeça de verdade procurando o consolo do ombro dela, porque agora Quinzinho era também filhinho carecendo mãe. Todos estavam sustentados pela mágica função que a esposa exercia agora na família, e esta se mudara do dia pra noite dum patriarcado fazendeiro criador, num matriarcado sustentador. E essa nova experiência que lhes dava a cidade agia sobretudo em Quinzinho que tomara o hábito de dormir aconchegado a dona Eulália. Nos primeiros dias ele teve o cuidado de explicar aquilo com a friagem paulistana, mas logo não se desculpou mais naquele egoístico predomínio com que os filhos exigem todos os sacrifícios da mãe.

E de fato sobre Quinzinho é que a cidade estava exercendo o seu veneno mais corruptor. O bonachão monarca fazendeiro perdia pouco a pouco a sua integridade de caráter e principalmente aquele bom senso lógico, só tirado da evidência dos fatos, incapaz de experiência, que o tornava um pé de boi incapaz de desastres. Se a calma segura com que decretava as suas leis se transformara em irritações por dá cá aquela palha, não era nisso que a transformação dele era mais prejudicial. A mudança deletéria que São Paulo imprimira nele consistia numa fadiga dos princípios, numa degradação sutil das vontades, num desleixo pela verdade evidente – o que seria a causa fundamental do desastre que estava chegando. Percebia por A mais B que os dinheiros guardados não duravam toda a vida, descobriu com nitidez que a limitação dos cafés enviados pra Santos iam dar de repente numa espera impossível de ser resolvida, percebeu que a crise havia de se dar e que o Governo mancomunado com o Instituto de Café estavam desgraçando o Estado e os cafezais. Mas se incrustara nele um desleixo novo incapaz de reagir, apenas cismarento. O Governo era infame, porém qualquer gestinho do Governo beneficiando momentaneamente os preços, Quinzinho caía aos pés dele em adoração, era um Governo sublime. Às vezes se punha imaginando que, quem sabe? talvez uma grande plantação de laranjeiras, como preconizava *O Estado de S. Paulo*, podia fazê-lo riquíssimo e ficava pensando, pensando, imaginando, vendo contos de fada na imaginação, quem jamais imaginara, quem jamais criara fantasmas nas escuridões. Mas parecia impossível que laranja, uma coisa tão boba... O desleixo moral já não lhe permitia mais perceber o movimento utilíssimo que *O Estado de S. Paulo* tanto ajudara a se desenvolver.[3]

Era escravo do seu café, e se desmoralizara por ele como a infinita maioria dos fazendeiros do Estado. Abrira nele um egoísmo violento pelo qual não havia misérias políticas, não havia misérias sociais, não havia desgraças de ninguém, desaparecera o alheio, contanto que o café estivesse a bom preço. Era na mais incompetente, mais egoística, mais miserável concepção do termo: um "Altista". Tudo pra ele, decerto a própria morte do mundo, se justificaria contanto que o café estivesse em alta. Era mais que um arrivista mental, era um imediatista dum egoísmo tão horrendo que não tinha mais nenhuma vontade de agir. Da mesma forma

3. Nota MA: "Aqui dizer que criava bois caracus por influência de tio Pio no município de Aracina. Terminar dizendo: Mas tirava pouco lucro, os seus quatro touros, suas duzentas e muitas cabeças de gado, eram sem luxo, nada mais".

com que nas noites agora, enrodilhava o corpo todo se aconchegando a dona Eulália, virara filho do Governo e do Instituto, em queixas quotidianas, em gratidões safadas de quem achava que merecia tudo e muito mais. E numa submissão degradante, infame. Representava, na mais violenta expressão pejorativa do termo, o exemplar típico dessa classe que era o fazendeiro paulista. O fazendeiro paulista que a cidade degradava, não apenas a cidade de São Paulo, mas os simulacros de vida urbana, enfeitadinhos, muitas vezes até catitas como a própria Aracina[4] que lhe ficava à mão. No fazendeiro mais antigo, vivendo na fazenda e pouco se dando com as cidades, a vida patriarcal, a precisão de viver por si e pela fazenda davam dons de iniciativa e de imperialismo que, se não o tornavam socialmente mais útil, pelo menos o deixavam esquecido das proteções e das ambições imaginativas, se arranjando por si. Quinzinho, até o maravilhoso pomar estava desleixado agora, morrera o famoso pé de "manguinha mamãe" nascido por acaso dum caroço sem enxerto, e que era de gosto tão particular. Não se lembrara de o perpetuar por enxertos e quando o pé morreu daí é que se pensou nisso. As laranjeiras estavam no fim e um dia faltou limão na casa, foi preciso mandar buscar na colônia. Filho. Filho do Governo, filho de tudo, num queixume sem-vergonha, da mais expressiva fazendeirice.

Durara apenas ano e pico a vida de cidade quando Clara ficou noiva. Foi uma surpresa pra todos e quase que pra ela também. Era um rapaz, desses que as famílias chamam de "exemplar", duma normalidade extraordinária, bonito, são fisicamente, não indo além das conversas do dia como inteligência, dotado duma tradição religiosa de família. Não tinha nada de seu, mas estava bem empregado num banco em que o garantia a sua honestida-

4. Hesitação de MA no manuscrito: "Araraquara"/ "Aracina".

de incapaz, que qualquer gesto dele indicava. O único elemento que sobressaía no caráter de Fernando era um certo orgulho de si que não deixou de o machucar um bocado por casar com moça rica. Isso lhe determinaria uma certa impassibilidade discreta na organização da família dele nos primeiros tempos e a criação de vários inconvenientes. O engano dele, pouco observador, era imaginar que Clara era uma moça rica, só porque tinha dinheiro. Na verdade não havia ninguém "rico" naquela casa, nem a própria Vivi, todos conservando por saúde mental e fatalidades ancestrais uma psicologia de mediocridade que era a causa mesma de estarem gastando um dinheirão surdo na cidade, sem a mínima discrição, sem a mínima valorização nem deles nem do dinheiro. Mas Fernando simpatizou com Clara e percebeu no equilíbrio acomodatício dela, vivendo sem pesares na entressombra que a irmã lhe deixava, uma companheira de vida. Venceu com energia rápida a hesitação que lhe dava o dinheiro dela, ficaram noivos. Mansamente.

Vivi é que se assanhou toda, invejosa. Teve a impressão de que ficara solteira pra toda a vida e uma sensação vaga mas definitiva de desaforo. Os namorados eram uns pulhas e também sobre ela a normalidade segura de si de Fernando exerceu logo um predomínio que incutia respeito. Percebeu que a irmã casava bem, desdenhou dos namorados e teve uma raiva apressada em que lhe passavam tumultuariamente pela cabecinha os mil e um moços conhecidos.

Parou a procissão em Carlos que era mesmo o andor jamais confessado de toda a família. Pra Quinzinho, pra dona Eulália, pra Vivi, mesmo pra Clara, Carlos era um ideal, uma espécie de deus, um sábio, um herói, uma coisa luminosa. Era sobrinho de dona Eulália, filho duma irmã mais velha dela, dona Hermínia, esta sim, uma senhora de riqueza, que já moça casara rica, e entrara pra uma tradição de nobreza a que se afizera com uma naturalidade perfeita. Dona Hermínia era um caso admirável de mulher. Nem bem casada, viajara com o marido pra Europa, vivera seis meses duma vida elevadíssima e perigosa, em Paris, entre representações luxuosíssimas, cavalos de corrida, apostas fortes e condes. O marido possuía uma ainda então esplêndida fazenda, no mesmo município de Aracina. Ao partir pra Europa ele deixara a fazenda em plena febre de reforma. Adorava a mulher que era linda, um tipo mimoso, pouco brasileiro, de cabelos claros; e como pretendia morar com ela na fazenda, quis dar-lhe um domínio sem falha. Fez construir uma casa apalaçada, como raríssimas havia por aqueles tempos nas fazendas, com jardins fechados e um pomar maravilhoso em que entre as frutas nacionais, as europeias vasquejavam ao cuidado de pomareiros sapientes que não conseguiram tirar quase nada daquela terra de fogo, a não ser uvas aceitáveis e rosas como de ninguém. Mas parece que tanta reforma e aqueles seis meses loucos de vida europeia eram pro marido de dona Hermínia uma despedida do mundo. Vagamente ameaçado por doenças perigosas, pronta a fazenda, a doença o tocaiou já em viagem de volta. Ficaram no Rio pra não perder tempo e os melhores médicos salvaram-lhe a vida. Mas estava paralítico. Dona Hermínia não tinha um gesto visível de desespero nem de dor. Falava com médicos, telegrafava, criaturinha mimosa que de repente se tornara um homem. Quando adquiriu a certeza que o marido não saía mais da cama, cuidou de o trazer pra São Paulo. Fez a viagem rodeada de enfermeiros, em carros especiais, parando em pousos multiplicados, tanta preocupação, tanta coisa em que cuidar e inda por cima já no início da gravidez. Um meidia o carro com a maca do marido e ela ali junto entrou pela grande avenida de palmeiras que ele delineara pra vida nova. Era uma coisa grandiosa que principiava nos limites da fazenda, arruava uma das colônias e vinha descansar na escadaria da casa-grande, seccionando esta do terreiro de café, imediato, cimentado, arquitetura vastíssima, com seus canais, seus trilhos, o enorme lavador como um cubo violento na paisagem, à esquerda, e lá em frente, invisível, numa depressão do terreno, a casa da máquina. Dona Hermínia examinava o rosto do marido, temendo que as sacudidelas maltratassem demais aquele corpo em que só ela sabia pegar sem que o desgraçado gemesse. Ele sofria e estava fatigadíssimo. Entraram na casa e ela tratou de limpar da poeira o paralítico, refrescá-lo, acomodá-lo bem na cama. Sentou-se numa cadeira ao lado, à espera dum sinal de descanso no rosto do marido. Meia hora depois ele adormecia no enorme silêncio claro em que havia sol lá fora e multidões de cigarras. Então dona Hermínia foi se arranjar também, mudar a roupa da viagem, se inteirar da casa. Mas fazia tudo salpicado, de cinco em cinco minutos voltando espiar o sono do marido.

E ficou nisso a vida de dona Hermínia. Teve o filho, Carlos, vieram muitas visitas, vieram hóspedes parentes passar tempos na fazenda. Dona Hermínia fazia tudo, comandava aquele mundo, meia seca, as suas bondades eram cada vez mais recônditas, os seus carinhos imperceptíveis quase, recebia a todos bem, muito bem mesmo pela assistência e prazeres que a fazenda proporcionava. Mas nela só havia o sorriso ofertante da chegada. Voltava a cuidar do marido e a comandar aquele mundo que era o milhão de pés de café. Nunca jamais saiu da casa-grande. Nem pra ir com os hóspedes no pomar, nunca saiu. Ia às vezes ao terraço da entrada e ficava a olhar. Mas não olhava Paris, não olhava nenhuma paisagem da imaginação: olhava o terreiro que não tinham varrido esse dia, olhava uma folha envelhecida de palmeira, olhava a colônia da Avenida que estava carecendo caiar porque o paralítico exigia tudo sempre novo pra recepção dos reis da sua paralisia. Depois sim, olhava pra imaginação, mas era pra pensar no muro do fundo do pomar que caíra num ângulo, lhe tinham contado, com a enxurrada, o talhão 46 da baixada em que pousara uma geadinha à toa, mas que matara as replantas. A campainha estava chamando. As mais das vezes nem a campainha chamava, dona Hermínia pressentia uma precisão do marido e voltava por si.

– Me dá água, Hermínia.

Dava. Sem uma carícia visível. A voz dela era meia aos arrancos e nos raros momentos em que ria, que riso horrível, grosso, desajeitado, matando qualquer prazer. Engrossara também. Pouco a pouco o corpo dela tomara as proporções do mando, e ninguém seria capaz de imaginar naquela mulher feia, mas duma feiura bem tratada e impressionantemente atraente, a moça linda e frágil que ela fora. Dona Hermínia ficara muito feia. Quando o marido morreu, foi escandaloso até na sociedade, dona Hermínia vestiu-se e acompanhou o enterro até Campinas, onde estava o túmulo tradicional da família do marido. Foi até o cemitério. Chorava mas com uma discrição nobilíssima. Com os braços distendidos na frente do corpo, pousando uma mão sobre a outra em cruz. Às vezes apenas desmanchava a atitude pra trazer o lenço aos olhos e se assoar com certa grosseria nobre. E voltava ao jeito imóvel, escutando as rezas do padre, os trabalhos dos coveiros, olhar pregado no caixão.

Uma diferença apenas sutil se podia notar em dona Hermínia desde o momento em que o marido morreu. Retirou-se um momento, voltou tratar do corpo. Mas não deu uma ordem mais. Nunca mais. O filho, o cunhado Quinzinho, outros parentes próximos é que trataram de tudo. E no cemitério o mesmo. Apenas afirmou que ia também, numa frase que não admitia réplica. O filho nos seus vinte e dois anos quis aconselhar, assustado com aquela maneira que não se usava. Ela nem respondeu. Mas deixava que o filho tratasse de tudo, nem perguntou das despesas, nem nada. Estava tudo acabado, e todos queriam deixar o cemitério. Houve um momento penoso de indecisão. Não sabiam como fazer com aquela mulher ali parada, se se despediam dela ou não. Afinal foram abraçar o filho do morto, foram se despedir de Quinzinho, ninguém teve coragem de falar com ela. Ficaram os três ali, dona Hermínia, o filho, Quinzinho, ela olhando, olhando aquele montão de coroas roxas em que o Sol se quebrava com alarido. Carlos principiou num choro doloroso vendo a mãe sofrer. Quinzinho estava perplexo, num respeito silencioso, ficava ali quanto quisessem. Carlos chorando sempre puxou o braço da mãe, não aguentava mais.

– Mamãe! vamos embora, por favor!

Ela mais uma vez limpou os olhos e foi andando mecânica ao braço do filho. Queriam que ela descansasse na cidade mas exigiu que partissem imediatamente pra fazenda. Entrou de novo naquela casa de que não saíra vinte anos, nem pra ir no pomar. E agora era tarde pra viver, ficou lá. Só que não mandava mais, a não ser o arrastão quotidiano da casa. Havia um desamparo enorme nela. O filho, o administrador mandavam. Carlos era um sem pais legítimo que já dera muitas cabeçadas e fizera três viagens à Europa. Quis estudar direito pra aproveitar os bons princípios que tivera na Suíça, mas logo enjoou. Uns tempos andou pensando em engenharia, mas com a bomba da praxe, no primeiro ano, abandonou o curso. Banzava com dinheiro sobrando e dava muitas cabeçadas. Dona Hermínia às vezes vinha até São Paulo, convidada por ele. Mas voltava logo pra fazenda não sabendo viver doutra maneira. Isso inda libertava mais Carlos a que um instinto vago de organização desejava a mãe em São Paulo, junto dele. Mas dona Hermínia tinha pelo filho um amor sem inteligência, capaz de todos os perdões, aceitando tudo.

Na fazenda, Carlos, vinte e três, vinte e seis anos e já chefe, desmandava. O administrador aconselhava uma coisa, ele ordenava outra, pelo simples instinto de mandar e os cafezais, aliás já envelhecidos, declinavam muito de valor, reduzidos pela geada grande a setecentos mil pés. Na tiguera dos talhões abandonados

Carlos fizera plantar eucaliptos muito unidos, de que resultara uma floresta de arvoretas magríssimas. As dívidas principiaram, mas quando dona Hermínia falava, Carlos mostrava pra ela que a fazenda continuava sempre um mundo, valendo vários mil contos. As dívidas diante disso eram uma ninharia. E as dívidas aumentaram. Nisso Carlos foi pra Europa sob pretexto de tratar do estômago. De fato, tinha vinte e nove anos e estragadíssimo com as farras de semana inteira a mulher e álcool. Estômago e fígado não valiam mais nada e Carlos ia morrer. Foi então que se deu nele o descobrimento da inteligência e, como não podia mais farrear sem muitas restrições, quis fazer alguma coisa de si. Passou os meses de sanatório lendo muito, lendo muitas coisas desencontradas, naquela febre atrapalhada dos autodidatas enquanto o corpo afeito a esportes reagia com facilidade e se normalizava outra vez. Saiu do sanatório muito curioso, foi à Alemanha onde seguiu teatros, concertos, exposições e a vida contemporânea exageradamente cheia de ideais, que brotara depois da Guerra. Banqueteou-se de teorias, farreou com todas as teorias e adquiriu uma espécie de teoria sua, com muita mistura fácil de Nietzsche e deduções do seu próprio corpo lindo. Adquiriu uma energia egoística mas muito segura que o singularizava mesmo naqueles bandos de pesquisadores desnormalizados que eram os escritores, artistas, jornalistas, que agora frequentava. No meio de brasileiros então assumia um valor enorme. Voltou outro. Voltou rapaz sério, um verdadeiro "forte", vencedor de vida.

Carlos, na família de Quinzinho, mesmo quando era ainda "um perdido", fora sempre uma espécie de ideal. Além de gostarem dele pela influência natural de todo físico muito simpático, mesmo bonito, havia nele, pra dominar aqueles caipiras inveterados e moças inexperientes, a nobreza natural de gesto, de fala, de maneira de ser, que herdara do pai, nobre de estirpe e riqueza antiga. De fato havia uma diferença formidável entre ele e os rapazes que apareciam na

Santa Eulália. Jamais na família ninguém não dissera nada, nem uma brincadeira escapara, mas todos sonhavam com uma quase religiosidade que Carlos podia afinal de contas casar com Clara. Vivi, só Vivi imaginava que com ela, mas os pais nunca pensaram nisso porque por uma dedução infantil do espírito sentiam que pra essa união tinham que dar o que havia de melhor na família. E julgavam sem querer que Clara era a melhor, desculpando essa preferência que à justiça lhes parecia ignóbil com a imaginação de que ela era a mais velha. Clara amava apaixonadamente Carlos. Vivi também. Mas portaram-se sempre com uma discrição tradicional admirável, sem se confessarem nada, sem um gesto tendencioso, apenas Vivi se aproveitando às vezes das naturais familiaridades de prima. Na vidinha sossegada de fazenda o sonho pairava sobre todos, com uma doçura cheia de esperança. Foi aumentando, foi se tornando exigente e precisava duma maneira ou doutra se confessar. Se confessou de fato influindo decisivamente na mudança pra São Paulo. Era sempre uma maneira de se tornarem visíveis a Carlos que devia chegar da Europa, perfeitamente curado, como todos imaginavam e era verdade.

Mas a mudança tivera o efeito natural de todos os desafogos: o desejo de Carlos meio que se dispersou e ficou vago, sem insistência como tinha sido nos tempos em que as moças inda eram meninas. Carlos chegou, foi muito bem recebido, a esperança rebrilhou forte naquele dia de ostentações entre as quais ele passou reduzindo tudo a pó, numa ignorância enorme de tudo, sem ver, cômodo e bem parente. Amedrontava um pouco, decisivo nos julgamentos, muito calmo. Sorrindo complacente e sem esperança nenhuma de ensinar, ao Voltaire do escritório e aos móveis do hol. As meninas, por brincadeira aparente, o chamaram de futurista, o que pra todos era a segurança dum indivíduo muito prejudicial, e assim se confortavam de quem, era visível, lhes fugia do sonho. Tinham conservado uma deliciosa humildade de caipiras, de fazendeiros jecas e enquanto Carlos era um doidivanas banzando na vida, sempre a esperança de agarrá-lo podia se conservar.[5]

Mas agora percebiam que o moço era outro. Toda aquela nobreza natural de ser que ele tinha dantes, que demonstrava riqueza de verdade e muita tradição por detrás, agora não era apenas exterior, se fundamentara, sentiam, se fundamentara por dentro numa vontade enérgica, numa vida organizada e proposta de antemão. E todos sentiam que nessa vida eles eram mesquinhos por demais pra terem entrada e utilização. Diminuíam-se exageradamente por uma humildade de tradição, comoventemente. Carlos fugia do sonho de todos e todos não se sentiam com direito à mínima esperança. Carlos partiu e ficou no ambiente um despeito que as meninas apagariam fácil mais tarde, se casando. Mas ficara também uma ferida irremediável. Carlos daí em diante seria sempre e pra todos uma coisa que foi e não se realizou, e, sem que isso atingisse o tamanho dum sofrimento, quando lhes vinha a imagem dele, sentiriam sempre malestar. E por isso o tratavam com a maior liberalidade, não tinha havido nada! era um parente que precisavam tratar bem. Mas em vez de o tratarem bem, se desvelavam com exorbitância que não percebiam. Dia de Carlos era dia de muitos doces, muita flor, se Carlos achasse bonito um boi, Quinzinho fazia imediatamente presente do boi, as meninas o abraçavam com mais liberdade, vestidas com mais esmero. Se desforravam assim. E como não se tinham confessado nada, nem a si mesmos, não tinham do que se envergonhar. O passado não existia.

Clara, a única que se apaixonara mesmo pelo primo, foi no entanto a que mais facilmente se normalizou. Aliás, contribuiu muito pra isso os rumores que uns seis meses depois agarraram

5. Nota MA: "Esta visita de Carlos está meia contraditória e mal descrita. Refazer".

correndo sobre Carlos. Vieram contar que ele tinha uma amiga, que vivia com uma mulher... Clara teve um choque muito forte que ninguém percebeu. Logo depois se sentiu muito fria pensando nele e melhorou de religião, que era mais ou menos episódica na família, devido aos hábitos de fazenda. Não falhou missas aos domingos e deu-se ao hábito confortante das comunhões mensais. Carlos assim se tornava um impossível, um homem que ela não poderia mais aceitar. E a religião ajudara a descoberta da felicidade porque Fernando era muito religioso, duma dessas religiões imperturbáveis, vinda de família, vinda de infância, vinda duma fé perfeita que jamais um arrepelo de mocidade perturbara.

Vivi, assanhada com o noivado da irmã, buscando em redor um noivo, apenas entreparou pensando em Carlos. Sentiu um desespero machucado por dentro com a volta da visão, se a visão quisesse ela, que vitória sobre o noivado da irmã! Mas apenas entreparou, porque sabia que Carlos era impossível. Os rumores tinham se confirmado, agora todos sabiam que ele vivia abertamente com uma mulher, sem casar. E todos achavam que dona Hermínia era uma coitada, sem querer se vingando de todas as excelências dela e desilusões de Carlos, com esse "uma coitada" sinceramente sentido. Mas Vivi não teve que procurar muito mais, Carlos encaminhara as lembranças dela pros parentes. E, como era mesmo de se esperar, escolheu o pior partido possível pro gênio dela: outro primo, sobrinho do pai, gente decaída de Itu. Alceu era um "bom rapaz", manso, também pobre, destemperado no caráter e cheio de coisinhas. Tinha o apelido de Celeu[6] que é curioso como às vezes o destino não se conforma com as fantasias batismais que fada tantos seres a

6. No plano que traz o elenco dos personagens o escritor explicita: "Celeu (Alceu) – marido de Vivi". No entanto, o manuscrito com a versão desta 2ª parte do romance apresenta flutuação no apelido: Leleu, Leléu, Celeu e Celéu, fato comum em primeiras versões. Até determinado ponto da trama o escritor esco-

terem nomes bonitos. Alceu era bem um Celeu, apelido que ninguém não se lembrava mais donde vinha, como fora posto, quem pusera. Desde criança que Alceu era Celeu e todos o chamavam assim. E Alceu ia cumprindo o seu destino de Celeu. Vivi moveu-o, um mês depois se amavam com essa sinceridade irraciocinada, própria dos levianos. Ficaram noivos ainda com tempo pra Vivi não aguentar demais o medo de ficar solteira com o noivado da irmã.

Quinzinho, sem nenhuma razão, embirrava com o sobrinho, filho de irmã dele já morta. Embirrava ou embirrou no noivado porque nunca pensara bastante em Celeu pra saber se simpatizava com ele ou não. Mas quando o rapaz se evidenciou na família, noivo que ia casar com Vivi, Quinzinho sentiu uma birra acumulada, inflexível contra o sobrinho. Birra tanto mais irritante que era instintiva. E desarrazoada, Celeu era um excelente rapaz, muito bem empregado, muito trabalhador e hábil, indispensável aos chefes ianques da Companhia. Os chefes não cessavam de o cumular de favores, presentes, de férias e vieram logo visitar Vivi, trazendo-lhe joias em nome da Companhia.

Celeu era estimadíssimo pelos chefes, os quais aliás, sem nenhuma esperteza, sem nenhuma habilidade mais extraordinária, por uma simples felicidade de viver proveniente de raça mais raçada, cediam-lhe espaço suficiente pra Celeu chefiar também. Isso dera ao moço uma intimidade pra ele sublime com a grandeza. E se pode bem imaginar que matéria pra gozo pessoal tirava disso quem como ele era dotado duma vaidade virulenta, explosiva, que o fazia invejoso, despeitado de tudo, às vezes mesmo traidor, duma vaidade que chegava a lhe duplicar a inteligência, colorin-

lhe o apelido, inclusive substituindo Celeu e Celéu por Leléu. Quando retoma a escritura, interrompida por sete anos, opta por Celeu, apesar de persistir o uso de Celéu. Assim, a presente edição adotou a última escolha: "Celeu".

do-a duma infinidade de invenções. Mas que em compensação lhe duplicava a infelicidade. Vivendo na intimidade dos chefes duma grande companhia, cujo capital era maravilhoso, cuja importância era universal, vivendo com esses homens duma raça que a própria mesquinhez dele demonstrava infinitamente superior, sentindo que esses homens o tratavam como a igual, Celeu nem apenas se deixou manejar por eles mas os ajudava nisso, vindo ao encontro do que eles planejavam e desejavam. Duma habilidade coleante, perdeu de repente as pequenas reservas morais, se tornou o braço direito brasileiro, indispensável pra uma companhia daquele gênero, que estava precisando sempre de concessões e de arranjos no país, e auxiliar conselheiro e agente de deveras magnífico pra chefes, que de tão felizes de si eram meio estabanados por ignorância da psicologia ambiente. Celeu salvava tudo, Celeu arranjava tudo. Escolheu o advogado que logo ficou com uma importância política extraordinária, arranjava o contentamento dos jornais, comprava gente, comprava notícias, agia com mando obedecido diante de todas as agências do país, "nosso amigo, sr. Alceu", como dizia o presidente da Companhia nos momentos quase mensais que passava em São Paulo. E Celeu ia buscá-lo de automóvel no porto de Santos, que passeio lindo! Celeu jantava com ele no Automóvel Clube e no Esplanada; Celeu escutava os desejos do chefe por aquela mulher da terceira mesa à esquerda e que agora precisávamos era conseguir tal coisa. Não precisava de ir arranjar a mulher mas talvez apenas porque o ianque nunca imaginaria pedir tanto, mas arranjava a tal coisa pra Companhia. E o ianque, que era na realidade duma inocência sublime, nem percebia que na verdade Celeu se tornara duma desmoralidade completa. Gostava dele de verdade e o tratava com intimidade real. Não tinha mais segredos pra Celeu. Celeu sabia de tudo, sabia das pretensões básicas da Companhia, pois não era lógico! é uma Companhia? trata dos seus interesses, está claro! E esses interesses eram uma devoração violenta do dinheiro do país. Em compensação a Companhia pagava regiamente os empregados e oitenta por cento destes eram brasileiros, grande benefício pro Brasil.

No dia em que foi conseguida uma concessão escandalosa, infamante pra moralidade social do Brasil, o ianque que estava em São Paulo, inquietíssimo, torcendo pela vitória daquele boxe, acabou fazendo grandes benefícios pro Brasil: houve um almoço pra empregados e chefes juntos, Vivi recebeu uma joia de vinte contos, e a Companhia resolveu traduzir todos os seus títulos, tabuletas, sinetes e até sua correspondência pro estrangeiro, na língua de Camões. Depois houve outro banquete pros jornalistas e chefes. Houve visita geral da matriz sul-americana de São Paulo, muitas promessas em que a coisa, já de si grandiosa, assumiu as proporções divinas duma américa-do-norte e "senhores... já tendo no seu corpo uma porcentagem viva de oitenta por cento de nossos irmãos, já contando entre seus chefes uma representação especificamente nacional na figura do nosso tão simpático amigo Alceu" (sorrisos e adeusinhos de todos os jornalistas presentes ao tão simpático e conhecidíssimo Celeu que lhes pedia tantas notícias e lhes dava este delicioso banquete), e agora enfim traduzindo todos os seus títulos, até mesmo a sua correspondência estrangeira para a língua da nossa terra, para a língua que bebemos com o leite de nossas mães, a grande empresa adquiriu definitivamente foros de nacionalização. Não é mais uma empresa estrangeira, é uma empresa brasileira, uma empresa nossa, uma empresa nacional! "Muito bem! Muito bem!" Era um "muito bem" discreto que os jornalistas moralmente não iam naquela onda, mas um "muito bem" perfeitamente bem alimentado e regado. O ianque, desque falaram no Celeu, passara o braço no ombro do amigo e o contemplava com uma ternura de vaca. Estava muito comovido o ianque, sinceramente comovido. Celeu, então, esse comandava *dreadnoughts*. E a festa acabou numa farra danada no Tucuruvi, com bebidas pagas pela Companhia. O ianque lançou no meio do salão quando aprendia um maxixe. Incontestavelmente estava tudo nacional. Dois dias depois foi enfim o banquete particular, na casa que um amigo... da Companhia cedeu, lá no Jardim América. Estavam o ianque, a esposa, o advogado da Companhia, a esposa, o dono da casa, a esposa, Celeu com dona Vivi, o presidente do Estado, sem a esposa, e o senador doutor Fulano, sem a esposa. Foi um jantar finíssimo, com orquestrinha lá dentro e champanha de princípio a fim. Mas desta vez Celeu jantava só amarguras retalhado por desgraças interiores.

O caso tinha principiado com o convite pra Vivi. Celeu tinha um instinto grave de corno. Vivi nem bem casara, por essa reviravolta comum nas espeloteadas, abandonara festas, abandonara passeios, e se tornara uma esposa exemplar. Bancava até vítima, porque as suas muitas esquisitices de agora pareciam aos outros apenas obediência escrava aos mandos e aos instintos do marido. Os outros, quando falavam nela, sentiam uma tristeza meia difícil comprimi-los, sentiam que Vivi não era feliz. Mas Vivi parecia feliz, muito calma, agindo como Celeu queria, fazendo com naturalidade inconcebível as mesquinhezas de dinheiro, as invejinhas de família, as severidades antipáticas de comportamento que eram de Celeu. Não parecia infeliz, mas estava outra. Todos sofriam esta outra Vivi surgida e Celeu ficara detestável pra família. As duas moças tinham trazido os maridos pra casa dos pais. Fernando relutara muito mas a condição era imposta por Quinzinho que não queria se separar das filhas. E agora a casa estava bem nutrida de gente e enfim justificada. Casadas com distância de semana pra que a desgraça não escolhesse uma pra maltratar, tinham tido seus primeiros filhos no mesmo dia. Mas se já então a família se compunha realmente de quatro pessoas, pois Vivi e Celeu só se juntavam aos outros nas horas de refeição, agora então é que Vivi desaparecera da casa. Passava os dias inteiros no quarto, numa solidão freirática com a filha. Limpando a filha, brincando com a filha, beijando a filha. A pajem pajeava as roupinhas de Lígia, só azul que era a cor gostada por Celeu. Depois pajeava o chofer, porque Vivi não a queria no quarto.

Fernando às vezes inventava um camarote num cinema, comprado de antemão pra Quinzinho não pagar. Iam os seis havendo sempre um malestar na entrada por causa da entrada sobressalente a comprar. Mas Fernando é que convidara, comprava sem hesitar, disputando o avanço apenas com Quinzinho. Mas era visível que a entrada excedente do número de pessoas do camarote, era a entrada do Celeu. Todos sentiam isso e o malestar era desgraçado. Celeu emburrava. Quando tinham que sentar no camarote, "Não senhor! o camarote é seu! nós ficamos atrás, Vivi!", não havia meios: obrigava toda a gente a sentar na frente, até Quinzinho com dona Eulália. Celeu e Vivi ficavam no fundo do camarote e depois em casa falavam conversando que não tinham enxergado nada. Tinham ambos um jeito habilíssimo de maltratar os outros sem queixa. O espinho era sempre tão natural, tão contado que se tornava irretrucável. Uma vez que Clara indignada não se conteve, meu Deus! não tinham dito nada por mal, estava tudo muito direito e Clara se viu de supetão sem amparo porque não havia mesmo razão para os melindres dela. As duas irmãs tiveram então uma discussão feia porque Clara, se sentindo com razão e sem... razão, perdera a tramontana desesperada com o caso e com tudo o que se ajuntara. Celeu defendeu a mulher, enquanto Fernando ia embora pro quarto numa aparência de elegância que inda mais desesperou Clara. Mas de repente quando Vivi percebeu que Celeu a defendia, disparou num choro gritado que parecia que estavam enfiando punhais nela, uma coisa intempestiva que assustou os pais e a criadagem veio assuntar. Celeu com estardalhaço queria chamar médico mas era tão evidente que não precisava que Quinzinho usou de autoridade, não deixou. Clara esgotada, não podendo naquele ambiente dizer que era fita "dessa burra", foi dizer isso no quarto pra Fernando. Fernando não quis dar razão a Clara e lhe pediu que não discutisse nunca, mas nunca mais. Clara ficou calma de repente apoiada[7] na razão do marido. E tiveram uma noite sublime de amor.

Fernando descobriu que só não comprar mais camarote. Mas também isso era um desaforo muito grande não se poder ir mais no cinema por causa de Celeu mais Vivi. E não sabia ir sem convidar todos, ao menos por causa de dona Eulália, a pobre! ("A pobre!" porque, é que não se podia dizer, dona Eulália não gostava de cinema, ia por causa dos outros). Mas havia um "a pobre!" convencional, sentido por todos em relação a dona Eulália. Até por ela mesma, que acabou agindo e sendo como se fosse "a pobre!". Era um aspecto comoventemente cômico de todos ali, aquele "a pobre" agente que estava acabando por tornar dona Eulália uma desgraçada. Era o reflexo de dona Hermínia sobre a mana. Dona Hermínia é que todos sabiam por que a tratavam de "coitada!", com aquele maravilhoso passado de sofrimento e com um "filho perdido". Havia em todos como que a necessidade de alguém "a pobre" na família, pra que esta se dignificasse pelo sofrimento. Todos ali eram profundamente desarticulados, profundamente infelizes, mas a infelicidade que tinham não a percebiam com a consciência e nem mesmo com a sensação, era uma infelicidade muito confundível com a vida e por isso por demais sutil. Sentiam precisão duma tristeza mais objetiva. Dona Eulália se prestou ao manejo porque era mesmo a obediência tradicional. Se igualava em dignidade à coitada da

7. Hesitação de MA no manuscrito: "quieta firmada"/ "calma de repente apoiada".

dona Hermínia, noção que enfeitou muito a família e estreitou ainda os laços de amor familiar.

E Fernando convidou todos pra irem no cinema, mas vamos pras cadeiras que é melhor. E foram. A coisa continuou. E como dantes, às vezes Vivi surgia vestida pra sair, Celeu atrás. Boa-noite. Boa-noite. Dona Eulália, a pobre!, perguntava:

– Onde é que vão!

– É... sair um pouquinho.

– Passear um pouquinho pra espairecer.

Era visível que os dois iam no cinema. Fernando ficava danado por dentro, Quinzinho ficava odiando aquele cachorro sem-vergonha! dona Eulália sentia uma certa tristeza porque seria tão bonito os dois convidarem os outros pra passear, e Clara ficava desprezando a irmã, idiota! tomar o jeito dum marido desses!... Vivi e Celeu saíam de braço-dado muito unidos, iam pro cinema unidos, sentavam agarradinhos, numa exagerada afeição insentida um pelo outro. Mas pouco a pouco a sexualidade dominava o egoísmo daquela saída a sós, apenas pra não pagar nada aos outros. Ficavam amantíssimos, indiscretos, numa felicidade escandalosa. E aos homens que a olhavam irônicos, Vivi, numa audácia de consciência tumultuosa e escura, gostava de estar mostrando que prazeres ia dar ao seu homem. Apenas, em casa, os dois tomavam muitas precauções porque era melhor, pelo menos por enquanto, não terem mais filhos. No fundo o ideal dos dois era enriquecer pra que Lígia fosse muito rica, não carecesse de casar, riquíssima, uma linda moça riquíssima que não carecesse de casar.

Mas tantas coisas, arreado de vaidades e sem nenhum orgulho de si, sentindo-se apenas falsamente chefe, sentindo na mulher uma afeição de paciência e um amor apenas expresso pelos momentos periódicos de sexualidade, Celeu dera em ciumento. Era uma estupidez, parecia pra todos, mas só vendo o que Celeu não fazia por causa do ciúme. Vivi não podia sair sozinha, Clara tinha que acompanhar. Não podia se confessar, o que todos aliás tinham aceitado sem peso, menos Clara e Fernando. Vivi não podia nada. Perceberam que de noite ela não saía do quarto se Celeu tinha ficado nalguma reunião com o chefe, nalgum trabalho de urgência. Era por causa do Fernando. Celeu decerto proibira. O reumatismo de Celeu era Fernando. Fernando ganhava muito menos que ele, Fernando não tinha ação própria no emprego, seguia normalmente a vida e gastava sem ajuntar. Mas a vigilância com que Celeu não desejava o menor avanço na vida de Fernando, era uma tragédia pro mesquinho. Um aumento pequeno de ordenado que o outro tivera causou nele um baque fundo de morte, desfiou logo pra todos a série das suas grandezas, que inda havia de exigir quatro contos o ano que vem, embora já lhe prometessem três e que afinal das contas era preciso a gente ser alguém na vida, mandar. Isso de empregado subalterno era um aviltamento, só dos sem habilidade nenhuma. Não sei pra quê se aumenta ordenado de gente assim! O que essa gente precisa é relho! Bom, aí também Fernando ficou indignado, ia responder mas Quinzinho que também estava pra arrebentar, fingindo muita calma, conseguiu se acalmar de fato e falou:

– Ora Celeu!... Você diz uma coisa dessas agora que nós estamos contentes por causa do Fernando...

– É! mas papai já sabe que delicadeza...

– Indelicadeza não senhora! Celeu não é indelicado! Ele não tá se dirigindo pra Fernando!

Fernando já estava organizado outra vez.

– Ora pelo amor de Deus! quem sabe se querem fazer uma luta de boxe por minha causa, que bobagem, Clara! É mesmo como Celeu diz... Tem cada empregado aí... E se a gente jogasse uma bisquinha!

Jogaram um sete e meio a leite de pato, Celeu e Vivi se ajudando descaradamente o que acabou irritando todos, deu uma troca de palavras entre Clara e Vivi e uma cama maldormida, mastigada com impaciência. Menos pra Fernando e Clara que já tinham descoberto o meio de anular nos prazeres de amor todos os desconcertos exteriores. Passaram noite de amor.

O resultado foi os filhos virem vindo aliás. Depois do Joaquim, contemporâneo da Lígia, veio Fernandinho, dez meses passados. E estava pra vir o que eles desejavam fosse uma mulher.

Vivi meia despeitada comentava no quarto com Celeu a filharada da irmã. Mas sossegava com a firmeza segura de Celeu, que achava aquilo completamente estúpido. Vivi também ficava achando muito ridículo a gente se encher de filhos desse jeito, sossegava... de raiva. Celeu é que ficava inquieto. Buscava contentar o que imaginava serem sensualidades da mulher e a encontrava muito sossegada, longínqua. O ciúme vinha e não dormia, preocupado, com medos que doíam.

Quando o chefe mandou que ele convidasse Vivi porque era um jantar de cerimônia, isso de ver a mulher com aquele chefe que era um safadão, com o presidente do Estado que os jornais diziam que era outro, numa roda chique, a alta sociedade era tão perdida!...

– Mas pra quê que o senhor está dando tanto banquete assim, chega!

– Meu caro amigo Alceu, deixa que eu te diga, brasileiro se compra com banquete. Banquete basta.

Celeu de repente ficou com sangue nos olhos ante o insulto insuportável. O ianque estava dando uma gargalhada vasta. Celeu riu. Achou muita graça o que aumentou as sacudidelas do outro. De repente o ianque ficou sério:

– Meu caro Alceu, eu sou amigo de você e lhe falo com todo o coração: infelizmente brasileiro se compra com banquete.

Celeu fez um riso tristonho nos beiços:

– Infelizmente o senhor tem razão, é verdade...

Foi pegando o chapéu, se despedindo, que ia avisar a mulher, mas era pra sair da presença daquele "infame". Brotara nele um patriotismo queimando, duma descompostura danada. Estava miserável de ódio, de raiva, de desespero. "Cão, Cão!" murmurejava "cão!" soprado, andando depressa na rua, sem olhar pra nada, batendo a pé pra casa, num ódio mas num ódio de estraçalhar o corpo daquele americano filho da puta que dissera que brasileiro se compra com banquete, desaforo! Lembrou-se de tomar um bonde, fez. Sossegou mais. Sobretudo havia nele agora uma fadiga formidável, misturada com desilusões, e um sentimento insolúvel da ingratidão daquele chefe. Dizer aquilo pra ele, justamente pra ele que era um empregado tão fiel... Mas o curso dos pensamentos não podia caminhar pra esse lado porque indiscutivelmente Celeu percebia que o primeiro homem que a Companhia comprara "a banquete" era ele mesmo, por toda a incontestável "fidelidade" com que agira sempre e lhe granjeara a posição bonita e a amizade dos americanos. Pensou seriamente em abandonar a Companhia, ir contar aos jornalistas que, comprados a banquetes, estavam de fato escrevendo grandes elogios nos jornais, que ele, Celeu, ele arranjara!... Abandono a Companhia e mato eles na cabeça... Ingratos!... Essa era uma ordem sossegadora e nítida de pensamentos porque podia imaginar toda uma série de acontecimentos a se desenrolar, todos satisfatórios para a hombridade patriótica dele, tão malferida, ao mesmo tempo que não prejudicava nada porque, sem se dizer nada, Celeu sabia que não abandonava o emprego.

E numa ordem acomodatícia de imaginações chegou em casa. Era o momento de tomar alguma decisão prática. Passou pelo hol como uma fúria, não disse boa-tarde a ninguém, entrou no quarto e arrebentou com a mulher. Que mandavam convidar ela pro banquete, mas que nem ele ia mais porque tinha deixado a Companhia. Desaforo! Contou tudo com muita gritaria que chegava mansinha e por isso mesmo mais trágica no hol. Dona Eulália e

Clara ficaram muito inquietas, o que seria aquilo, santo Deus!... Dona Eulália foi rondar.

Vivi escutou com muito susto no princípio, mas logo percebeu que o marido não abandonava o emprego e se dispôs a argumentar. Que decerto ele tinha entendido mal pois se o americano era tão amigo dele, não ficasse assim tão zangado que era pior... Pois é, então deixasse a Companhia mas nossa filhinha, como é que vai ser o futuro dela!... Vivi principiou chorando. Celeu andara andara dum lado pra outro e agora estava sentado junto à mesinha de toalete da mulher. Balançava a perna cruzada, tamborilava no vidro da mesa, olhava um ponto do ar. Fez-se o silêncio. Vivi não dizia mais nada, só com os olhos muito vermelhos. De vez em quando vinha o soluço cortar o ambiente pouco nítido da tarde. Pegara a filha no colo e lhe arranjava as roupinhas. Celeu arrancou um suspiro profundo, que martirizou mais o ambiente. Vivi escondeu o rosto no corpo da filha e chorou mais. A criança incomodada principiou a chorar também. Celeu veio até junto da mulher, agachou-se ao lado da cadeira baixa, pousou o braço no ombro de Vivi. Ela escondeu o rosto nele, e beijava-lhe o pescoço entre soluços. Os dois percebiam com nitidez que era preciso o sacrifício. Celeu tinha mesmo que ficar no emprego por causa de Lígia, era um sacrifício imposto pela filha. Não havia agora de estragar o futuro da filha por causa dum insulto ao Brasil, Vivi comentava. Celeu corrigiu logo a frase dela. Não era insulto ao Brasil, que isso causticava o interior dele, era por causa duma bobagem de americano safado. Vivi percebeu que o marido estava zangado de verdade porque ele era incapaz de pronunciar uma palavra-feia e até censuravam muito o Fernando que já ensinava o filho mais velho a chamar os outros de "burro". E depois, o quê que você tem com os outros que se vendem mesmo! Por causa da cachorrice dos outros havemos de estragar toda a nossa vida!... Você é honesto e há-de pagar pelos outros!

Vivi tinha a convicção que Celeu era honesto. Ele também, sem nunca se ter preocupado bem em saber o que era honestidade, e sem muito se analisar. Honesto é quem não rouba de pôr a mão no bolso dos outros e tirar pra si o que encontra, é quem não faz falência falsa, coisas assim, quem não engana a mulher, educa os filhos, não vive brigando...

Lígia recomeçara no choro e dona Eulália que rondava desesperada, aproveitou pra vir saber se não precisavam de alguma coisa. Inda restavam uns restos de pranto em Vivi e dona Eulália achou que devia saber:

– Mas o que é que houve que vocês estão discutindo tanto?...

– Nós não estamos discutindo, mamãe.

– Estão fazendo tanto barulho... e você chorou!

– São coisas do escritório, dona Eulália.

– Você brigou?

Celeu ficou com vergonha de contar. Aliás não gostava mesmo de contar nada pra ninguém.

– Não senhora...

– Não foi nada, mamãe! Toda a gente tem contrariedade. A senhora não vai sair hoje de noite?

– Não, por quê?

– É pra deixar Lígia com a senhora. Nós vamos jantar fora...

– Aonde?

Aquelas perguntas desesperavam os dois. Celeu desembestou com má-criação:

– Com o chefe!

Dona Eulália percebeu que decerto Vivi não tinha querido ir e o genro insistira.

– Me dê Lígia. Você precisa sair, Vivi... divertir-se...

A frase soou engraçada na ordem de ideias em que o casal estava. Tiveram uma sensação nítida de cumplicidade que, ao mesmo tempo que os desavergonhava mais um pro outro, lhes dava a segurança de serem um par em tudo, mais fortes. Foram se vestir com aplicação. A calça do esmôque estava apertando muito na cintura, não preciso nem suspensório!

– Você devia ter cortado cabelo, Celeu! Por que você não aproveita o barbeiro de Fernando quando vem no domingo...

– Eu! Deus te livre! então eu vou pagar um dinheirão pra ter barbeiro em casa!

– Mas ele vem mesmo pra Fernando, já está aqui em casa, basta você pagar como na loja, abotoe aqui.

– Você já sabe que não entendo de abotoação de mulher, chame a pajem!

– Mas olhe você como está, Celeu!

– Que tem, pois eu não tô de calça! Você precisa dar ocupação pra essa pajem, assim não vale a pena estar pagando pajem pra não fazer nada.

– E Lígia!

– Mas se a pajem não pega na Lígia, é você que vive com ela.

– E passar as roupinhas dela.

– Mas Vivi você parece maluca! Então pagar uma pajem só pra passar roupinha de criança! Você mesmo... quando Lígia dormisse, sua mãe...

– Ué, você não bota então o suspensório?

– Não precisa.

– Depois a calça cai...

– Não cai.

– Pra que que você não calçou uma das meias que mamãe te deu, essa é tão rala.

– Ara... pra americano!

E riu numa liberdade gloriosa. Se vingara do ianque.

Em compensação Vivi estava ficando vistosa. Celeu primeiro gostou, depois não gostou muito não. Parou olhando, com as mãos na cintura.

– O que é! – ela sorriu satisfeita.

– Você vai com os braços assim, de fora!

– Pois então, Celeu! um jantar de cerimônia!...

– Não sei por que que jantar de cerimônia precisa braço de fora!

– Mas que vestido que eu havia de pôr!

– O azul.

– Ôh, Celeu!...

– Mas eu já falei não sei quantas vezes que não quero você desse jeito, parece... parece não sei o quê!...

– Então é melhor eu não ir! você quer que sua mulher ande feito uma juda por aí!

– Então botar uma manguinha é andar feito uma juda! Tá bom, não chore que você não vai entrar lá com cara de choro, já está pronta?

– Espere um pouquinho.

– Está na hora.

– Você quer perfume?

– Pchchch...

– Ponha um pouco. Embaixo do braço.

– Não sô preto!

– Não é preto mas toda a gente cheira...

– Tá bom, deixe dessa história de perfume e vamos embora.

– Minhas luvas!... Você não viu as luvas!

– Oi'li na cama.

Partiram no automóvel da casa. Chegaram cedo por causa da pressa de Celeu, mas foi bom porque Vivi, sempre dentro de casa, e naquela expectativa de lidar com chefes, com estrangeiros e presidentes, estava um pouco amedrontada. Só estavam os donos da casa e o chefe com a mulher. Uma língua toda errada e aquelas mulheres vermelhas, cheias de pintinhas e malvestidas deram superioridade suficiente pra Vivi e a inteligência das desenvolturas de moça renasceu com prontidão. Meia que se salientou no ambiente, o que ela percebeu e acrescentou-lhe a audácia. Os olhos do chefe a embriagavam, também ele apercebido da única coisa aproveitável da noite. Mas era apenas uma concupiscência de olhos machos e uma embriaguez de curiosa sem nenhuma intenção de continuidade.

Celeu, assim que enxergou o chefe, sentiu sangue na vista, a ferida renascera queimando. Era o que se pode chamar mesmo de homem patriótico, se apaixonava pelas eleições, conhecia política a fundo nessa parte da política que consiste em ler diariamente três ou quatro jornais que escrevem contra o Governo e saber de cor todos os escândalos de família e de comércio dos que estavam no mando. Pra ele o Brasil era uma pátria amada, a Argentina lhe doía sem saber por que, e votava sempre. Votava com vigor, democrático apaixonado, com distintivo na lapela. Menos nos esmôques de jantar de cerimônia, como aquele, está claro. E aliás a rápida luta que tivera consigo em casa, ponho? não ponho o distintivo?, era claro que não havia de pôr, fora mais uma pedra no sapato dele pra aquele jantar... Celeu viu o ianque e teve uma vontade danada de desbaratar, dizer uma porção de verdades e de insultos, depois avançava pro canalha, os outros apartavam, que é isso Celeu! o chefe estava de cabeça baixa arranjando o punho da camisa, depois se chegava pra ele e pedia desculpas, que não, que não tivera intenção nenhuma de ofender os brasileiros, que Celeu entendera mal como Vivi já tinha falado, que não, que não... Ele ficava muito digno, muito mudo, num canto olhando sempre de esguelha, custando pra perdoar. Então até o presidente do Estado mostrava mesmo que ele tinha escutado mal a frase, que não era aquilo, pois eu que sou presidente estou aqui e compreendo perfeitamente o que o chefe quis dizer, então você pensa que é mais patriota do que eu! presidente!... Então ele ia jantar, tudo se acabava na maciota, e mesmo, no dia seguinte, quando estivessem sós, o chefe tornava a pedir desculpas com lágrimas nos olhos, que como seria se ele os abandonasse, que a Companhia precisava dele e afinal passava-se uma esponja sobre aquilo tudo.

O ianque, aliás nem bem falara a frase, se arrependeu. Sentiu que falara demais mas sentiu isso muito vagamente, naquela "grande inocência" meia safada que infantilizava tanto a maneira de ser dele. Por isso é que dera tanta risada pra disfarçar o desaponto. Agora, percebeu com mais nitidez que Celeu estava zangado e ficou inquieto. Principiou em grandes atenções com Vivi e foi disso que resultou aquela mudança geral na ordem dos pensamentos dos três. Vivi coquetizara-se com delícia, o ianque estava encantado pela brasileirinha e numa grande bondade, ao passo que Celeu, de amargoso virara inquieto. Não era propriamente medo do chefe, era ciúme de Vivi sem determinação de por causa de quem. E tinha aliás muita razão porque a chegada quase em grupo do presidente e do senador e mais atrasados o advogado e sua mulher punham o chefe numa grande timidez aparente e exterior, cheio de curvas, respeitoso, condescendente, tipo do marchante. O presidente logo se mostrou muito democrático, que não havia cerimônias, e pôs Vivi ao lado. O senador e o advogado logo se disputaram, aparentemente sem dar razão, a vizinhança da moça, e todos se sentaram então de cambulhada, entre muitos risos e muitas conversas de jantar.

Celeu era um tecido búlgaro: todas as cores de sensações. Renascia nele uma vontade de fazer briga, contar ao presidente o que o chefe dissera, mas agora isso era só pra ver o presidente se avacalhar não reagindo nada e assim livrar Vivi daquela atração, esculhambar o presidente. Porque de fato agora Vivi estava encantadora. A presença de homens assim tão potentados a intimidava muito. Era apenas uma timidez primeira que se ela continuasse a frequentar ambientes desses logo havia de perder e virar mulher de alta sociedade. Ora essa timidez é que lhe dava um encanto delicioso. Não lhe proibia a resposta, diminuíra apenas o tamanho destas. Dizia um sim meio perdido no ar, um "acha?", um "não, não penso assim", muito corada, num sorriso de lábios desapontados, que era uma ventura sobre aqueles olhos vibrando com rapidez, numa espécie de malícia caçoísta a que a voz, evanescente, elevada sobre o natural de mais de um tom, celestizava como pipio de passarinho. Não se podia dizer se era bobinha, se era esperta: era um encanto. E dava muitas esperanças – o que todos os brasileiros da roda tinham percebido logo. Tudo ela podia possuir, timidez, audácia, malícia, bobice, desprezo, sensualidade, mas o que não havia na aparência daquele serzinho gozado eram esses lados água na fervura, virtude normalizada, honradez consciente, ou essa religião antiga, que na alta eles chamavam de "misticismo", individualizando com habilidade o que podia ser uma força socializadora. Essa água na fervura a aparência de Vivi não demonstrava em nada. E aliás estava mesmo embebedada pelas atenções, sentindo-se o prêmio da festa. Num momento em que a delícia a perturbava mais, procurou Celeu num vago instinto de proteção. Fez-lhe um adeusinho com a mão, sem erguer o pulso da toalha. Celeu sentia ciúme, sentia prazer, sentia admiração pela mulher e sentia raiva também. Então sentiu orgulho porque o adeusinho contava claramente que tudo aquilo era dele, mas isso foi rápido, um momento de doçura, e as amarguras voltaram logo todas, variegadas, impulsivas. Todos na mesa o julgavam um urso e de resto o compreendiam e tomavam por um completo insignificante. O ianque, que não deixava de estar encantado com ter inventado Vivi pra divertir o presidente, depois que a série dos pratos de sal o desprendeu das preocupações do jantar, e que o sucesso da reunião estava garantido pela presença de Vivi, meio que pensou em Celeu. Meio que pensou e tudo se arranjava, decidiu com aquela inalterável energia que tinha por dentro. De fato: findo o jantar, também já eram duas horas, chamou Celeu de parte. Tinha reservado pra Celeu a última surpresa... da concessão oficial. Estava com o ordenado erguido de seiscentos mil-réis a um conto de réis, por semana. Era um xeque-mate. Celeu sentiu uma explosão azul e a sensação de que ia subindo. Mas o querido amigo que não zangasse com ele por causa de ter dito aquilo dos brasileiros, dissera por que Celeu era amigo íntimo dele, que pro querido amigo sr. Alceu a Companhia não tinha mais segredos, e depois... Celeu bem estava vendo o efeito que um jantar causava em brasileiro, o presidente mesmo já acenara com mais concessões futuras, ele bem ouvira também. Celeu bem que escutara e entendera como todos a frase vaga do presidente, dizendo que São Paulo precisava de tal melhoria e que isso aliás não era difícil... Seria alguma nova e grossa falcatrua pública que na certa promoveria algum novo jantar daqueles e novamente Vivi.

Celeu estava derruído, iria votar com mais ansiedade nos democráticos, iria ler com mais avidez os jornais, iria xingar com mais desprezo na frente do Fernando os que não são eleitores e não se preocupam de política. Fernando nisso nunca sentia precisão de responder nem se ofendia. Tinha aquele bom senso dos ignorantes acomodatícios, cujo único patriotismo era a mulher e os filhos, ande eu quente, ria-se a gente. Achava graça, o que desesperava mais Celeu consciente de que tinha razão e que por causa dos Fernandos é que a política não virava. Mas Fernando possuía uma humildade charra, incapaz de imaginar que mesmo cem mil fernandos podiam modificar algum aspecto público das coisas. Viver pra família já não era pouco, pensava em sua honradez indigna.

Vivi, guardada na capa de seda se ajuntara num cantinho do automóvel. Celeu não compreendia. Na saída, pra descerem a escada, junto com todos que partiam também, ela se agarrara toda nele numa revelação quase espalhafatosa de intimidades. Esse espalhafato de Vivi era uma desforra por tudo quanto não se dera naquele jantar. Uma vingança despeitada contra a vida. Mas Celeu não pudera chegar até essa análise que revelava bem a coqueterie da mulher, imaginou que ela o agarrara por amor, e dentro de quem estava tão repartido entre dúvidas e amargores, cada prazerzinho que surgia era uma consolação imensa. Mas assim que ficaram longe dos olhos do mundo, Vivi punha um espaço vasto entre os dois no carro, Celeu sentiu uma necessidade imediata de se valorizar.

– Aumentaram meu ordenado pra um conto.

Vivi estava inimiga, teve ímpetos de retrucar que "brasileiro se compra com banquete" mas depois não disse.

– Ôh! que bom...

A frase soara falsíssimo o que certificou Celeu que Vivi o enganava. Teve uma sensualidade violenta por ela, agarrá-la, enfiar a cara pelo corpo inteiro dela mas havia o chofer. Vivi se envergonhara logo da frase falsa e principiou sentindo um prazer real, Lígia, Fernando, o presidente, estendeu a mão carinhosamente pra Celeu. Numa instintiva ascensão aristocrática ela concedia a mão pra ser beijada, um beijo naquela mão de quem olhava sorrindo e a paz entre ambos estava feita. Mas Celeu era sensual por demais pra achar graça nenhuma em estar beijando mão de mulher. Sacudiu a mão sem graça como quem recebe um cumprimento. Vivi, sem aspereza, foi retirando a mão, despeitadíssima.

Em casa a coisa piorou. Vivi foi olhar no espelho e se espreguiçou. Celeu ficou furioso de sensualidade. Mas Vivi sorria pro marido, fugitiva e coquete até com ele. E muito fria, muito sem desejos, naquela psicologia de compra e venda, muito comum nas mulheres requestadas. Parecia que pra fingir qualquer amor Vivi necessitava de joias caríssimas, de que o amante se desgraçasse por ela, roubasse, não sei o quê. Ficaria à espera, apartada, enquanto dois grandes bichos lutassem numa briga de morte pela posse dela. Celeu teve que se apossar dela, por direito, por violência, numa reivindicação que era a da Lei e ao mesmo tempo a do mais forte, o que o rebaixou inda mais. Estava aviltado, estava derrotado, não tinha ninguém por si, não tinha um amigo, nada, viver era uma desgraça viver... Vivi, não tendo em que pensar, dormia. Não é verdade que ela não tivesse em que pensar, mas uma virtude antiga não lhe dava direito de imaginar no que houvera aquela noite, e cientificar-se dos seus prazeres. Fugia dos únicos pensamentos que a podiam tomar, no estado em que se metera. Pensou nos antigos bailes de moça, sorriu complacentemente desprezando os namorados e dormiu. Veio uma fadiga pesada que a imobilizou. Celeu furioso não podia dormir. Pouco a pouco o pensamento dele enchia-se de imagens tristes. Não estava mais na frente de ninguém e podia sofrer. Era Lígia que vinha e ele adorava a filha, Lígia que vinha e tinha destinos cruéis. Depois vinha o Brasil e vinham os brasileiros tão insultados pelos estranhos. Depois vinha ele que não tinha ninguém neste mundo, mãe morta, pai morto, Vivi... Vivi morta. Veio rapidamente a ideia de que, se Vivi morresse, ele herdava por causa da filha. Afastou isso escandalizado de si. Voltou insistente a ideia de que se a filha morresse antes, ele não herdava mais. Afastou isso. Mas a ideia continuou que era melhor pelo menos ter mais um filho pra herança não escapar. Ficou sem ar, queria afastar esses pensamentos e não podia, era horrível. Estava desgraçado, desgraçado, desgraçado.

No dia seguinte as coisas tenderam a se normalizar. Vivi acordou feliz bem-disposta e aceitou com paciência o mau humor do marido. Celeu fez algumas grosserias pra todos, Vivi secundou-o com paciência. Aliás o ambiente de casa a honestizara com normalidade, não pensava mais nas coisas da véspera senão pra comentá-las com certa clarividência. E continuou se preocupando só com Lígia. Ficara apenas pra Celeu o problema do insulto. Chegou no trabalho e a recordação renasceu logo. Não demonstrou nada e estava simples, apenas se preocupando em ter muito trabalho pra não estar trocando parolagem com ninguém. Por dentro é que a ideia remoía como nunca, os brasileiros... Afinal era verdade mesmo que brasileiro se comprava com banquete. O chefe tinha razão, só que não devia ter dito, leviandades de ianque... E os dias acabaram acalmando a preocupação. Mas não o livraria nunca em sua ascensão de rico duma sensação desagradável que só de longe em longe voltava e era apenas a memória nítida da frase. Vinha um frio por dentro, uma espécie de remorso que agora, passado o momento vivo do incidente, ele não se explicava bem por que tinha obliterada aquela primeira noção sentimental de que devia ter deixado a Companhia e feito escândalo. E ficara mais uma antipatia fininha pelo chefe e por todos os americanos da fábrica. Isso nem ele mesmo percebia bem mas era incontestável. Sabia com uma habilidade extraordinária envolver o chefe numa atmosfera de preocupações e de desgostinhos mínimos, inquietações mosquitas que acabavam deixando toda a gente do escritório numa irritação dos diabos. Mas era difícil perceber que aquilo vinha de Celeu aparentemente sempre o mesmo. Por outro lado os empregados brasileiros sem que houvesse nenhuma proteção aparentemente maior por eles se sentiam bem ali ao passo que os incisivos americanos principiaram a sentir a noção de que estavam fora da pátria. Tudo uma questão de ambiente que aquela alma danada conseguia criar. Mas o próprio Celeu não se percebia e nem o que fizera. A vingança do destino contra ele era deixá-lo assim sem poder gozar essa vitória.[8]

Ora com os primeiros meses desse ano o fazendeiro percebera nitidamente que se aproximava dele um desastre enorme, ficou tonto.[9] Não é que estivesse pobre mas não tinha dinheiro. A

8. Nota MA: "Tudo isto repete demais a mulher do Nedim."

9. Nota MA: "(Primeiros sintomas da crise aumentados pelo despesão da família. 1ª ideia: fugir pra fazenda.)"

crise do café vinha correndo, ainda vaga, apenas produzindo um malestar geral e uma falta de visão clara, como se fossem os primeiros avanços dum nevoeiro ameaçador. A não ser um ou outro pessimista mais ou menos contumaz, da classe dos pessimistas, porque no Brasil onde, a não ser nalgumas cidades, não havia propriamente uma consciência coletiva de classes sociais, e por isso as classes eram psicológicas, os pessimistas, os otimistas, e os numerosíssimos que... eram da fuzarca, a não ser mesmo um ou outro pessimista que, por coincidência de estado psicológico, podia descobrir o que estava se aproximando do país, ninguém não percebia muito bem o que era aquele sentimento de desastre. Apenas uma tal ou qual presciência do futuro dava pra toda a movimentação econômica do Estado, uma espécie de paralisia mais virtual que verdadeira em que parecia ressoar aterrorizante em todos os ouvidos uma trombeta de ameaça. Os que ainda se achavam com dinheiro se resguardavam num amedrontamento, pueril porque ainda não explicado conscientemente, puro medo de assombração que na aparência era assombração pura, inexistente. Os negócios caíam, a compra de terrenos na capital se tornava de repente quase nula, ninguém comprava fazendas mais, os valores decresciam quase todos em cotação... E a grande esperança. Se apregoava, se discutia, se inventava mil meios diversos de ruralizar São Paulo, sem emprego do café, plantai laranjas, o gado, o gado é que era a salvação e o grande destino dos vastos capinzais nativos e pobrinhos do país, o problema do *bos indicus* voltava, não como preguiça digna de paulista criar que nem mineiro, porém mesclado ao caracu da terra, e o trigo, São Paulo já reproduzira muito trigo, vamos nos libertar da Argentina... Os jornais se escarrapachavam nas estatísticas felizes, tudo salvava tanto São Paulo e o Brasil que, no meio daquela falta de ar geral, no meio daquela angústia malestarenta, o paulista criava infantilmente para o desfatigar das suas desgraças vivas um sonho de felicidades... São

Paulo grandioso e o bolso dos ricos também. Era pueril, duma mesquinharia insofismável. Nem chegava a ser um cúmulo de desumanidade, nem atingia as grandezas duma luta social, porque a riqueza rápida e episódica, o crescimento do dia pra noite duma cidade enorme nada nos tinha fortificado dentro duma realidade propriamente vital; da mesma forma que a festança anterior: a crise presente não passava duma aventura desbragada. E mesmo o sofrimento que humaniza tanto – o que todos sofriam não era propriamente um dos muitos fenômenos da época, reversíveis ao estado geral do mundo neste princípio de era nova, parecia mais um acidente de piquenique, tombo em salão de baile, um tiro de cinema em cabaré do *Far-West* norte-americano, desgraça inglória, insolência irresponsável duma súcia de malucos, miséria sem virtualidade universal nenhuma.

Quinzinho não percebia nada. Percebia é que estava achando dificuldade em cavar dinheiro, percebia que os cafés estavam encalhados por aí e os comissários cada vez mais reservados, percebia que se quisesse vender a casa de São Paulo não achava mais quem desse nem metade do que custara e teve medo. De repente ficou tomado dum pavor ignorante, passava as noites em claro e principiou emagrecendo. Os genros estavam completamente longínquos, não entendendo nada nem da crise que se anunciava nem dos problemas do café, cada um no seu trabalhinho de lã, todos os dias tricotando a vida sem prazer nem desprazer. As filhas idem. Dona Eulália, "a pobre"!... Um instante Quinzinho teve piedade de tudo o que ia suceder pra mulher, mas isso passou logo. O caso dele é que o absorvia. Não porque compreendesse a família toda mas porque era ele. Veio a vontade de fugir, um desejo imenso de irem embora pra fazenda porque lá, pelo menos, nem ele mesmo percebia bem o quê que a fazenda salvava nele, era a reminiscência ancestral dos tempos em que fazendeiro tirava todos os seus objetos de vida da própria terra trabalhada, comida, casa e roupa, tudo tirado da terra. A cidade, sem dinheiro, era um desamparo imenso. Vamos embora pra fazenda! Mas os outros ou eram genros nascidos de outros mundos mais novos e outras tradições, ou eram mulheres acolchoadas em maridos ganhando que pagavam as despesas familiares mínimas, em casais vivendo na casa emprestada. Havia dona Eulália, mas essa imaginava que o marido devia ir no médico, de certo aquilo era doença. Quinzinho tinha vontade de contar tudo pra ela, e isso já era uma prova do infantilismo enorme em que caíra, onde se viu agora marido contar seus negócios pra mulher!... Tinha sim vontade de contar mas se calava, só repetindo sempre que o Governo eram uns ladrões, que não aguentava mais São Paulo, que vamos embora pra fazenda. Ninguém se amolava mais com ele porque o pai e sogro estava ficando insuportável de velhice, de caturrice, de caduquice, era visível que não podiam ir morar na fazenda e deixar os empregos aqui. Nas férias de junho iriam pra fazenda passar uns quinze dias e contentar o velho. Ele retrucou insistindo. Afinal Vivi, que era mais despachada, acabou mostrando tudo, que Celeu não podia deixar a Companhia, que então, se papai fazia muita questão fosse sozinho morar na fazenda com mamãe. Depois pra adoçar a verdade acrescentou que iriam mais vezes visitar os pais. Isso a mesa de jantar ficou todinha envenenada de supetão, ninguém podia comer. Houve um gesto quase unânime e bonito, todos olharam de esguelha pra dona Eulália. Ela continuava partindo o assado, nuns gestos muito sem consciência, firmes, escondendo o vazio que a ideia deixara nela. Os olhos brilhavam num choro discreto imensamente comovedor. O assunto morreu, comeram isolados, todos com justos ímpetos de sair dali, apenas presos por aquela maternidade incorruptível que ninguém no grupo teria coragem de atraiçoar. Não havia senão o pensamento da mãe girando na ambiência desagradável. Já quando estavam pra levantar da mesa, dona Eulália falou que se achavam melhor assim, ela ia pra fazenda. Tivera uma briga medonha consigo todo o tempo. Como havia de ser das filhas! Como havia de ser com os netinhos! Não tinha vaidade nem orgulho nenhum naquela supervalorização de si mesma, em que se julgava imprescindível a todos. Era apenas a utilização natural, quotidiana, duma espécie de pensamento adquirido – aquele trágico, de tão falso, mas sublime pensamento antigo que fazia das mães brasileiras o objeto serviçal por excelência na família. Seu destino era servir. Nenhum gozo mais, nenhuma ventura: servir. Nos bailes, nos jantares, nos casamentos, nos teatros: servir. Apartada das filhas, como que roubavam de dona Eulália o seu direito de sacrifício. Ficava só pra servir Quinzinho, como se já estivesse tão inutilizada que merecesse diminuição de serviço, doía como ingratidão, doía como insulto. Dona Eulália estava envergonhadíssima de si mesma. E pela primeira vez, na anuição daquele silêncio coletivo em que sem refletir nisso, ela sabia ser o pensamento e a causa de todos, se percebeu como empecilho e também isso a machucava enormemente. Além do mais a invenção de Vivi era inteligente, era lógica, ela percebia. Quinzinho positivamente não podia continuar desse jeito, acabava enlouquecendo, tanta era a exasperação em que vivia. As filhas era claro que não podiam deixar São Paulo por causa dos maridos. Pois então ela se sacrificava, abandonando os seus direitos de mãe, era ainda uma maneira um bocado sacrílega, ela sentia, mas sempre satisfatoriamente martirizante, de servir. Criou força, se fez de dura e falou.

Mas isso era impossível pra Quinzinho, deixar as filhas em São Paulo, ir-se embora, ficar não sabendo uma porção de dias como que ia passando Lígia, como ia passando Fernandinho, como ia passando Joaquim, o quê que estava sucedendo sem ele... Não, não podia ser, Governo safado! A culpa era do Governo. Foi pro hol indignadíssimo com tudo e consigo também, que imaginara toda aquela estupidez. Estava resolvido a não falar mais em fazenda e sentia uma zoada como se fossem remorsos. As meninas tinham se retirado pros seus quartos, abatidas. Dona Eulália ficara ajudando a tirar a mesa, como pretexto pra espairecer e também muito porque se tinha efetivado violentamente dentro dela a noção maternal de sacrifício. Ajudar a tirar a mesa, a arranjar tudo de novo, era uma espécie de demonstração de utilidade e do papel que tinha na família. Por dentro estava feliz porque, na repulsa imediata de Quinzinho, vira que não se separava das filhas. Aliás "dos netos" como ela falava sempre e pensava. Mas na verdade não eram propriamente os netos que a prendiam, embora ela os amasse exatamente e com fervor, eram as filhas, as grandes filhas já mães, que eram uma valorização mais imediata dos seus direitos de... coitada.

O ambiente nos quartos era também tristonho e Celeu, que se conservara o mais afastado de todos, naquela janta meia irritante pra ele, se lembrou que o sogro estava com assunto e bom pra conversar. Veio pro hol e botou a boca no Governo, exaltando os democráticos e glorificando as eleições do ano seguinte. Quinzinho não estava bem a par dos democráticos e sempre lhe ficara uma enorme desconfiança desse Partido que, vagamente, ele percebia ter nascido da Revolução de 24. Como noção consciente, ele imaginava que os democráticos estavam mancomunados com os revolucionários no exílio, que se escreviam, que eram amigos, que eram a mesma coisa. Ora Quinzinho, como em geral a fazendeirada toda, era contra os revolucionários de 24, que tinham vindo perturbar uma coisa que ia indo tão bem. O café estava alto, os fazendeiros estavam gordos, tudo ia muito bem, a Isidora fora uma infâmia que desprestigiava o Brasil diante das nações civilizadas, mazorqueiros, ambiciosos, gente que praticara um crime. Essa fora realmente a opinião geral dos fazendeiros diante da Revolução de 24. E dessa ligação virtual entre a Isidora e o Partido Democrático, ligação que a pobreza mental de

Quinzinho objetivava imediatamente em correspondências secretas e perigos de nova revolução, vinha a desconfiança com que o fazendeiro olhava os democráticos. Aliás outra desconfiança lhe vinha, disso do Partido estar agindo, se metendo em eleições e discussões intermináveis, que deixavam tudo tão inquieto, com tanto perigo a todo momento. Sem se confessar, o melhor eram os tempos em que os perrepistas faziam eleições sozinhos, venciam sozinhos, sem oposição, pelo menos a gente estava sossegado. Não era medo, Quinzinho não era medroso, se limitava nisso a ser mais uma repetição do comodismo fazendeiro que era por assim dizer universal no Estado. Celeu falou mal do Governo e Quinzinho ajudou acalorado. Celeu falou bem dos democráticos e Quinzinho, que estava de bem com o genro patriota, concedeu em concordar que os democráticos faziam muito bem em se revoltar e não teve a mínima dúvida interior em pregar no momento que só mesmo uma revolução é que conseguia botar abaixo aqueles safados de perrepistas. Era o mesmo homem de 24, o mesmo inimigo dos mazorqueiros de 24, o mesmo Quinzinho inexistente e limitado como um Piauí, mas a situação do café mudava tudo com velocidade, e o pacificador de dantes agora ia na frente de todos os oposicionistas e concluía pedindo que os outros fizessem uma revolução, na esperança covarde de se achar enfim novamente de posse dos seus bens. Foi uma conversa de amigos, Quinzinho e Celeu se gozaram bem, foram deitar refartos de si, quase felizes.

Uma compreensão nova principiou entre os dois, que os ligou numa camaradagem que parecia muito com amizade. Celeu tomara pouco a pouco uma ascendência nova sobre o fazendeiro, não só porque sabia mais coisas lidas nos jornais, como porque, pela sua própria natureza, tinha um jeito sutil de se sobrepor, aquele mesmo jeito que o levava ao descaramento afoito e com muito de ingenuidade nas propostas, com que comprava toda a gente em benefício das manobras financeiras da Companhia.

Agora Quinzinho confessava abertamente que Celeu era um rapaz muito ativo, que Vivi tinha casado bem. E vagamente tinha noção que o genro enriquecia, uns terrenos comprados na fímbria da cidade, caderno de cheques. Era só isso por enquanto, mas já uma espécie de desforra por toda a simpatia que de primeiro inspirara nele o outro genro que no entanto não saía daquele empreguinho de banco e sem aumento de ordenado. Nem a si mesmo confessava estas verdades, mas o que dizia sobre Celeu já eram amostras diretas da pouquidade do Fernando. E apenas isso Celeu desejava no momento, amedrontado com aquele concunhado moço em frente de Vivi.

Mas quinze dias depois daquele incidente da janta, Quinzinho esquecido e em novas aperturas voltava a falar de irem-se embora pra fazenda. Deu pra contar os apertos em que estava, o que aliás não era mais confissão porque a situação geral se evidenciava quase de baque, numa rapidez de revelação. Por toda a parte corte de despesas, corte de empregados, anúncios de falências, falências verdadeiras... E já começava a fuga dos fazendeiros pras fazendas. Fernando tinha um pretexto excelente pra abandonar aquela casa e ir se arranjar sozinho com a família. Mas aparecia sempre a figura de dona Eulália. Afinal falou com Clara. Ela retrucou que como era mamãe? Ele confessou já mole que ficavam na mesma cidade, podiam arranjar uma casinha ali mesmo pela vizinhança, e que afinal das contas não desejava estar pesando pra ninguém. Clara não respondeu, deixando pro marido resolver por si mesmo uma partida que ela também desejava. Mas sabia que os pais eram insolúveis e já se entristecia com o que ia haver. Fernando inda estava mais complicado, e um pouco ressentido com a mulher no momento, porque ela ficara muda. No fundo ele desejava que ela discutisse mais, opusesse mais dificuldades. Era nítido o desejo de sair daquela casa onde ambos viviam num ambiente de picuinhas infernizantes, era nítido. E havia também o orgulho de se sentir aumentando despesa de quem não podia mais quase consigo. Mas por outro lado estava inquietíssimo com os dizquedizques do banco, onde se falava em diminuir o número dos empregados e onde a situação comentada pelos pseudofinancistas, que são no geral todos os empregados bancários, se exagerava com fragor. Fernando não era feito pra vencer, era feito pra continuar na mesma e morrer na paz dos nulos bons. Sentia isso, o que um bocado lhe machucava também a normalidade gostosa da vida. E aquela casa não era nada propícia pra que ele se esquecesse dessas mesquinharias, entre um Celeu de grandezas arrotadas e um sogro gastando por não saber mais não gastar. Era por natureza liberal nos gestos e despesas mas também essa naturalidade se exagerara um bocado pela preocupação de não ficar atrás do sogro, não envergonhar a mulher que viera da riqueza. Além do gostinho que logo lhe dera essa superioridade moral sobre o concunhado. Não se considerava, nem mesmo se sentia rival do outro, o que era bem o estado de Celeu, mas conservava também uma espécie de sensação de jogo com o outro, jogo em que o prazer consistia mesmo em ganhar. Quando a ideia duma vitória possível lhe vinha clara no espírito, castigava-se julgando isso muito besta e contrário aos seus princípios morais, fazia por perder, se humilhava com muito orgulho firme e acreditava que estava mesmo se humilhando. Ficava satisfeito de si e satisfeito com a consciência. Assim, apesar de tantos desejos e razões pra que tivesse casa dele, Fernando no momento estava era com medo. Tinha medo de ser despedido, tinha medo de não aguentar bem com o despesão duma casa, medo propriamente não, dúvidas, hesitações que eram já por si mesmas perigosas. Como Clara não ajudou, ressentiu-se por essa falta de apoio justamente num dos momentos mais críticos de sua decisão. Havia entre ele e a mulher um acordo excelente, que a natureza de ambos ajudara admiravelmente. Duma normalidade sem segredos, Fernando fizera de Clara com facilidade a confidente dele.

Duma suavidade aceitadeira, Clara pudera envolver-se e ao marido, numa paz admirável, que tinha muito do que são na aparência os conventos. A vida deles se tornara duma normalidade que era quase absurda por tão rara no mundo. Estavam libertos do erro um pra com o outro. Libertos do erro e também da curiosidade. A inteligência deles podia ser medíocre, mas a naturalidade hábil com que sabiam ser, e escolher dentre as ofertas da vida apenas aquilo que era realmente duma permanência feliz, os elevava, por assim dizer os espiritualizava maravilhosamente. E o Catolicismo com suas leis, suas coordenações simplórias de tão perfeitas, e suas exaltações fogosas de mistério viera completar a harmoniosa beleza do casal, lhes deformando a naturalidade que poderia ser apenas sexual, apenas irracional como a dos pombos, numa espiritualidade livre de todos os exageros, de todas as incompreensões. Realizavam o amor naquela perfeição difícil de se perceber, porque é por assim dizer o oposto da vida que é de lutas apaixonadas, e o oposto dos céus porque o oposto de qualquer êxtase, de qualquer celestidade sublime na sua burguesice escarrapachada, incoercível de tão fatal e irracionada. Eles eram desse sublime raríssimo que ninguém deseja pra si, e as próprias dores, as contrariedades, as raivinhas, vividas todas por ambos numa dosagem exata, metade pra cada, na verdade eram ainda e sempre elementos que os desbastavam das exterioridades da vida: um sofrimento que apenas os tornava mais felizes, porque lhes dava a consciência imediata da fusão em que viviam. Clara de pé, encostada na mesa de toalete, cortava uma pele que a unha soltara. Muito curva a cabeça, as mãos se firmando no peito. Fernando, não vinda a resposta desejada, ressentiu-se da mulher, fez foi pesar a mão no pescoço dela. Clara se trouxe mais de lado e afirmou o cotovelo no peito do companheiro. Isso eram as carícias sem desejo, que são mais gostosas que qualquer ventura do corpo. Não sentiram mais necessidade de nenhuma convicção, a vida e o momento desapareceram porque a própria felicidade se aniquilava por não serem possíveis os seus contrários, dor, sofrimento, desgraça.

Por isso mesmo Clara não teve surpresa nenhuma quando dois dias depois, numa volta do assunto permanente, Fernando propôs em família rachar-se as despesas da casa. Além da proposta ser sincera e solucionadora, punha Celeu com a sovinice dele no ridículo. Todos perceberam que a proposta punha Celeu no ridículo. Clara teve um desejo violento de rir, que careceu disfarçar fechando os olhos, coçando o braço muito. Fernando estava satisfeitíssimo com o prazer que dera pra Clara. Quinzinho retrucou exasperado "Isso não!", sem nem pensar, só pra defender Celeu de que era muito amigo agora. E logo ficou com uma raiva danada de Celeu. Voltou tudo, a antipatia inicial desarrazoada mas tão legítima, voltou depois a raivinha quotidiana pelo genro sovina, e voltou uma daquelas grandes raivas que tinha às vezes diante dum gesto, duma frase mais demonstradora de Celeu. Os outros estavam em sentimentos mais confusos, dona Eulália curtindo por dentro um baque fundo sem saber por que, estava com dó e não sabia muito se confessar com dó de quem, imaginava que era do marido por causa do "Isso não!". Vivi quis assanhar mas não pôde direito porque no fundo sentia um prazer muito secreto pela proposta do Fernando. Prazer que era contra todos, contra Joaquim e contra Fernandinho, sobrinhos homens que a irritavam só por serem homens e ela ter filha; prazer contra Clara e Fernando que ganhavam pouco e inda tinham que repartir e acabar com liberalidades; e também prazer contra Celeu que, muito distanciada dele, em principal pela proposta no momento, ela percebera ridículo. E isso lhe fazia um certo bem. Era uma espécie de vingança do quanto ela se transformara por causa do marido e não se dar uma corneação que ela era incapaz de praticar por causa dos pais. Celeu, sem refletir, piorou a situação, imaginando que dava um xeque-mate em todos aceitando com efusão a proposta inimiga.

Então até dona Eulália achou graça enquanto Vivi, pela primeira vez, tinha um desprezo consciente pelo marido e quase que chorou de amesquinhada. Desconversou-se e Quinzinho não teve com quem meter a boca no Governo essa noite.

Mas a vingança de Celeu estava próxima. Dois acontecimentos quase simultâneos vinham nesse mesmo maio abater o Fernando, exaltar o Celeu e resolver aquele vai não vai do fazendeiro. Deu-se o corte nos empregados do banco e Fernando foi dos cortados. Desculpasse etc., a entrega de ordenado triplo, pra dar tempo de achar outro emprego e a certeza de que estava na rua. A situação nem foi tanto de desgraça, foi dum malestar danado em que os próprios objetos ficavam irritantes, ásperos. Nos hábitos e tradições de todos inda não entrara a possibilidade de supor a desgraça; ninguém, nem o próprio Fernando, se via miserável por causa daquilo. Isso era mais ou menos natural porque, de longe, eles todos estavam amparados por um lugar de refúgio, a fazenda. E se tivessem de entregar a fazenda? e então é que todos sossegavam mediocrizados num egoísmo mamífero, a imagem de Carlos rondava, aquele sim, cheio de dívidas, que de certo terá de entregar a fazenda. Eles não, Quinzinho gastava era o dinheiro que ajuntara quase sem pôr reparo que ajuntava, mas não tinha dívidas. E sempre inda havia a casa da cidade pra vender, e sempre cafés e mais cafés dispersos por esse mundo de trilhos... Depois duma tristeza golpeada inicial, todos ficaram apenas naquela expectativa dolorosa de não saber direito o que sentir. Só Fernando passava os dias longe, procurando um, procurando outro, movendo os conhecidos. Recebia promessas muito vagas ou negações mais caridosas. O próprio Celeu estava zangado, e tentou seriamente achar emprego pro outro. Na Companhia era impossível, e Celeu não desejaria uma testemunha de família dentro da Companhia. Só por isso aliás é que ficava impossível. Mas conhecia tanta gente que se mexeu. E contava tudo alto no jantar, contava as procuras e às vezes, até com desagrado próprio, se surpreendia exagerando tudo o que fizera e agira em favor do Fernando. Celeu queria mesmo encontrar um emprego pro concunhado e, sem nenhum pensamento oculto, sentia um querer verdadeiro. E quando o chefe chegou duma viagem, de repente percebeu que havia uma certa contradição entre a importância dele na Companhia e não conseguir nada agora. Ofereceu um emprego tão reles que ele mesmo ficou envergonhado assim que falou. A recusa era necessária e ele mesmo foi logo mentindo que recusara pelo outro. Então fingiu uma grande raiva pelos americanos, o que reacendeu de repente o patriotismo antigo e a raiva ficou verdadeira. Todos estavam um tanto surpreendidos mas gratos, Celeu não era mau.

Vivi principiou gostando do marido. Foi tomada duma grande bondade e quis se devotar pela irmã. Não tinha dúvida que em toda essa gesticulação nova dela havia uma presença muito sensível e até falsária de infelicidade, mas Clara sabia esquecer pra amar melhor e as duas manas viviam agora muito amigas e juntas. Bateu um ambiente novo de confiança mútua naquela casa e o malestar foi se convertendo numa paz magnífica de todos, só persistindo em Fernando e Clara, nos momentos em que se lembravam que Fernando modorrava no desvio. Nos outros, e mesmo em Fernando e Clara vinha até um ar de brincadeira em que todos se caçoavam, se comentavam, comentavam a vida com mais paciência. O próprio Quinzinho já não achava tanto jeito de falar mal do Governo, porque meio que perdera dentro de si mesmo as razões legítimas porém longínquas que permitiam atribuir ao Governo os males presentes. Pois se até o Governo já estava se mexendo pra arranjar as coisas! A causa estava muito afastada dos efeitos atuais e pra Quinzinho, que sempre fora pé de boi, seria difícil organizar no espírito toda uma corrente de causas que da crise surgida fosse parar como causa primária no Governo. E inda tinha mais uma razão que sequestrava agora nele, e um bocado nos outros também, menos na fixidez democrática do Celeu, a raiva atual contra o Governo. É que ruim ou bom, era mesmo o Governo que inda podia salvar a situação. E a covardia interna fazia nascer em Quinzinho angustiado, como fazia em noventa por cento da fazendeirada, uma esperança maluca na canalha republicana que malbaratava o país fazia trinta anos. Covardes. Covardes e ineptos. Se um filho da puta de presidente desse um bom-dia pra eles, pronto: iam dali oferecer o beija-pé dum banquete pro grande salvador da lavoura, e mais mentiras e defecções de toda espécie, sem uma reação de brio, sem uma reação de energia, sem nenhuma reação. Quinzinho estava assim, sem poder mais botar a boca no Governo. Isso aumentava o bem-estar da casa e todos viviam numa grande concessão mútua em que se sentiam purificados por dentro e extremamente consolados.

Só dona Eulália não mudara nada no seu interior. Não podia mesmo mudar, porque, no gênero dela, realizava a perfeição. Perseverava na mesma bondade inconsciente, sem refletir sequer que no momento apenas estava mais inútil porque na harmonia da família e no bem-estar geral ela ficava meia sem razão de ser, desapercebida de todos. Nem o próprio Quinzinho, quando agora desembuchava tudo no quarto pra ela, que o comissário mandara uma carta terrível contando o que ia suceder, que guardasse o mais possível dinheiro, que isso e mais aquilo, que não sabia ainda como fazer o pagamento dos colonos, que tinham oferecido oitenta contos pela casa, nem Quinzinho reparava que fazia confidência pra mulher, era como se conversasse consigo. Dona Eulália escutava, concordando sempre, tomando muito a causa do marido, mas também era verdade que no fundo sentia uma grande dificuldade pra sofrer. Sofrer pra ela não consistia nessas coisas de dinheiro, e aliás conservava ainda uma estagnação mental deserta ante aquela surpresa de que o dinheiro do marido se acabara. Imaginava sem imaginar que o dinheiro nunca se acabava, quando acabou ela ficou apenas surpreendida, surpreendida desagradável é certo, mas apenas com a convicção também falsa de que estavam pobres. Compreendia apenas os conceitos fixos: ser rico, ser pobre ou ser remediado. Se não estavam ricos e todas aquelas dificuldades não permitiam imaginar o conceito de que estavam apenas remediados é porque estavam pobres. Ora isso dona Eulália não podia sofrer. Sofreria é que as duas filhas brigassem, sofria é que Quinzinho estivesse nervoso, sofria se alguém morresse no grupo. Sofreria eternamente então, como até agora chorava pelo avô que perdera em criança, ou pela notícia da morte de algum tio em quinto grau, mal conhecido, que morava no cafundó do Judas. Desgraça era morte, doença e desonra entre marido e mulher. De repente a noção de pobreza lhe lembrou a futura educação dos netos, sofreu. Sofreu muito de repente e logo ficou sofrendo sossegado porque a reação fora apenas um reflexo urbano muito indiscreto e falso nela, e sem que nunca tivesse refletido nisso, estava estabelecido nela que Joaquim era doutor, Fernandinho doutor, Lígia estudando na Escola Normal. E mesmo, só estava estabelecido era o "Joaquim doutor", que era o neto mais velho, o neto que ela botava um cuidado enorme em demonstrar que não gostava mais dele que dos outros. A fixação só se encompridara agora aos dois outros netinhos, porque pra se confessar o pensamento ela tinha de não fazer preferência entre ninguém. O estado momentâneo de angústia econômica e paz familiar sobre dona Eulália tivera esse efeito de deixá-la muito inexistente e mais trabalhadeira. Trabalhava, movia-se porque estavam pobres, porém deixara de existir porque não tinha função na paz de todos.

Mas eis que ia cumprir seu papel de mãe: toda aquela vidaria ineficaz de perplexidade despertou nela uma ideia que os outros inda não tinham tido e era a solução pela metade, Fernando com Clara em vésperas do terceiro filho, Quinzinho e ela iam morar na fazenda, pensou e foi falando logo, num medo antecipado de depois não ter mais coragem pra dizer essa verdade. Porque nem bem o pensamento surgido, dona Eulália tornara-se uma tragédia sem sofrimento. Ficou tonta, ficou aluada, eram tantas as ideias, tantas as correntes de sentimento, por uma vez tão repleta de reações díspares que ficou como vazia, num total por demais complexo pra que pudesse adquirir dele uma realidade consciente, ou pelo menos a definição do estado em que se achava. Era formidável mas também não doía por isso mesmo de não chegar a qualquer manifestação de realidade. Vinham turbilhonando a separação enfim, uns na fazenda e Vivi na cidade, mas vinha que dona Eulália, acuada pela vida, agarrava enfim encarando a possibilidade duma separação, vinha a descoberta da solução exata que era o sacrifício dos mais infelizes porque seres menos armados pra conquistar a felicidade, Vivi, Celeu; vinha a solução gerada por uma preferência escandalosa de que Deus-te-livre dona Eulália verificar com a consciência; mas é que Celeu ganhava bem e isso era espertamente aproveitado por dona Eulália, pra, se separar dos que no grupo lhe eram mais, não propriamente antipáticos, isso nunca, porém por assim dizer mais afastados. Nem era isso mas nunca dona Eulália podia imaginar que havia nela uma espécie de medo pelo que ia suceder pra Vivi com Celeu, e que por isso desejava estar longe deles. Não era egoísmo porque ela viria imediatamente e sofreria talvez mais que eles, embora sempre naquela inatingível e silenciosa maneira de sofrer que era dela também, como fora da irmã, não era egoísmo: seria porventura uma consciência antecipada da própria inutilidade ante um desfecho que se tornava irreparável porque era apenas menos que imaginado, pressentido, não baseado nas realidades aparentes, como um som surdo, de muito longe, que não chegava de maneira nenhuma a se definir, e que aliás se tornaria bobo, ilógico se se definisse. Dona Eulália recebendo pelos sentidos a vida de Vivi com Celeu, pressentira que aquilo havia de acabar numa desgraça. Não sabia que pressentira assim mas estava fugindo de presenciar a desgraça. Com o sacrifício de Vivi, de Lígia e de Celeu ela salvava a harmonia da família, aquela harmonia consistindo apenas no ramerrão da vida lisa. E assim afinal Quinzinho ia pra fazenda que era a salvação da saúde dele que dona Eulália imaginara alterada. Ela já sabia agora que as razões do estado de Quinzinho eram outras, mas por aquele humano desleixo de ratificar dados já falsos, continuava agindo e refletindo que a ida pra fazenda era pra endireitar a saúde alterada de Quinzinho.

E havia ainda o caso de Fernando que assim se solucionava. Irem pra fazenda era Fernando trabalhar na fazenda, ficar administrador dela, coisa em que todos logo pensaram e vinha diretamente da invenção de dona Eulália, Quinzinho pensou nisso e ficou agradado, era uma economia pra ele e solucionava o genro. Fernando ficou naquela tendência malvada pra aceitar, que o faria aceitar mesmo, embora recusando no momento. Porque Quinzinho salvou dona Eulália da presença dos outros, deixando-a lá no vácuo prodigioso que se fizera nela ao dizer a invenção de irem pra fazenda sem Vivi, Quinzinho salvou dona Eulália lembrando alto que Fernando ficaria pra administrador. Fernando recusou, ferido no orgulho, que havia de se arranjar de qualquer forma, que não estava pra tirar o ganha-pão de ninguém, era o administrador antigo que passava na sala com a filharada meia por educar, os bolinhos da administradeira e sobretudo as macarronadas que ela fazia... Celeu estava com um baque duro, e Vivi também, como se isso de Fernando ir administrar a fazenda de todos fosse uma apropriação indevida de herança deles. Mas Celeu não sabia falar, que era dificílimo no momento, principalmente porque não convinha ferir um só dos presentes, o que redundaria na coligação de todos pra roubarem a herança de Vivi. Ia mas era arranjar de qualquer forma um emprego pro Fernando na cidade, um emprego pro Fernando na cidade, um emprego pro Fernando na cidade. E Vivi estava despeitadíssima com a ingratidão da mãe. Baixou a cabeça e as lágrimas vieram puríssimas denunciar-lhe o coração machucado. Salvou o malestar geral porque, condoídos dela, foi fácil deixarem a solução do caso pra depois, irem dormir aquela noite sobre o caso e na manhã seguinte já todos acordarem normalizados com a decisão que ninguém tomara mas era aquela mesma, e poderem se olhar como se não tivesse havido nada. Dona Eulália é que não precisava absolutamente do ressentimento de Vivi pra se lembrar dela naquele vácuo milionário de pensamentos em que a pusera a invenção própria. Vivi, Lígia, o próprio Celeu faziam parte viva desse vácuo. A ingratidão pra com eles, a saudade antecipada. Vinha a solução dela ficar em São Paulo e Quinzinho ir com os outros pra fazenda, o que era impossível porque ela não podia deixar o marido. A ideia se apresentara só pra descansar um momento a inabilidade de pensar em que dona Eulália estava. Mas vinha insistente a noção de que ela estava preferindo Clara, vinha o Joaquim doutor que seria um homem muito ilustre sobre a Terra, vinha o ressentimento dos outros que aceitavam o que ela falara só pra... mas não! ela não pensara aquilo, dissera só pra mostrar que não largava mesmo das filhas, a frase fora só por brincadeira. E vinha que Vivi não podia se sentir do que a mãe falara porque se tinha sacrifício, sacrifício não era o de Vivi ainda moça, com marido, com filha, com distração, mas sim dela, a "coitada" que se sacrificava pelo bem de todos, Fernando e Celeu não se davam bem mesmo, Quinzinho que estava muito doente, a própria vida de fazenda sempre fora um sacrifício pra Vivi, e ela, coitada, ia se encafuar no sítio pro resto da vida... Ficou com vergonha dessa noção que não era verdade dentro dela. Quis fugir da noção mas esta aguentou firme no lugar porque iam de novo pra fazenda refazer a fortuna que pra quê que eles queriam e estavam trabalhando tanto se não era pra deixar mesmo pra Vivi com Clara e os netos?... Pois se até Joaquim e Fernandinho é que iam ser sacrificados morando na fazenda, depois tinham que ir pra algum colégio interno ao passo que Lígia ia na Escola Normal, aprendia piano e sempre junto da mãe... Meu Deus!... Dona Eulália estava esgotada. Naquele paroxismo, se via tão perdida que não sabia sofrer. Teve um gesto que ela jamais fizera na vida, que era contrário a toda a sublime coragem de viver que tinha, levantou-se muito decidida, muito firme e foi-se embora, se retirou pro quarto, o que feriu todos como uma perversa ingratidão pra com Vivi. Todos ficaram indignados com dona Eulália e Vivi, percebendo que a mãe ia-se embora sem se penitenciar, teve um sentimento tamanho de desamparo e de raiva que começou soluçando alto. Celeu como de costume exagerava os cuidados com a mulher, o que teatralizava o ambiente muito. Mas Vivi aquilo só servia pra a irritar mais porque o sofrimento se mudara nela numa desgraça exigente do sacrifício da mãe que tinha de pedir desculpa, chorar, se penitenciar. Mas dona Eulália estava longe e Vivi ficava chorando, chorando num desespero que cortava qualquer coração. Clara quis vir mas a irmã afastou-a com aspereza. Clara e Fernando estavam desapontadíssimos embora internamente gozassem duma enorme calma satisfeita de si. Quinzinho, sentado de banda na ponta da mesa, balançava a perna cruzada, tamborilava na toalha, mastigava os bigodes, teve a ideia de que sempre a vida dele fora aquela desgraça, sempre fora um martírio formidável, sentiu raiva. Também Vivi não precisava agora estar fazendo aquele barulhão por causa duma coisa à toa!... Depois grande parte daquilo era fingimento ele sabia... mas os soluços verdadeiros provavam que não era fingimento. Também Eulália não podia ser mais carinhosa, sempre fora mesmo aquela frieza, aquela aspereza pras filhas, teve raiva da mulher, e eu que aguente! Não basta a gente trabalhar a vida inteira e no fim quando devia descansar, vir toda aquela rebordosa de crise de dinheiro e ter que principiar de novo, inda por cima em casa nunca se tinha vivido um minuto de paz, vida cachorra!... mártir. Quinzinho estava convencido que era um mártir. Numa grande eloquência passaram nos ares famílias governos fazendas e países tonitruantes, tudo o que era mundo e se completara pra fazer o martírio dele. Era um mártir. No fundo não sofria muito, mesmo porque a própria grandeza do martírio dele não deixava de ser uma espécie de satisfação. Vivi fora levada por Celeu, fugitiva, porque o choro estava acabando e sempre nos desaponta dar aos outros o espetáculo medíocre dum final de dor. Clara fazia as vezes da mãe ajudando a criada. Fernando ajudava Clara pra se mover. Quinzinho foi pro hol, pegou num jornal, leu, não leu, que desolada solidão!... Os outros inda tinham filhos pequenos, eram moços, podiam se distrair. Estava com uma precisão insofrida da mulher. Mas porque também Eulália fizera aquele papelão... Já não tinha raiva mais de dona Eulália porque estava mesmo carecendo muito dela. Eulália nunca fizera aquilo, Eulália não era assim. Também, coitada, tem sofrido tanto... Foi pro quarto e a mulher estava arranjando uma gaveta de guardados. Rosto de fogo. Se percebia que chorara muito. A presença de Quinzinho trouxe uma revoada de lágrimas novas. Ele não sabia falar uma palavra que consolasse a coitada. Mas de repente soube, salvando tudo um botãozinho de ceroula.

– Eulália, falta um botão nesta ceroula, é uma caceteação.

– Me dá ela.

– Amanhã você prega.

– Não, eu prego agora mesmo. Quede o botão.

– Já veio assim da lavadeira.

Dona Eulália foi buscar a cestinha de costura.

Pregava o botão e a vida estava duma calma natural. Quinzinho incomodado pela luz, virou na cama:

– Deixe isso pra amanhã, Eulália! Já falei!

Viu[10] mais uma vez o vulto da mulher, reclinado, os cabelos num desalinho triste. Fechou os olhos pra dormir. Ele também es-

10. Nota MA: "Reiniciada aqui a escritura, dia 10 de fevereiro de 1942, depois dum intervalo de mais de sete anos. M."

tava muito triste, abatido pelas lembranças, ia ficar longe de Vivi, da netinha. Mas, sem saber estava numa vitoriosa calma interior, uma sensação de segurança, de prestígio levemente abatido, como de um vencedor depois das festas da vitória. Dormiu. Dona Eulália estava imersa no trabalho. O botão fora pregado já, porém, insensivelmente lhe retornara uma vida antiga, dona Eulália estava ocupadíssima. Não chegava a pensar. Repassava todos os botões da ceroula, fortalecendo até os que apresentavam apenas uma suspeita de afrouxamento. Era aquele imenso vazio do ser, uma quotidianidade antiga apenas sem normalidade, já escravizada pelo trabalho do instante mas sem que este lhe dominasse também o pensamento. Havia um vácuo desolado em dona Eulália, como uma dor fortíssima que já passara. E no lusco-fusco da consciência desorganizada apenas vultos passavam pisando mansinho sem bulha. Vivi... Vivi era o vulto que passava mais no pensamento de dona Eulália, convertido a pura imagem. Vivi, Clara, Fernando apareceu esquisito, de botas, com rebenque na mão. Os beiços de dona Eulália chegaram a estremecer num princípio de sorriso, era o administrador da fazenda. Vinha Vivi outra vez, e ela já não ria. Era Vivi. Um pressentimento assustado desnorteou dona Eulália, seria que Lígia ia ficar muito doente! ela chamada por telefone tomava com um baque. Tomou o baque. Levantou-se, foi até o armário, mecânica, no outro quarto, ela também passava como os vultos que lhe passavam na imagem. Acendeu a luz do outro quarto, veio apagar a da mesinha de toalete. Quinzinho dormira. Mas o vulto de Vivi não estava triste nem agitado, estava como os outros que passavam, perfeitamente silencioso, imóvel, passando, todos os vultos vinham do mesmo jeito, nasciam do lado esquerdo da memória, passavam, desapareciam do outro lado. Agora vinha Joaquim, fortezinho, corado, dona Eulália chegou a estremecer de amor: Joaquim partiria para o colégio interno e ela sentia muita falta. Dera de repassar uma por uma todas as ceroulas do marido, também não eram muitas não, Quinzinho só mudava de ceroula de dois em dois dias. Fernando não, mudava as cuecas todos os dias, tomava banho todos os dias. Veio vindo o vulto de Celeu. Dona Eulália bem que não queria lembrar, mas Vivi mesmo fazia o rol das roupas do casal que iam para a lavadeira, nas segundas. Clara também, mas a trouxa era sempre muito maior. Uma vez ela não pôde, não era curiosidade, pensou que estava agindo com dever, que estava cumprindo um dever, nem sabia, abriu as trouxas de roupa. Vivi mandava umas cuecas sujas, dona Eulália não queria contar até de repente imaginou que estava examinando a roupa suja porque quem sabe se as filhas estavam carecendo de alguma roupa branca: três cuecas pra sete dias, bem, todos percebiam na casa que Celeu não tomava banho todos os dias. Mas também só três cuecas pra sete dias, isso era por demais, nem Quinzinho! Os vultos não passavam mais. Súbito dona Eulália teve uma sensação tão veemente de que estavam na fazenda, ouviu um mugido e se assustou. Fechava o armário. Apurou o ouvido, quem sabe se não havia qualquer coisa na rua. Não escutou nada. Aquela presença confortável de fazenda dentro dela. Não se passava nada na rua, na fazenda, dentro dela. Foi deitar como uma sombra e Quinzinho nem pressentiu, como sempre fazia, vindo se aconchegar no corpo da mulher. E aos poucos dona Eulália adormeceu.

Nem vinte dias que moravam na fazenda, e veio aquela carta de Vivi anunciando que chegavam dois dias depois, mandassem condução. Dois dias depois, mas é agora! o trem não faltam nem vinte minutos pra chegar! Mas pra que Vivi não telefonou, não telegrafou! As duas mulheres ficaram atrapalhadas, Fernando estava com Quinzinho pelo cafezal no forde. Clara, mais calma, resolveu mandar um camarada no galope avisar que fossem buscar Vivi em Araraquara. Estava com raiva. Também que ideia de mandar um aviso desses pelo correio e com porte simples. A raiva surda substituíra logo em Clara a sensação franca de malestar que tivera com a notícia da chegada. Se Clara pudesse se examinar, teria vergonha. Vergonha apenas, sem poder nunca dar uma explicação consciente do malestar. Dona Eulália, não. Tivera inicialmente uma alegria imensa, todo o corpo se derreou numa carícia, mas com as inquietações de mandar buscar Vivi na estação, o que a tomava agora era um malestar invisível. Continuava contente, mas de um contentamento insatisfatório, cheio de perguntas, de inquietações não formuladas. Tomou o partido de sempre, chamou a pretinha, pediu à cozinheira que viesse ajudar, foram preparar o quarto de Vivi. A cozinheira veio com má vontade. Vivi impusera que ela ficasse em São Paulo, teve que ficar com o pedido afinal lacrimoso de dona Eulália, não podia recusar nada a dona Eulália. Mas ter que se separar da patroa, quase trinta anos juntas, desque Dona casou... Marciana sofreu muito. Também não ficara nem quinze dias, era gorda, mulata clara, decidida ainda, apesar de pouco mais moça que dona Eulália. Acabou fazendo um salseiro, que não ficava mesmo, não se acostumava, tava com saudades de [dona Eulália].[11] E ela mesma telefonou, que susto num trem sozinha! Dona Eulália ralhou mole com ela, ela ficou bem quieta não falando um isto. E não contava a ninguém, nem para as outras criadas, que no fundo estavam achando maluca Marciana de trocar São Paulo pela fazenda. Não falou nada mas ainda remordia dentro dela Vivi fazendo conta dia por dia, não querendo dar

11. Correção conjectural preservando o sentido da frase que a datilografia apressada deixa incompleta: "Acabou fazendo um salseiro, que não ficava mesmo, não se acostumava, tava com saudades de Do-", ocorrência comum em versões iniciais. Ao trocar de folha o escritor segue o fluxo da escritura iniciando nova frase.

isto nem aquilo pra ela fazer seus pratos, que manteiga de coco era melhor, eu não ponho manteiga de coco! nunca pus! Afinal seu Celeu inda falou que o bife estava ruim, pudera com aquela carne! Então estrilou e não ficou, deu um repelão na colcha. Dona Eulália que estava nuns mundos foi chamada à realidade. Olhou espantada pra Marciana:

– Que é isso, Marciana.

– Nada não!

Quinzinho e Fernando também a primeira sensação que tiveram foi de malestar, se olharam coniventes. Quinzinho não tinha força pra saber, mas Fernando sabia muito bem que Celeu vinha espreitar, ver como as coisas estavam se passando. Quinzinho berrava, isso era coisa que se fizesse! Nem que fossem na valada, eram no mínimo trinta minutos até Araraquara, e o trem da Paulista não atrasa. Olhou o relógio.

– Já está entrando na estação!

Fernando, mais calmo, opinava que voltassem pra casa, precisavam dar alguma providência. Foram aos trancos pelos carreadores. Quinzinho hesitava, telefonar a quem? algum amigo da cidade que tivesse automóvel? algum chofer? Mas com os anos de São Paulo, não conhecia os choferes novos da estação, só o Manequinho, mas este largara de choferar, tinha oficina. Era melhor telefonar assim mesmo, Manequinho era de confiança e continuara servindo ele nas suas vindas à fazenda.

Quando chegaram Clara estava calma, depenando laranjas para os filhinhos no terraço. Mas era de raiva. Ela bem não queria pensar mas sabia que Vivi só vinha pra tomar conta do que Fernando estava fazendo. Estava inteiramente longínqua da irmã, naquele instante, detestando Vivi. A chegada dos homens foi bom pra dona Eulália se afobar. Veio aflita saber como era, com o travesseiro na mão. Fernando telefonava, seguro de si. Quinzinho fora telefonar, mas brigara com a telefonista que exigira o número do telefone de Manequinho. Tonta! então Araraquara era São Paulo que já carecia de cantar número de telefone, Quinzinho tinia. Mas nem bem Fernando largara do fone, Manequinho num átimo estaria na estação, que o telefone chamou. Era Vivi furiosa, telefonando da estação. Que estava com Lígia e a pajem, porque tinham feito aquilo, que Lígia estava chorando cansada com a viagem, que se queriam matar a filha dela... Aí Fernando não se conteve:

– Mas Vivi!... ninguém tá querendo matar sua filha, arre também! se acalma! O Manequinho chega aí logo te buscar!

Clara no terraço, escutando aquilo, até parara de depenar o gomo, as mãos dela tremiam já era um custo se conter. Mas se conteve. Como sempre lhe acontecia ao se guardar consigo, ficara lenta, olhando muito o gomo da laranja, tirando as películas[12] com um cuidado extremo, como se fosse coisa de vida ou de morte. Joaquim até se impacientou. Clara pediu com voz triste pra ele esperar.

E foi aquela espera desagradável. Todos de pé no meio da sala de jantar, fazia um sol maravilhoso lá fora, vinham os primeiros trilos dos pintassilgos anunciando que a sesta do dia se acabara. Dona Eulália parada, esquecida, com o travesseiro nas mãos caídas na frente do corpo. Quinzinho andava dum lado pra outro. Fernando queria dizer alguma coisa mas não achava o que dizer, principiou achando uma certa graça no ambiente. Quinzinho irritadíssimo com dona Eulália, apontava o travesseiro:

– Você está arrastando todo esse travesseiro no chão!

Dona Eulália levou um susto, suspendendo as mãos rápida. O travesseiro deixou de tocar levemente no assoalho lavado, limpís-

12. No original, o escritor marca sua dúvida quanto à pertinência do termo com "(?)".

simo, com a orla do babado. E dona Eulália se foi, lenta, continuar os arranjos do quarto. Fernando se esgueirara até o terraço, temendo demonstrar a vontade de rir. Viera sentar junto de Clara, passando o braço no ombro da mulher. Clara o olhou, a raiva desapareceu. Fernando chegou mais o rosto pra sentir o cheiro que subia da mulher. Clara riu pra ele irônica, tomada de sensualidade também, sabia o que Fernando estava querendo, e ele até desapontou, meio que desapontou e achou graça:

– Sim senhora... me... (acentuou a palavra, meio sem-vergonha) me "repudiando".

Ela riu satisfeita:

– Vamos divorciar?

– Nããão! (hesitou, mas disse gozado:) primeiro eu tenho que acabar de matar a ilustre filhinha de sua irmã, depois... nós temos que ir pro quarto primeiro...

– Mamãe! o que ocês vão fazer no quarto, heim!

Clara olhou com censura o marido. A sensualidade desaparecera, viera uma ponta de raiva outra vez nos dois, com a recordação dos exageros de Vivi. Fernando agarrou bruto com amor Fernandinho, se ergueu com o filhinho nos braços, foi com ele pra rede brincar de machucar, que Fernandinho gostava tanto, ai papai!

Quinzinho chegava no terraço, foi se encostar na grade de madeira, olhando o cafezal do espigão, onde se via a capota dos automóveis passando na estrada. Estava calmo, sem pensar, numa espécie de tristeza fatigada. Viu afinal a capota passando.

– Lá vêm eles... (hesitou) Clara, vá chamar sua mãe.

Quando foi ajudar Vivi a descer do automóvel, todos cercando a máquina, Vivi desceu sozinha, virou-se pra dentro do carro, pra tomar Lígia nos braços. Estava furiosa, sem disfarçar. Se dirigiu à mãe, quis fazer um sorriso, conseguiu sorrir, invadiu-a a ternura, abraçou-se com dona Eulália, apertando muito, com duas lágrimas nos olhos. Lígia principiou chorando e a ternura acabou. Dona Eulália extasiada queria contemplar mais a filha, beijar Lígia, mas Vivi se destacou firme. Beijou o pai, ninguém dizia palavra, Quinzinho comovidíssimo. Uma comoção funda tomara sinceramente a todos, e as lágrimas brilhavam nos olhos de Vivi, luminosíssimas, sem cair. A todos ela dava um sorriso curto, visivelmente forçado. Havia um resto ainda de raiva, mas se percebia que no fundo estava emocionada também, gostando de todos. Manequinho também viera falar com todos, Quinzinho até o abraçara, reconhecido, não sabia do que, e ficara desapontado. O camarada levava a mala, escadinha acima. Vivi tomou a decisão de todos. Lígia berrava nos braços da pajem mas Vivi não se incomodou pela primeira vez. Enlaçou carinhosamente a mãe pela cintura e foi docemente a empurrando pela escadinha. Como que se esquecera de tudo, só cuidando da mãe, falando desenvolta, perguntando como passava, se gostava da fazenda outra vez, se não tinha saudade. E sorriu com a brincadeira. Dona Eulália extasiada só fez foi olhar a filha se rindo, meia envergonhada com a carícia. Lígia berrava.

Em cima, no terraço, o grupo meio que se alargou. Só Quinzinho ficara embaixo, conversando com Manequinho. Vivi ajudou dona Eulália a sentar. Fernando fora pra rede, pretendendo brincar com Fernandinho outra vez, mas não podia tirar os olhos de Vivi. Nem Clara, que agora estava assombrada, admirando. Vivi bem plantadinha nos pés, percebeu que todos a admiravam e sorriu meia encabulada, mas aguentou firme com os olhos. Mas ninguém falava, esquecidos de conversar e então Vivi não aguentou mais. Entre familiar e desafiante disse um:

– Então!...

Dona Eulália baixou os olhos, lhe viera uma tristeza horrível.

– Você está muito bonita, Vivi.

Havia uma espécie de censura na frase de dona Eulália. Censura por quê? Nunca ela imaginaria que estava censurando, mas se sentia muito triste, sem saber por que também. Vivi estava mesmo bonita, apesar do nariz um pouco grande demais. O vestido de viagem era duma simplicidade perfeita, prático, cheio de bolsos, mas liso no corpo, firmando as formas bem. E aquele véu fingindo viagens de poeira, participando do chapéu, lhe emoldurando o rosto são, de linhas agradáveis, com o nariz um pouco grande, maltratando o gosto de se olhar. Vivi estava mudada! Era a mesma e era outra! Todos sentiam que ela era sempre a mesma e que no entanto estava completamente mudada. Clara, Fernando se esforçavam pra botar conforto no ambiente, dizendo frases de caçoada, de admiração. Vivi acabara por ficar mesmo desapontada e fora cuidar de Lígia outra vez. A pequena berrava, não seria fome?

– Não é fome não, mamãe! Ela até viajou sossegadinha.

Bateu forte em todos a contradição. Vivi falara que eles iam matar Lígia. Imaginaram logo sete horas de viagem penosa pra criança e ainda aquela espera desagradável na estação.[13] Mas Vivi nem repara, se lembrou de machucar, a raiva estava voltando. Continuou a frase:

– ... foi essa vinda de automóvel aberto! Lígia naturalmente adoeceu.

– Que exagero, Vivi! – dona Eulália exclamou.

Todos se lembraram que no descer do automóvel, Lígia até estava dormindo, Vivi é que a acordara, pegando-a com rompante. Mas Quinzinho, o automóvel roncara partindo, subia a escadi-

13. Nota MA: "(Tomar cuidado: se Fernandinho, o segundo filho de Clara já está andando, quando nasceu Lígia, que ainda é criança de braço? Acertar isto atrás. Vivi, Celeu não queriam filhos, Lígia viera sem eles quererem. E ainda por cima ficaram despeitadíssimos, porque Fernando já tinha dois machinhos e pra eles viera menina.)"

nha, de cabeça baixa, como uma bala. Chegou em cima, com o cem mil-réis na mão, tremendo, quase que atirou no colo da filha. E disse engolindo as palavras quase gritado:

– A senhora se pague dos vinte mil-réis que deu pro Manequinho e pode ficar com o resto!

Vivi corou violento, ficou roxa. Só agora media o que fizera ao pai, de raiva. E a frase de Quinzinho não deixara dúvida em ninguém, a peste de Vivi pagara o automóvel, de raiva. Dona Eulália, que continuava em pleno desarvoramento desde a chegada da carta, vivia aos pulos de frases que não imaginava nem podia conter, eram decretos que saíam, disse dura:

– Mas Vivi!

Fernando se engalfinhara com o filho, se alheando como fazia sempre, sem jeito mais pra se afastar, pensando em Clara. Aí Vivi estourou. Agarrou Lígia nos braços, no instinto de se tornar dramática, e disse como se fosse a coisa mais natural desse mundo, fria:

– Não careço do seu dinheiro, papai, não me faça mais uma coisa assim. Eu posso pagar o automóvel, não fui eu que vim nele!

– Olha, menina! foi sua sovinice mesmo que nos fez perder o trem! porque não telefonou!

– Sovinice, vírgula! Só que eu não jogo dinheiro fora!

Clara até pulou no assento. Lígia berrava. Apertando mais a filha, no gosto inconsciente de fazê-la chorar mais, Vivi derrotou o pai que fazia esforços pra não berrar, arrependido de ter perdido as estribeiras:

– Eu não tenho mais ninguém por mim! Eu preciso cuidar do futuro de minha filha!

– Vivi! fique quieta, Vivi!

Era Clara.

– Não fico, não senhora! Eu também tenho meus direitos!

A frase impensada afirmara enfim tudo o que ela pensava e os outros sabiam que ela estava pensando. Aí Clara se ergueu, completamente perdida na cólera. Berrou:

– Quem lhe negou seus direitos!... sua louca!

– Clara...

– Mamãe!... mas também é preciso dar uma lição em Vivi! Isto não se aguenta mais! (Queria parar com dó da mãe e não podia.) Você tem, ouviu! t-e-m que acabar com essas indiretas idiotas, o que você pensa! Se veio examinar a fazenda, pode examinar! pode! Fernando ainda não roubou nenhum bezerro de você! Fique com a bezerrada! – gesticulava. Joaquim principiou chorando, com um medo medonho, mamãe!

– Ôh, Clara!... rosto lavado de lágrimas. Eu nunca pensei numa coisa dessas! nunca falei em bezerro!

– Deixe de choro, sua fingida! você...

Mas pôde se conter enfim. Era o vulto, o corpo de dona Eulália que ia se erguendo, era um enorme corpo, foi a sensação de todos, uma força enorme. Dona Eulália estava rígida, mandando. Pegou na mão de Clara no ar, baixou-a sem esforço:

– Vá pro seu quarto, Clara.

Clara disparou num choro convulsivo, partiu arrebatada. Vivi, chorando muito silenciosa, ainda agarrou a bolsa, sobre o banco e seguiu para o quarto dela também. Dona [Eulália][14] como que hesitou. Estava admirável ali, dando confiança ao marido, a Fernando. Todos vinham dela, como vinha uma paz dominadora. Dona Eulália encontrou os olhos do marido e Quinzinho não pôde aguentar, baixou os dele. Foi erguendo a nota de cem mil-réis que estava no chão amarfanhada. Dona Eulália seguiu atrás de Vivi.

14. No manuscrito: “Dona Laura”.

Estava chegando a hora do lanche mas Fernando, muito contrariado, não tinha fome. E percebia que com o salseiro, ainda mais com dona Eulália ocupada com Vivi, com Lígia, banhos, ninguém apareceria para comer. Teria que aguentar o penoso que punha no ambiente aquela cara encalistradíssima do sogro, incapaz de qualquer disfarce. Quinzinho só percebia que a culpa de tudo aquilo fora dele. E lhe voltavam de chofre sentimentos simultâneos tão desencontrados, raiva, arrependimento, ofensa, carinho, piedade de Eulália, despeito por Clara, tão ajuizada, ter entornado o caldo. E tudo isso junto o punha com aquela cara absurda, muito vermelha, luzindo, boca entreaberta, olhos escancarados.

Fernando decidiu-se a sair, retomar o serviço interrompido. Levantou-se, pegou no chapéu, mas hesitou. Lhe viera a lembrança de primeiro passar no quarto e ver Clara. Mas aquela covardia, aquele egoísmo com que desde o início da família, ofendido pelo dinheiro de Clara, Fernando julgara ser apenas uma atitude elegante de discrição, o dominou outra vez. Ir ao quarto era dar a todos a impressão de que ele estava com Clara pactuando com os insultos que ela dissera à irmã. Desgostoso consigo Fernando não pôde se decidir a ir ver a mulher como devia e dar a sua presença como conforto. E é certo que Clara estava esperando por ele, mesmo que fosse para receber um ralho. Mas Fernando desceu a escadinha e partiu no forde outra vez. Quinzinho estava jogado sobre o banco, imprestável. Não pensava. A calma simples da hora e da fazenda o invadiu, e na sua ruína interior totalmente nulificado, o fazendeiro sentia uma espécie de doçura. Lhe voltava aos poucos uma quase garantia de si mesmo e da família uma segurança exterior muito nobre. Esteve talvez mais de hora ali. Chamou-o à realidade um grito de camarada trazendo as vacas de leite para o mangueirão. Quinzinho foi ver os bois.

Na hora do jantar já estavam todos à mesa só esperando por Vivi. O ambiente era torvo. Embora já estivessem todos calmos, bem refletidos e decididos no comportamento a seguir, havia o convencionalismo de tristeza no ar. Depois de tudo o que se passara, eles não deviam se mostrar nem muito calmos nem já esquecidos da briga. A convenção familiar impunha uma tristeza geral. Clara sentada em seu lugar à direita da cabeceira do pai, essa não precisava disfarçar nem usar tristezas convencionais. Estava realmente abatida e por mais que lavasse o rosto, se empoasse e pintasse, percebia-se que chorara muito e o sofrimento a abatera demais. Não chegara a se arrepender do que fizera: ao ouvir o ronco do forde partindo, percebera que o marido em vez de vir vê-la, como ela precisava, a abandonara mais uma vez. Ela sempre aprovara a elegância de procedimento de Fernando mas naquele momento ficou quase alucinada de desespero. A noção do egoísmo do marido viera violenta, verdadeiramente insultuosa lhe desmanchar o orgulho que sentia de Fernando. Aquilo era mais que uma ingratidão para com ela, era um egoísmo brutal, ela percebia. Talvez Fernando fosse um covarde... E, sobretudo dominando tudo tomou-a um sentimento de injustiça enorme. Ela fora brutal, perdera a compostura, dissera ofensas à irmã, podia se arrepender, pedir perdão até, mas Clara não podia se negar que tivera razão e continuava com a razão. Tudo era contra ela, todas as aparências. E no entanto só ela estava com a razão! E Clara percebia nitidamente que se todos agissem como ela, não haveria mais razão pra tantas cenas dolorosas e tantas incongruências familiares. E então lhe veio uma necessidade quase física, uma exigência imediata e colérica da presença do marido ali, junto com ela. E Fernando partira no forde. As lágrimas lhe explodiram nos olhos grossas irritadas desesperadas. Clara se descontrolou por completo. Não lhe era mais possível o menor raciocínio, a menor lógica. Exigia, queria Fernando. Só isso. No desarvoramento, o seu espírito a sua sensibilidade todo o seu ser se agarrara àquele desejo tonto. Fernando partira no forde, ela tinha absoluta certeza disso, e no entanto exigia a presença dele ali. Chorava desesperadamente, brutalmente, com raiva. Joaquim se agarrara com ela tomado de verdadeiro pavor. Entre as lágrimas, Clara percebia o rosto horrorizado do filhinho, mas queria mais. Quereria talvez que o filho berrasse, caísse sofrendo com ela. Lhe deu mesmo um bocado de alívio perceber o rostinho desesperado do filho. Clara queria mais, queria Fernando ali. Pressentiu de repente que Fernando não partira no forde, estava ali, e abrira a porta, abriu mais os olhos pra ver. A porta continuou inalteravelmente fechada. Tomou-a um novo surto de lágrimas horríveis, saídas com força, com dores físicas agudas. Clara afastou o filho com ódio e quis morrer. O corpo dela desmanchou-se sobre a cama em soluços vitais, horríveis.

Agora, ali na mesa Clara forçava-se pra disfarçar o abatimento físico em que estava. Mas tinha corpo amolecido, as carnes flácidas se arredondavam em curvas moles, sem vigor. Fernando ao lado dela aparentava muita serenidade, no desejo profundo de dar serenidade à mulher. Dona Eulália, na cabeceira junto dele, essa sim, estava segura de si. Ocupara-se toda a tarde com Vivi, com Lígia, conversara muito com a filha e como que se esquecera da briga. De resto, pra ela, não existira propriamente briga. Dona Eulália, na sua concepção fatalizada e curta de família, não tinha sequer direito de pressupor uma qualquer separação mais insolúvel entre os seus. Tudo não passara de um bate-boca de tolice.

Aí, Vivi chegou. Era mesmo Vivi! Dominou todos a mesma impressão que os tomara no terraço antes da briga: era mesmo Vivi mas ela estava outra... Vivi chegou-se muito calma, corou de repente como lhe acontecia com facilidade e antes de sentar-se, como pegada em falta, sorriu baixando os olhos:

– Cheguei tarde! Papai, me desculpe!

E reclinou-se sobre o pai, lhe beijando os cabelos. Quinzinho deu um sorriso mal-arranjado mas mandou um olhar à filha cheio de gratidão. Vivi sentou-se com desenvoltura. Todos a olhavam e não sabiam falar. Clara ainda com um pouco de raiva, foi a única a observar o exagero vagamente ridículo de Vivi se apresentar vestida de seda. Mas a verdade é que Vivi soubera muito bem escolher o vestido. Era ainda um vestido muito simples, preto, de uma sedinha sem pretensão. Como sempre Vivi fazia das suas sem deixar a ninguém uma prova provada a censurar. Afinal das contas aquilo era um vestido barato, sem pretensão. Mas pela própria simplicidade colante mostrando as formas todas, e principalmente pela nobreza aristocrática da cor, que lhe ressaltava o colo e os braços, Vivi punha discretamente uma diferença entre ela e todos ali. Clara também estava decotada e com os braços quase nus, a perfeição do clima obrigava a isso, mas era diferente! Vivi soubera tornar sensível a todos que era diferente, todos percebiam sem poder se definir exatamente que Vivi levava um mais alto nível de vida que eles.

E na realidade era isso o que a moça viera fazer. Não há dúvida nenhuma que naqueles primeiros vinte dias de separação, Vivi se roera inquieta com o que estaria se passando na fazenda. E foi isso que lhe fez inventar o aproveitamento daquela coincidência de um feriado no sábado para "irem visitar mamãe". Celeu, também entrançado nas mesmas inquietações da mulher, cedera com facilidade apesar da despesa. Mas naquela sutileza finória em que envolvia a todos, imaginou logo que os outros perceberiam tudo e que a estadia dele na fazenda seria antipática, resolveu não ir. Aliás, sabia ter na mulher uma cúmplice de primeira ordem. Vivi saberia ver tudo bem direitinho. Mas Vivi, sem que nada lhe chegasse à consciência, se sentiria por demais desagradável e imperfeita, se ficasse no impulso primeiro de levar o marido policiar o que estava se passando na fazenda e o procedimento de Fernando. Quando Celeu lhe comunicou que ela iria sozinha, não protestou, percebeu tudo no instante e não protestou. Mas lhe desagradaria à altivez ser ela mesma a polícia. Celeu indo, ela iria apenas como quem ia na cola do marido. Sozinha, a destinação dos dois ficava sendo apenas dela, e Vivi não se prestava a semelhante papel. E num disfarce, que também este ela não permitia que lhe chegasse à consciência, pelo menos a essa parte da consciência em que tudo se define por palavras exatas e frases incontestáveis, Vivi passou aqueles dois dias que lhe sobravam para a sexta-feira da viagem cuidando de si. Era um sentimento de vingança. A tinham deixado só em São Paulo? – pois ela mostraria que sabia se governar, não precisava de ninguém. E tudo, todas as decisões que tomava eram duas decisões. Vivi se decidia pelas suas intenções recônditas, mas se dizia uma outra decisão mais aceitável à consciência. Levava uma mala só pra facilitar a viagem, porém o que queria era dar a impressão de desenvoltura e surpresa, tanta roupa numa só mala. E roupas novas.

Vivi estava outra, estava enfim Vivi. Em vinte dias de liberdade da mãe, ela se realizara em seu destino verdadeiro. Poucos minutos depois da partida dos pais, dera a primeira ordem. Não era mais Vivi conseguindo tudo por mil e um subterfúgios, era uma cabeça mandando, era uma forte, uma força completada, sem superstições nem preconceitos. A vida da casa e da família se reorganizou num fechar de olhos. Celeu não sentia mais apenas uma acólita fiel que o secundava nos seus desígnios. Era uma companheira o tratando de igual pra igual, mandando tanto nele como se deixando mandar quando razoável. Celeu teve um deslumbramento de felicidade e ficou sensualíssimo, era uma nova lua de mel. E na euforia curta em que estava, Celeu ainda não percebia que tinha apenas um companheiro a seu lado, um cúmplice, que o igualava na intenção secreta de subir muito, enriquecer muito, mas completamente livre, inteiramente desligada dele e sem compromissos de espécie alguma. Vivi o enganaria quando quisesse, não por acinte, por leviandade, mas porque estaria precisando disso. Tudo estava em acontecer ela não precisar disso para o corpo ou para os seus desígnios de casal. Vivi não largaria dele nunca, era tarde. Se pudesse, é provável que agora não se casaria mais com aquele Celeu, mas era tarde. Estavam casados, o destino os ligara pra sempre numa terra, numa sociedade em que ainda não era possível destruir um lar pra construir outro melhor, nem muito menos a mulher sozinha. A mulher de todos. O que para ela significava de si mesma. Pelos nossos costumes, qualquer atitude assim, Vivi pressentia muito bem que era se estragar e estragar o destino de Lígia, isso nunca. Tinha de viver com Celeu e pronto, não se discutia. E o companheiro não lhe desagradava, como companheiro. Era hábil, astuto, ajudava muito, com a mesma paixão. Tinha o mesmo amoralismo bem terrestre em que ela se sentira de repente, assim que livre da mãe. E era um macho bom, que lhe dava prazeres gostosos, que a fatigava bastante pra que as recordações lhe ficassem bem vivas no corpo, a afastando de pensamentos e vontades.

E a usura do casal se definira inicialmente naqueles gastos úteis. Vivi mandara fazer vestidos... "dirigidos". Cada vestido era pensado muito e guardava uma intenção. Até então Vivi quando muito ficava elegantizada, ao léu dos gostos das costureiras. Agora não, observava mais as outras mulheres, ia nos lugares onde podia examinar gente da alta, que sabia se vestir, comprara figurinos caros, passava as tardes nas casas de modas, derrubando prateleiras sem comprar nada. Depois ia nas fábricas de fazendas, ia comprar diretamente o que podia, chamara uma costureirinha em casa. E com o preço de um vestido apenas aceitável de antes, fazia agora três vestidos deliciosos, cada qual com seu destino definido.

Viera logo o problema da casa. Quinzinho, pra compensar, os deixara vivendo no casarão. Mas isso implicava gastos demasiados além de ser positivamente um desacerto. Lhes dava uma autoridade financeira que era preferível não ter. As proteções pretendidas, os auxílios alheios seriam difíceis de justificar com aquele palácio pela frente. Mas Vivi com Celeu não deixaram de aceitar o casarão. O importante era compensar com o casarão o presente que Fernando com Clara tinham recebido. Não pensavam, não queriam pensar, não se tratava de legalizar desde já coisa nenhuma, porém os dois estavam cientes, desde a partida dos pais, que o casarão era deles. Os gastos foram restringidos a um mínimo possível, até compravam carne de segunda! E era aquilo, almoço e janta: arroz, feijão, carne, legume. Arroz vinha da fazenda, feijão também, carne às vezes, frutas sempre. Por carta, Vivi exigira legumes também, vieram legumes semanalmente. E se, aproveitando o casarão, quando chegara aquele esplêndido quarto de capado, e uns legumes melhores junto, Vivi se lembrara de dar um jantar ao chefe e mais umas pessoas (Vivi conservara uma saudade física do olhar do chefe), Celeu argumentara logo que "a casa era muito grande pra eles". Vivi percebeu logo que o marido tinha razão: não convinha mostrar ao chefe aquele palácio "besta". E Vivi percebeu pela primeira vez que a casa dos pais era besta.

Cuidaram seriamente do problema porém a discussão foi difícil. É que Celeu já pensara muito no caso e Vivi pouco, tivera outras coisas em que pensar aqueles dias. Ora Celeu tinha umas intenções secretas que não lhe convinha dizer ele mesmo. Vivi é quem devia dizê-las e ele estava certo que a mulher chegaria às mesmas intenções e decisões. Foi um custo. Celeu dirigia o pensamento da mulher porém ela não chegava até onde ele queria. Bom, tinham resolvido construir uma casinha pra eles, dinheiro não faltava, Celeu já tinha perto de duzentos contos guardados, escondidos, bem aplicadinhos e ninguém sabia, só Vivi. Construíam a casa, uma casa simples mas confortável, mas muito simples, naquele terreno do Anastácio, bonito, comprado de ocasião, uma pechincha. Celeu batera os vinte contos no soflagrante, o terreno valia quarenta. Com o revestimento da casa não tinham que gastar, tiravam do casarão. E aquilo lhes deu a sensação confortável de que o retirado ficava sendo pra sempre deles, móveis, enfeites, louças, linhos, talheres. O talher de prata de mamãe. Celeu não respondeu, não queria ser cúmplice nessas "coisas de mulher". Foi um custo, mas afinal Vivi descobriu: e assim disfarçavam as despesas de construir com os aluguéis rendidos pelo casarão. Foi um deslumbramento na cabeça de Vivi. Discutia acalorada consigo mesmo, Celeu quieto, sem falar, gostando. Pois o pai não dera a casa para os livrar das despesas de aluguel e tanta coisa! Nada mais justo! Alugavam a casa, quanto daria? não se aluga por menos de um conto e duzentos, e eles se compensariam das "dívidas" que iriam fazer com a construção da "casinha" do Anastácio. Era sempre aquilo: decisões superpostas, uma intenção secreta que nem eles se diziam a si próprios e outra intenção dizível aos demais. A dívida era verdadeira! Celeu tinha os dinheiros muito bem aplicados pra retirá-los com a despesa. Imaginou logo um empréstimo com o chefe, com a casa em que trabalhava. As condições seriam certamente ótimas, secretamente ele sabia disso, e a mulher. Tinham que convidar o chefe pra um jantar, em casa não, em qualquer parte, num restaurante... Não podiam deixar de pagar o banquete que o "ianque" (falaram "ianque" com raiva, se vingando), que o ianque lhes oferecera...

E Vivi agora estava ali no jantar da família, se vingando.[15] Sentou-se com desenvoltura, sorridente. Com ela não tinha se passado nada. A briga da chegada não só era coisa sem a menor importância: na verdade era como se não existisse. Mas, com a segurança que tinha agora, ela percebeu no instante que ninguém ali estava no ritmo da sua liberdade, pairava no ambiente uma lembrança muito insolúvel ainda. Arranjando o guardanapo no

15. Nota MA: "(12-2-42)".

colo, Vivi sobresteve em gestos e olhou francamente Clara. Abriu uns grandes olhos leais, mirando entre carinhosa e caridosa a irmã. Por mais que desejasse não lhe foi possível esconder a mostra de piedade, isso a tornava superior, e ela precisava disso. Falou com simplicidade mas com calor:

– Clara, desculpe o meu estabanamento, eu estava muito sem cabeça por causa de Lígia.

Baixou os olhos e continuou arranjando o guardanapo como se nada houvesse. Todos estavam muito comovidos. Clara murmurara instantaneamente um "ora Vivi..." com os olhos cheios de lágrimas. Dona Eulália também estava pronta pra chorar, e tanto ela como Quinzinho olharam numa carícia longa pra Vivi, agradecendo. Fernando sentira instintos de se afundar pela terra com a frase inesperada. Na verdade, ele e Clara estavam fazendo Vivi pior do que ela era. A palavra de Vivi descobrira para todos, tão predispostos ao amor, o qualificativo acertado. Vivi era uma estabanada apenas. Dona Eulália servia a sopa e, com mais três minutos de frases soltas no ar, a conversa pegou numa normalidade cordial.

Foi uma delícia a vida da família esses dois dias. Aquela aflição muda em que Vivi passara os vinte dias de isolamento em São Paulo desejosa de ver o que estava acontecendo na fazenda desaparecera por completo. É que se ela não pudera nem Celeu dominar a curiosidade maldosa, tanto ela como o marido sabiam garantidamente da honestidade dos pais e de Fernando para que houvesse um qualquer conluio pra os prejudicar. Mas a aflição fora insopitável, precisavam ver. Mas agora ali na fazenda Vivi não se lembra mais de ver coisa nenhuma, e examinar coisa nenhuma. Não deu um passo, não fez pergunta de que se pudesse nem de longe suspeitar que ela estava pedindo contas dos atos de ninguém. Pelo contrário, só pensou em divertimentos e passeios, mais amiga de Clara do que nunca. Não se largaram o tempo todo e as manhãs a cavalo as duas moças e Fernando, o rádio sempre aberto na casa-grande, as noitadas no terraço iluminado encheram de risadas e de alegria a fazenda. Vivi soube com modéstia repetir vestidos, mas a sua nova roupa de montar, o *maillot* com que foram tomar banho na fazenda vizinha de dona Ermínia, as luvas próprias de cada instante a deixavam numa superioridade extraordinária sobre os demais. E no meio de conversas honestas que satisfaziam tanto à dona Eulália, Vivi sabia impor uma presença de grandeza e um malestar pequenino em todos, tão sutil que ninguém teria direito sequer de se confessar a si mesmo que Vivi os estava maltratando. Não era possível protestar nem reagir. E Vivi tomara-se de amores por Fernandinho. O menino estava encantado com a tia. Não largava a tia. E Vivi ajudava Clara, fez bolos com dona Eulália, arranjava melhor um traste, ainda sabendo pôr no ambiente uma noção delicada de que ela estava fazendo falta ali. E também soube no meio das suas brincadeiras familiares contar sua vida de São Paulo, a falta que lhe faziam os seus, a vontade em que Celeu estava de construir pra eles uma casinha num terreninho que eles possuíam muito afastado da cidade lá no Anastácio. O casarão da Alameda Santos era grande demais pra eles e tinham que viver vida modesta. Mas que não estava nada acertado, as despesas tinham de ser muitas, iam se endividar e ela bem sabia que papai não podia ajudá-los agora. Mas que ele não se incomodasse, não fazia mal, o chefe de Celeu já prometera um empréstimo em ótimas condições. Enfim, nada estava resolvido, o que papai achava? o que Fernando achava? Aí Vivi ficou gloriosa. O ter-se se socorrido da opinião de Fernando foi a melhor vingança que ela inventou. Conseguira pôr um sentimento de tal intimidade e tal confiança na família que todos se sentiam culpados pra com Vivi. Mas duas horas depois ela achava jeito de voltar às suas conversas sobre o ianque e contar grandezas novas. E quando Vivi partiu na segunda-feira de manhã, entre abraços e carícias e saudades, dona Eulália fazia ela prometer mais uma vez vir passar os três meses na fazenda aproveitando os vinte dias de férias de Celeu. Pois é: ele ainda conseguiria mais uns dez e viria de vez em quando pelos noturnos de sexta-feira visitar a mulher. Vivi prometeu, jurou e tudo ficou assentado. Mas quando o trem partiu e não se viu mais lá na curva a cabecinha de Vivi dizendo adeus, um silêncio estranho veio pousar na família ali de pé na plataforma, o que era aquilo?

Era uma saudade quase dolorida de um passado de paz que não voltaria mais, era uma tristeza, uma saudade funda e era ao mesmo tempo um alívio profundo, caíram pesados sobre todos. Mas tinham a sensação de terem tirado um peso de cima de si...

A vida da Santa Eulália se regularizava aos poucos. Quinzinho voltara a ser feliz e o ambiente só se ensombrava um pouco quando o jornal à noitinha trazia enormes brados de alarme sobre a situação do Estado. Mas Quinzinho agora apenas se alarmava como um eco. Na verdade não tinha medo nenhum. E nem era porque não devia nada a ninguém, porque inda conseguira vender bem os seus cafés e ficaria com sobras mesmo se tivesse que custear a fazenda por dois anos sem ganhar nada. A segurança de Quinzinho derivava de um sentimento menos legítimo, quase irracional mas profundo. Lhe vinha da terra, era por estar na sua fazenda dele que o fazendeiro se sentia protegido e incapaz de perder. No entanto ainda não voltara à normalidade da economia antiga. Os anos de despesa em São Paulo não é que o tivessem viciado no gasto sem razão, mas o tinham descontrolado muito. Dona Eulália pudera com uma força de readaptação admirável voltar à vida antiga. Os seus vestidos ricos de São Paulo tinham desaparecido para nunca mais no cheiro das naftalinas. Clara também. Nem precisão de cinema tinha agora e só acompanhava o marido nas noites de algum filme importante em Araraquara por um instinto de sensualidade. A fazenda realmente a recompusera em sua passividade nada sensual e aquelas viagens no forde noturno e os filmes de amor davam a Fernando uma melhor aproximação da mulher. Fernando ressentiu-se dessa ausência sexual de Clara sem poder justificar, urbano como era, aquele afastamento dela. Clara, achando bobagem as censuras e as queixas que o marido formulava, não pôde compreender o que elas lhe diziam. Nunca ela fora tanto de Fernando como agora, apenas retornara a uma feminilidade mais episódica, por assim dizer, mais rural. Agora ela realizava com identidade perfeitíssima o tipo da fêmea com seus cios. O resto era espiritualidade, era amor verdadeiro, era dedicação completa ao esposo, melhor, à família. E ela realizava o seu amor por Fernando menos na frequência dos gestos sexuais do que no levantar às seis horas porque Fernando se levantava às seis horas, no cuidar dos filhos porque eram filhos de Fernando, no tratar sempre muito dos seus próprios cabelos porque Fernando gostava dos cabelos dela. Mas se jamais rejeitara o marido nem fizera nunca o menor gesto de impaciência, Clara agora, a não ser nos seus cios de fêmea normalíssima ou nos dias em que a surpreendia uma excitação exterior, apenas se limitava a ceder.

A primeira dessas excitações externas fora aquela visita de tia Hermínia. Fernando, isso não pôde compreender, mas com a chegada da tia, Clara sentira uma presença vigorosa de Carlos junto dela. E desta vez a lembrança afastada sempre desde que ela se casara voltou com uma veemência desarvorada. O despeito por aquele pretendente que falhara perseverava inalterável na família. Dona Hermínia se abrira à irmã e quando partiu, dona Eulália impulsivamente sem que soubesse que a levava àquilo um prazer de justificação contou a Clara, a todos, mas se dirigindo especialmente a Clara, o que soubera pela irmã. A fazenda maravilhosa estava aos pandarecos. Deviam muito, mas Carlos argumentava sempre com a mãe que se vendessem a fazenda pagariam todas aquelas dívidas e ainda restava dinheiro pra viverem descansados.

Nisso o choque de mãe com filho era insolúvel. Dona Hermínia não queria nem pressupor a perda daquela fazenda que o marido abrira. Não era uma herança, era um tesouro sagrado. Mas Carlos, educado na Europa, morando sempre em São Paulo, não tinha o menor apego ao que o pai criara. Era um ser de formação perfeitamente urbana que só compreendia da vida rural o prazer dos divertimentos e das caças. Agora até dera para criar faisões "para tiro ao alvo", contara dona Hermínia horrorizada. E fizera mais, de sociedade com um amigo comprara um pesqueiro à beira-rio do Moji, no município de São Carlos. Estava gastando um dinheirão lá, construindo uma casinha tosca de madeira, mas muito confortável, toda telada. E tinha vacas de preço, sustentava dois camaradas lá. Pelo gosto de Carlos há muito que já teriam vendido a fazenda e aplicado o dinheiro em indústrias. Carlos só queria saber de fábricas. Sim, mas meu filho é bom, se regenerou por completo. É certo que a vida dele não é muito regular, coitado, mas a culpa não é só dele. Se essa moça fosse boa, como dizem, ela já teria feito Carlos regularizar a sua situação. Aí dona Eulália quis falar duro com a irmã, até defender Maria que ela nem sabia como era. Fora apenas um desejo de maltratar Carlos, e mais do que isso, talvez um instinto de defesa de classe, porque a deserção de Maria, ter abandonado a família de nome para viver amigada com Carlos como se fosse uma mulher à toa, isso conseguia deixar dona Eulália assanhada. E como não era mãe e ainda por cima guardava aquele despeito, inconfessável agora, de Carlos não ter se casado com Clara, ela botava a culpa de tudo em Carlos, Carlos era o culpado. Mas... era aquele despesão em São Paulo, acrescentara dona Hermínia. "Era aquela orgia", pensara dona Eulália.

As visitas entre dona Hermínia e a irmã eram agora mais regulares do que no passado. As cartas de Vivi chegavam sempre mas com alguma irregularidade, porque vinham sempre com porte simples. Às vezes chegavam com cinco dias de atraso. Dona Eulália chegou a reclamar mas isso apenas deu azo a que Vivi desfiasse uma lenga-lenga de queixas e mais queixas. Tinham mesmo decidido construir a casinha do Anastácio, não aguentavam mais as despesas do casarão, o melhor era alugar. Clara, a não ser aquela vez levada por Vivi, não voltara mais a tomar banhos na piscina da Jangada Brava. Fernando bem que a convidara mas ela recusara uma vez pretextando dor de cabeça e depois confessando lealmente que não achava graça naquilo. E a vida seguia monótona e agradável no seu ramerrão. Qualquer ocupação tomava o dia, qualquer imprevisto. Não havia espaço para lutar pela infelicidade.

E naquele dia, depois de uma semana viva de preparativos e projetos, Vivi chegara enfim mais Celeu, Lígia e a pajem com o desígnio de passar três meses na fazenda. Quinzinho estava afobadíssimo e feliz. Era tudo de uma vez. Vivi chegara, dona Hermínia telefonou avisando que no dia seguinte viria com Carlos jantar na Santa Eulália, Quinzinho não tinha mãos a medir e ainda por cima aquele bobo do seu João, simpático mas um pouco enxerido, viera lhe apresentar o camarada novo. Estavam precisando mesmo de mais um camarada, mas nordestino... Em todo o caso era criatura de seu João e Quinzinho já sabia que seu João com a família eram dos melhores colonos que jamais tivera. Único defeito de seu João era mesmo ser um pouco enxerido, falava por demais, tomava cada liberdade que só vendo. E Quinzinho olhara o tamanhão de Chico Antônio, esquisito pra nordestino, e dissera aquela frase desabrida:

– Dá bom camarada se não for cachaceiro.

Depois se arrependera, porque seu João era bom e o moço tinha simpatia no corpo. Teve pouco tempo para se arrepender, pensava noutras coisas, Vivi, Lígia, Carlos, Celeu, "mana" Hermínia, o jantar, Carlos, tinham mandado matar o boiato lindo caracu, aquilo que era carne boa, será que o boizinho dava carne boa, quantas arroubas ia render?... E Quinzinho fora ver a matança e voltava ver Vivi, sempre acompanhado de Celeu, bem silencioso como sempre. Quinzinho pensava alto e lhe voltava aquela antipatia cheia de irritação por Celeu, que era homem calado pensando muito por trás. A tardinha caía mansa, varada pelos assovios dos viras. Foi quando um berro longo e lamentoso de boi encheu de angústia o espaço.

Não durou muito outro berro mais eficaz agora pela atenção já despertada subiu triste lamentosíssimo botando um pressentimento em tudo. O ar escureceu mais e se tornou quase sensível a queda triste da noite. Lá do mangueirão das vacas veio a resposta tumultuária, um mugido coral, entrecortado, angustioso, de um desespero comprido, lerdo, pesadíssimo.

POSFÁCIO

Tatiana Longo Figueiredo

O trajeto da criação do romance Café estende-se dos anos 1920 até a morte de Mário de Andrade, em 1945, quando, depois de vários períodos de interrupção, a obra fica inacabada. O manuscrito compõe-se de planos, esquema, esboços, três versões do primeiro capítulo e uma versão do segundo, com muitas etapas de redação, além de numerosas notas de trabalho, entre as quais, diversas planejam a continuação do livro em mais três capítulos, e semeiam possibilidades para o desfecho. Apesar de apenas dois dos cinco capítulos planejados terem chegado a versões de texto, o título está nas listas de obras em preparo nas edições lançadas pelo autor a partir de 1930, mesmo ano, aliás, em que o público conhece dois excertos nas revistas cariocas *Illustração Brasileira e Movimento Brasileiro.* No início da década de 1940, uma parcela de *Café*, explorando uma revolução, transforma-se no mote da ópera homônima. Nessa mesma época, o escritor articula dois contos tomando personagens secundários da primeira parte do romance *Café*. No primeiro, torna-se protagonista o casal de sírios e, no segundo, o "aleijado malevo que vivia na escadaria do Correio" fundido ao "marujo que se tatuava". No entanto, esses contos ficaram em notas de planejamento. Em 1943, trechos do romance entrelaçados com elementos do diário d'*O Turista Aprendiz* transformam-se na série VIDA DO CANTADOR, na *Folha da Manhã* de São Paulo. Classificado pelo autor como "lição", o texto se aproxima das vidas de santo, firmando Chico Antônio como uma vida excepcional. O enredo de VIDA DO CANTADOR culmina com o sacrifício deste, atingido pelo touro feroz, quando termina o aboio que entoa para consolar o rebanho desesperado com a morte de um boizinho. Mário de Andrade recorre ao esboço "Chico Antônio e os bois", presente no manuscrito de *Café*; reescreve-o e cria o desfecho ficcional que estampa na série:

> Foi que um berro longo e lamentoso de boi encheu de angústia o espaço. Não durou muito outro mugido, mais longo, triste, dolorosíssimo ecoou pela fazenda, botando um pressentimento em tudo. O ar escureceu mais e se tornou quase sensível à queda mortuária da tarde. É que tinham matado um boiato nesse dia, pro fazendeiro ter carne, e achando a porteira do curral pequeno aberta, os dezesseis bois de carro lá se tinham reunido em torno da poça de sangue, chorando a morte do irmão. Se escutava o patrão já berrando no terraço da casa-grande, gente acorria afobada, mas era tarde demais. Lá do mangueirão das vacas, veio a resposta tumultuária, um rugido coral entrecortado, de um desespero comprido, lerdo, pesadíssimo. E da outra banda, um trom surdo, rouco, desgraçadíssimo, trom de morte, era o touro zebu na sua cocheira rica, gemendo numa desgraça tão cava, que o coração da gente diminuía de terror. Os bois estavam chorando a morte do irmão.
>
> Todos os homens, menos pra ajudar que pra se livrar daquele lamento insuportável, se dirigiam para o lado das mangueiras. Chico Antônio, nem bem o primeiro canto fúnebre se alastrara do espaço, soerguera o busto abatido. Hesitou pouco. Foi se dirigindo para o sofrimento dos bois. Já tinha muita gente lá, gritavam, se mexiam, açulavam mais os bois porque ninguém tinha coragem de entrar no curral pequeno e arrancar os animais de lá. Na sua cocheira, o touro roncava cada vez mais cavo, dando grandes marradas nas tábuas da sua porta. Iria quebrar os chifres, talvez morrer num arranco porque a porta era pra boi de luxo, resistia bem.
>
> Foi quando se escutou um grito que subia, um grito sobre-humano, agudíssimo, claro, tão nítido que feria, tão forte que dominou a voz lamentosa dos bois. Chico Antônio trepado no mourão mais alto da porteira grande, aboiava. Tapava com as mãos os ouvidos para que os tímpanos não arre-

bentassem na vibração dos sons sobreagudos. E a voz vibrante, em notas musicalíssimas, subiu, se ergueu num arpejo de sétima, firmou-se no som, tremeu, mas baseando-se na apoiadura rápida firmou-se outra vez, se prolongou na vogal fechada, aguda de som, grave no tom, se prolongando até sobrepairar fulminante acima do choro dos bois. E então desceu num glissando lento, vindo terminar no mais grave, num som falado, macio, quase um segredo, ôh, boi!... Houve um primeiro pasmo na boiada, um silêncio repentino escureceu. Mas logo, em pranto mais desordenado ainda, os bois de carro, a vacaria, os bezerros idiotizados de terror e o touro rico, abriram em tal berreiro assanhado que parecia que o cântico de Chico Antônio os incitara mais a chorar. Mas o cantador recomeçava a sua encantação. A voz dele se ergueu outra vez, e sempre nos sons mais altos, oscilava em apoiaduras, se firmava em sons longos, bailava em pequenas fórmulas melódicas, livres de ritmo certo, largas, lentas, depois descia da sua solaridade claríssima, se abaritonava em glissandos descendentes e vinha morrer de novo em graves falados, ôôôôh, boi!... Não durou muito e os bramidos dos bois se espaçavam. As oitenta vacas do mangueirão, mais prontas para o consolo, já escutavam o cântico imenso do homem, todas voltadas para ele. E o cântico se ergueu mais lento, mais longo ainda, e os próprios bois de carro hipnotizados aos poucos deixaram de escarvar terra, vieram saindo do curral pequeno, se ajuntar junto ao mourão do cantador. E o cântico baixava e recobrava alento e vinha enfim morrer mais uma vez no consolo de uma palavra em segredo, ôh, meu boi!...

O sol baixava rápido num céu de sangue altíssimo. Mas os estalos das marradas na cocheira, os bufos do monstro zebu que não sabe mugir, indicavam sempre que para o touro não havia consolo possível. E o cântico se ergueu mais uma vez. Agora Chico Antônio cantou longamente, enchendo a tarde. A voz menos imperativa, mais cariciosa, se fixara enfim na melodia. Oh, meu Boi! Chico Antônio encontrava de novo seres que o escutassem e lhes confiava que ia deixar essa terra, que em seguida ia partir, depois do caso passado, sai o homem sem sentir, ôh, meu boi!... Vou-me embora, vou-me embora, ô-lê-ô-dá! tão cedo eu aqui não venho, vou buscar três carapinas pra levantar meu engenho, ôh, meu boi!... Vou-me embora, vou-me embora, ô-lê-ô-dá! tão cedo eu aqui não venho, vou buscar três carapinas pra levantar meu engenho, ôh, meu boi!... Vou-me embora, vou-me embora, ô-lê-ô-dá! como se foi a baleia, tenho pena é de deixar amigos por terra alheia! ôh, meu boi!...

Parou. E todos lhe respeitavam o silêncio longo, os campeiros, os bois, os colonos, até o patrão assombrado que viera até ali. O cantador olhava os bois. Depois desceu simples do mourão, se dirigiu a eles, parou junto deles. Os bois o encaravam cheios da mansidão. Vá!... murmurou sério, só pros bois. E eles partiram, buscando a outra porteira que dava para o campo. Chico Antônio seguiu com eles, mas percebendo que a porteira estava fechada, ordenou irritado:

– Abram essas porteiras!

Mas antes mesmo que abrissem a porteira do campo, um rapazola sem prática abrira, na obediência, a porta da cocheira rica. Se escutou só um ronco feio e o monstro num galope seco. Chico Antônio ainda se virou, mas foi pra receber em cheio na barriga as guampas do zebu.

Quando conseguiram matar a fera o cantador já estava morto fazia tempo. Jazia contorcido, uma perna dobrada por baixo da outra, olhos esbugalhados, as mãos engruvinhadas no ventre, como querendo prender as tripas, sangrentas. Na boca também, entreaberta, uma baba sangrenta.

DOSSIÊ

Seleta de imagens das fases da criação do romance *Café*

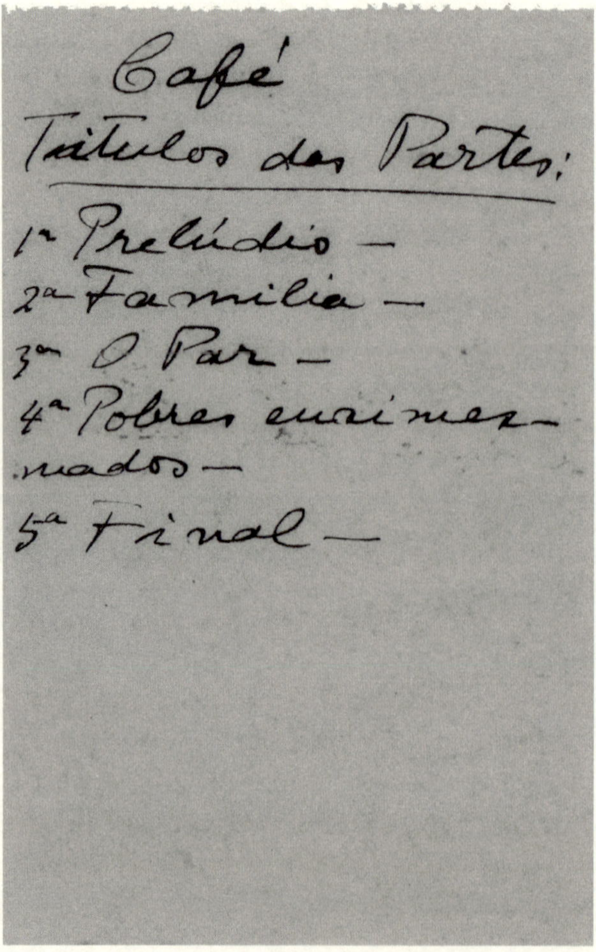

Café

Títulos das Partes:

1ª Prelúdio —
2ª Família —
3ª O Par —
4ª Pobres encaimer-
nados —
5ª Final —

Primeiro plano do romance *Café*.

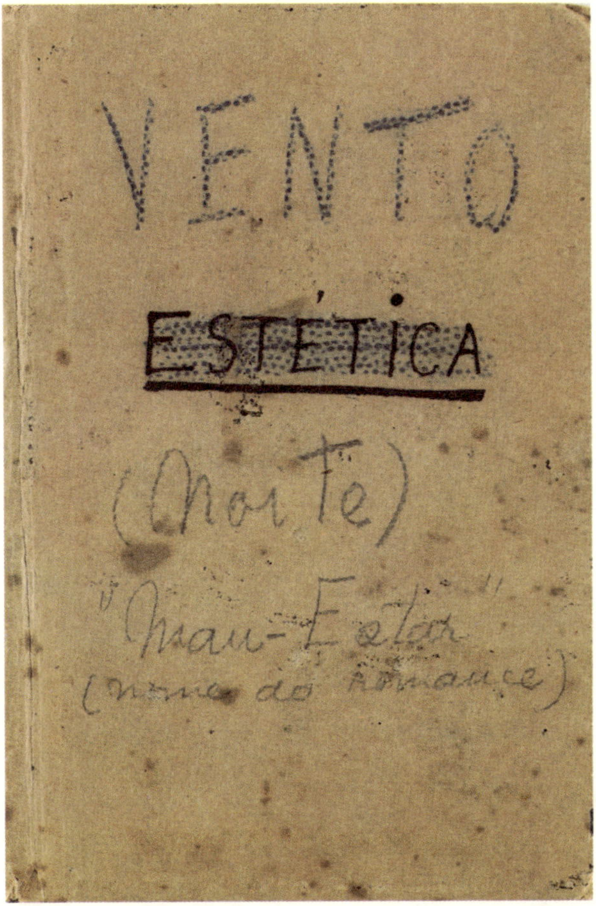

Caderneta com esboços, planos e notas de trabalho do romance *Vento*, integrado ao romance *Café*.

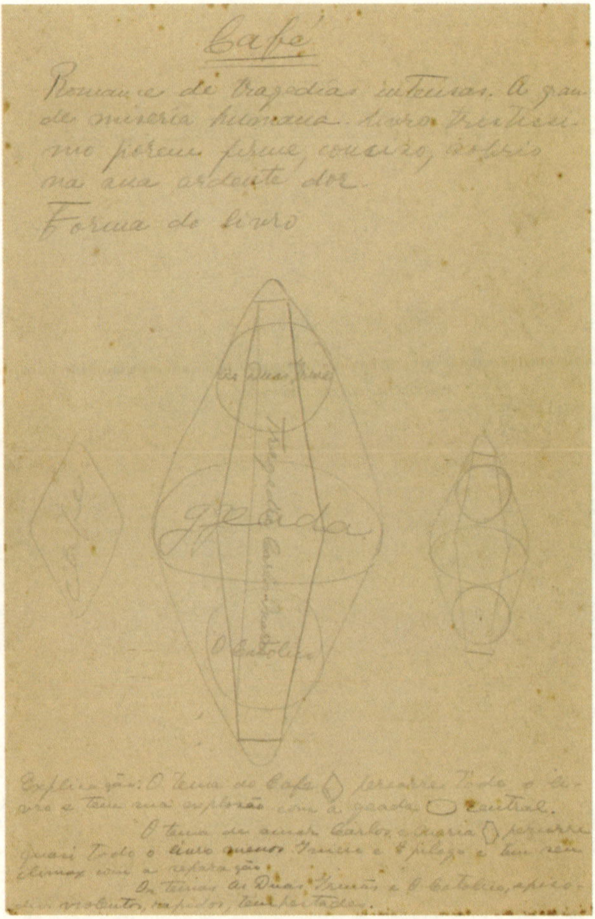
Café

Romance de tragédias intensas. A grande miséria humana. Livro tristíssimo porém firme, conciso, sóbrio na sua ardente dor.

Forma do livro

Explicação: O tema do Café ◇ percorre todo o livro e tem sua explosão com a geada ○ central.

O tema do amor Carlos e Maria ◇ percorre quasi todo o livro menos Início e Epílogo e tem seu climax com a separação.

Os temas As Duas Irmãs e O Católico, episódios violentos, rápidos, bem destacados.

Do romance *Vento* ao romance *Café*: esquema da intersecção de temas e núcleos ficcionais.

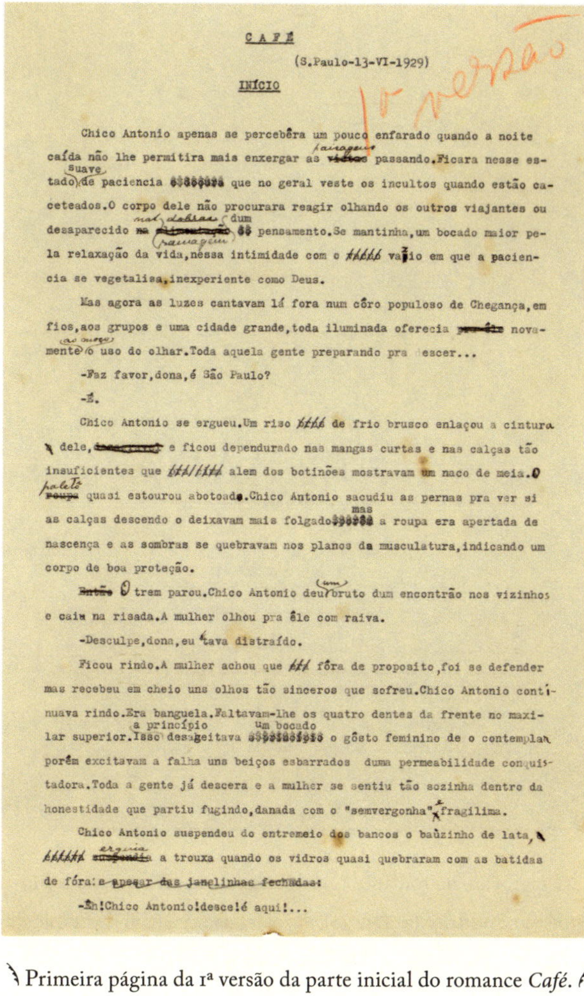

CAFÉ

(S.Paulo-13-VI-1929)

INÍCIO

Chico Antonio apenas se percebêra um pouco enfarado quando a noite caída não lhe permitira mais enxergar as paisagens passando.Ficara nesse estado suave de paciencia que no geral veste os incultos quando estão caceteados.O corpo dele não procurara reagir olhando os outros viajantes ou desaparecido mal-dadas dum pensamento.Se mantinha,um bocado maior pela relaxação da vida,nessa intimidade com o vazio em que a paciencia se vegetalisa,inexperiente como Deus.

Mas agora as luzes cantavam lá fora num côro populoso de Chegança,em fios,aos grupos e uma cidade grande,toda iluminada oferecia novamente ao moço o uso do olhar.Toda aquela gente preparando pra escer...

-Faz favor,dona,é São Paulo?

-É.

Chico Antonio se ergueu.Um riso de frio brusco enlaçou a cintura dele, e ficou dependurado nas mangas curtas e nas calças tão insuficientes que alem dos botinões mostravam naco de meia.O paletó quasi estourou abotoado.Chico Antonio sacudiu as pernas pra ver si as calças descendo o deixavam mais folgado mas a roupa era apertada de nascença e as sombras se quebravam nos planos da musculatura,indicando um corpo de boa proteção.

O trem parou.Chico Antonio deu um bruto dum encontrão nos vizinhos e caiu na risada.A mulher olhou pra êle com raiva.

-Desculpe,dona,eu tava distraído.

Ficou rindo.A mulher achou que fôra de proposito,foi se defender mas recebeu em cheio uns olhos tão sinceros que sofreu.Chico Antonio continuava rindo.Era banguela.Faltavam-lhe os quatro dentes da frente no maxilar superior.Isso a princípio desageitava um bocado o gôsto feminino de o contemplar, porêm excitavam a falha uns beiços esbarrados duma permeabilidade conquistadora.Toda a gente já descera e a mulher se sentiu tão sozinha dentro da honestidade que partiu fugindo,danada com o "semvergonha" fragilimo.

Chico Antonio suspendeu do entremeio dos bancos o baùzinho de lata, e a trouxa quando os vidros quasi quebraram com as batidas de fóra: ~~e apesar das janelinhas fechadas~~:

-Êh!Chico Antonio!desce!é aqui!...

Primeira página da 1ª versão da parte inicial do romance *Café*.

251

DOSSIÊ

10 MOVIMENTO BRASILEIRO

A NEGRADA

(DO ROMANCE «CAFÉ»)

MARIO DE ANDRADE

As sociedades de negros sempre deram entre nós o exemplo do disperdicio moral e do chinfrim. Uma das mais curiosas foi a mantida muitos meses numa rua escusa da Barra-Funda. Fazia de presidente perpétuo um mulato da maior mulataria, baiano emigrado, com mais carnes e gordura que os quarenta anos da mulher argentina. Os «cavalheiros» que o ajudavam eram uma súcia de espertalhões criminosos. A sociedade parecia um baile mas se mantinha á custa de roubo. Ao contrário de todas as congeneres, as damas é que pagavam, tendo por compensação o direito de escolher cavalheiro prás danças e pra depois das danças. Não havia mensalidade estipulada nem aceitavam sócia que não fosse criada. Nos dias de baile, elas entravam, e iam sentando. Procedia-se então á coleta. O presidente, acompanhado pelo segundo secretário e segundo tezoureiro (os primeiros apenas escrituravam duma maneira policiavel os movimentos sociais), na frente duma mesinha coberta com um pano-de-chá muito fino, tocava num gongo de prata. A zoada parava e o orador oficial saudava o belo-sexo. Depois é que principiava o que êles chamavam a «dispensa» pra dançar. As damas vinham, uma por uma, e deixavam sobre as rendas da toalha, aneis, estatuetas, colheres de prata, gravatas, combinações, guardachuvas, broches, tudo. O dispenseiro vinha, arrebanhava os objectos, pra em

Fragmento do romance *Café* divulgado na revista carioca *Movimento Brasileiro* (a. 2, nº 16), em abril de 1930, com ilustração de Di Cavalcanti.

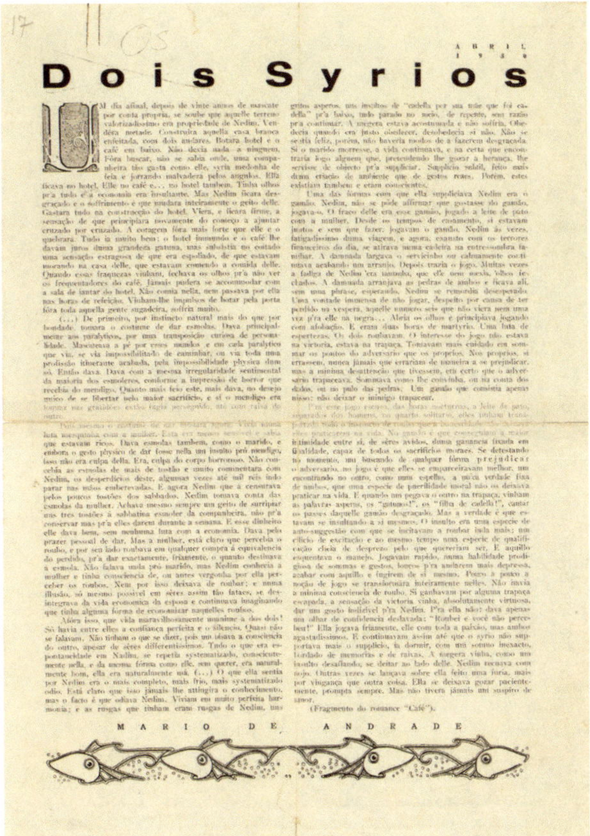

ABRIL 1930

Dois Syrios

(Fragmento do romance "Café").

MARIO DE ANDRADE

Excerto do romance na revista carioca *Illustração Brasileira* (a. II, nº 116), em abril de 1930, incorporado ao manuscrito de *Café*.

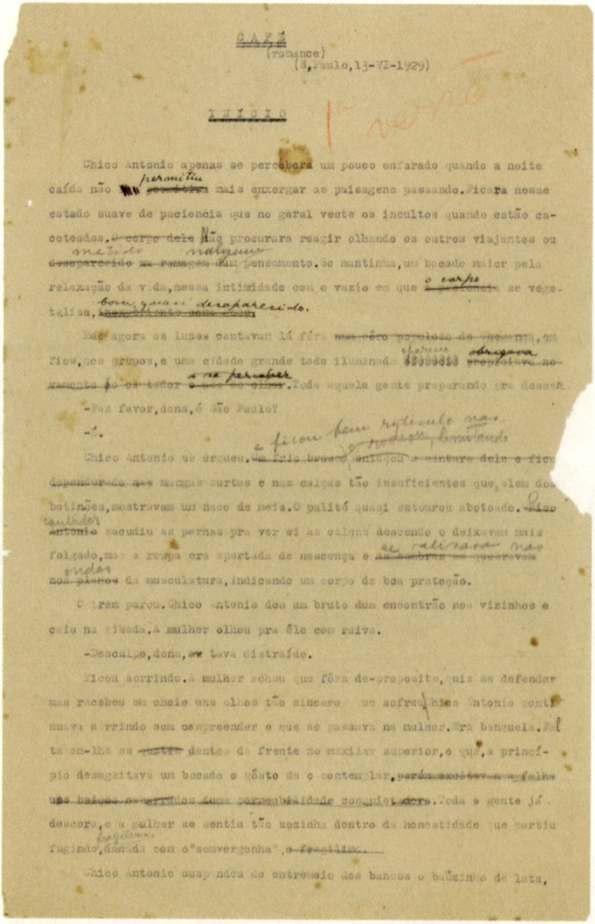

CAFÉ
(romance)
(S. Paulo, 13-VI-1929)

INICIO

Chico Antonio apenas se percebera um pouco enfarado quando a noite caída não permitiu mais enxergar as paisagens passando. Ficara nesse estado suave de paciencia que no geral veste os incultos quando estão caceteados. Não procurara reagir olhando os outros viajantes ou metido nalgum pensamento. Se mantinha, um bocado maior pela relaxação da vida, nessa intimidade com o vazio em que o corpo se vegetaliza, bom, quasi desaparecido.

Mas agora as luzes cantavam lá fóra [illegible] fios, nos grupos, e uma cidade grande toda iluminada [illegible] obrigava [illegible] a se perceber. Toda aquela gente preparando pra desceh.

-Faz favor, dona, é São Paulo?

-É.

Chico Antonio se ergueu [illegible] mangas curtas e nas calças tão insuficientes que, alem dos botinões, mostravam um naco de meia. O palitó quasi estourou abotoado. [illegible] sacudiu as pernas pra ver si as calças descendo o deixavam mais folgado, mas a roupa era apertada de nascença e [illegible] da musculatura, indicando um corpo de boa proteção.

O trem parou. Chico Antonio deu um bruto dum encontrão nos vizinhos e caiu na risada. A mulher olhou pra êle com raiva.

-Desculpe, dona, tava distraído.

Ficou sorrindo. A mulher achou que fôra de-proposito, quis se defender mas recebeu em cheio uns olhos tão sinceros que asfreu[illegible] Antonio continuava sorrindo sem compreender o que se passava na mulher. Era banguela. Faltavam-lhe os dentes da frente no maxilar superior, o que, a princípio desageitava um bocado o gôsto de o contemplar [illegible]. Toda a gente já descera, e a mulher se sentiu tão sozinha dentro da honestidade que partiu fugindo, danada com o "semvergonha" [illegible].

Chico Antonio suspendeu do entremeio dos bancos o baùzinho de lata,

Primeira página da 2ª versão parcial do início do romance *Café*.

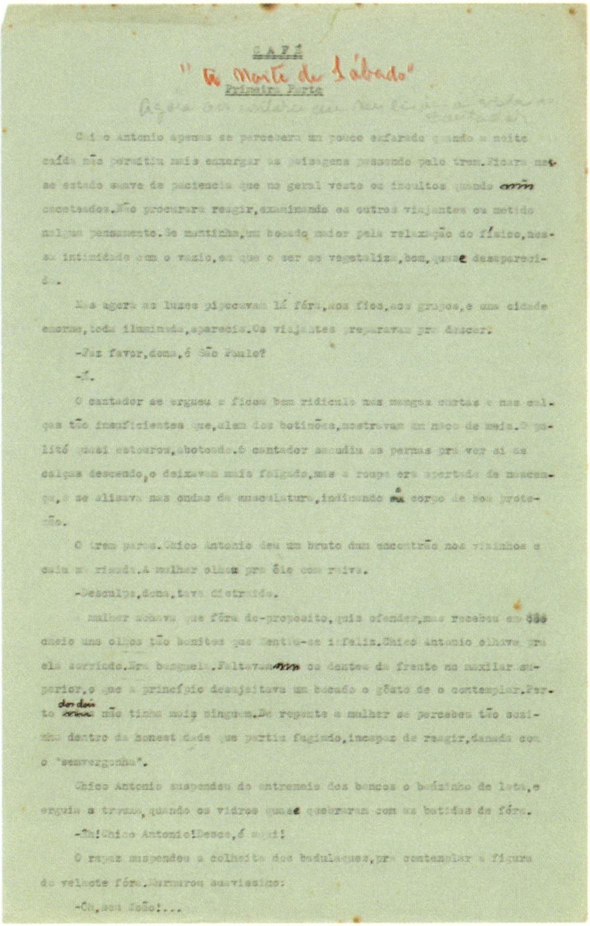

CAFÉ

"A noite de sábado"

Primeira Parte

Chico Antonio apenas se percebera um pouco enfarado quando a noite caída não permitiu mais enxergar as paisagens passando pelo trem. Ficara nesse estado suave de paciencia que no geral veste os incultos quando cacetiados. Não procurara reagir, examinando os outros viajantes ou metido nalgum pensamento. Se mantinha, um bocado maior pela relaxação do físico, nessa intimidade com o vazio, em que o ser se vegetaliza, bom, quase desaparecido.

Mas agora as luzes pipocavam lá fóra, aos fios, aos grupos, e uma cidade enorme, toda iluminada, aparecia. Os viajantes preparavam pra descer.

-Faz favor, dona, é São Paulo?

-É.

O cantador se ergueu e ficou bem ridiculo nas mangas curtas e nas calças tão insuficientes que, alem dos botinões, mostravam um naco de meia. O paletó quasi estourou, abotoado. O cantador sacudiu as pernas pra ver si as calças descendo, o deixavam mais folgado, mas a roupa era apertada de nascença, e se alisava nas ondas da musculatura, indicando o corpo de bom proteção.

O trem parou. Chico Antonio deu um bruto dum encontrão nos vizinhos e caiu na risada. A mulher olhou pra êle com raiva.

-Desculpa, dona, tava distraido.

A mulher achava que fôra de-proposito, quis ofender, mas recebeu em cheio uns olhos tão bonitos que sentiu-se infeliz. Chico Antonio olhava pra ela sorrindo. Era banguela. Faltavam os dentes da frente no maxilar superior, o que a princípio desajeitava um bocado o gôsto de o contemplar. Perto dos dois não tinha mais ninguem. De repente a mulher se percebeu tão sozinha dentro da honestidade que partiu fugindo, incapaz de reagir, danada com o "semvergonha".

Chico Antonio suspendeu do entremeio dos bancos o baúzinho de lata, e ergueu a trouxa, quando os vidros quase quebraram com as batidas de fóra.

-Eh! Chico Antonio! Desce, é aqui!

O rapaz suspendeu a colheita dos badulaques, pra contemplar a figura do velhote fóra. Murmurou suavissimo:

-Oh, seu João!...

Primeira página da 3ª versão da parte inicial do romance *Café*, com acréscimo do título "A noite de sábado" conforme o novo plano do romance.

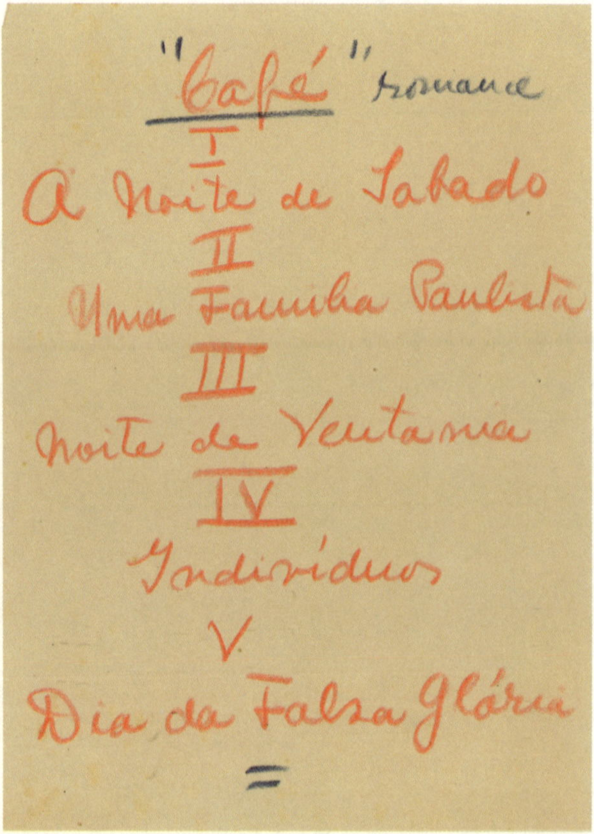

"Café" romance

I

A Noite de Sabado

II

Uma Familia Paulista

III

Noite de Ventania

IV

Indivíduos

V

Dia da Falsa Glória

Plano do romance *Café*.

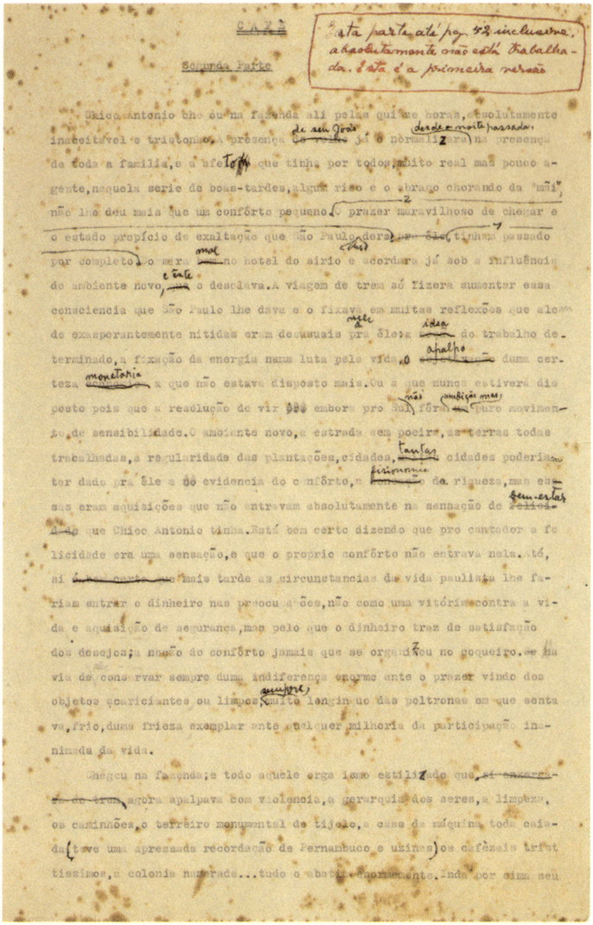

Única versão conhecida da 2ª parte do romance *Café*.

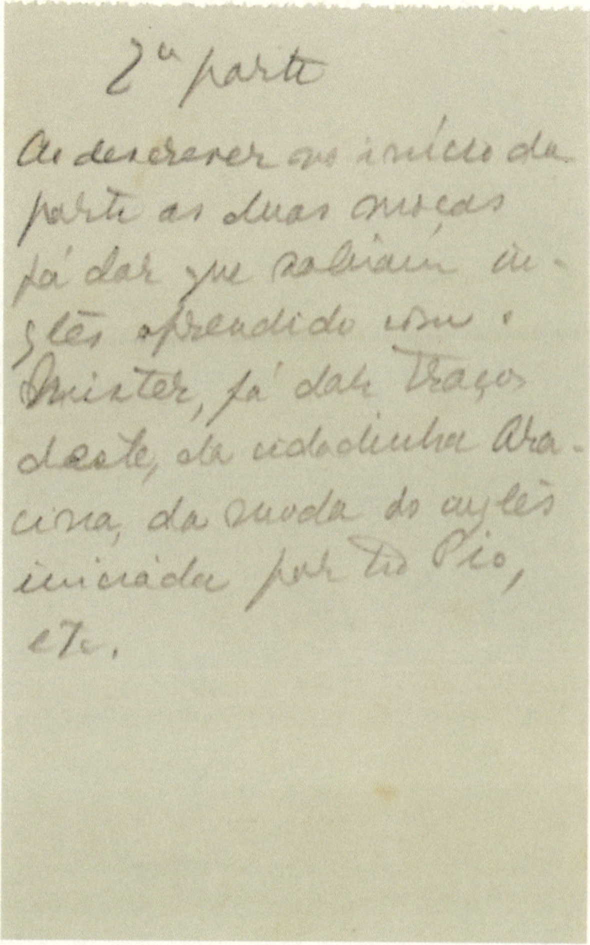
2ª parte

Ao descrever no início da parte as duas moças já dar que sabiam inglês aprendido com o Mister, já dar traços deste, da cidadezinha Ara-cina, da vinda do inglês iniciada por tio Pio, etc.

Nota de trabalho: lembrete para inserção do personagem Mister, a ser desenvolvido a partir de informações de Pio Lourenço Corrêa.

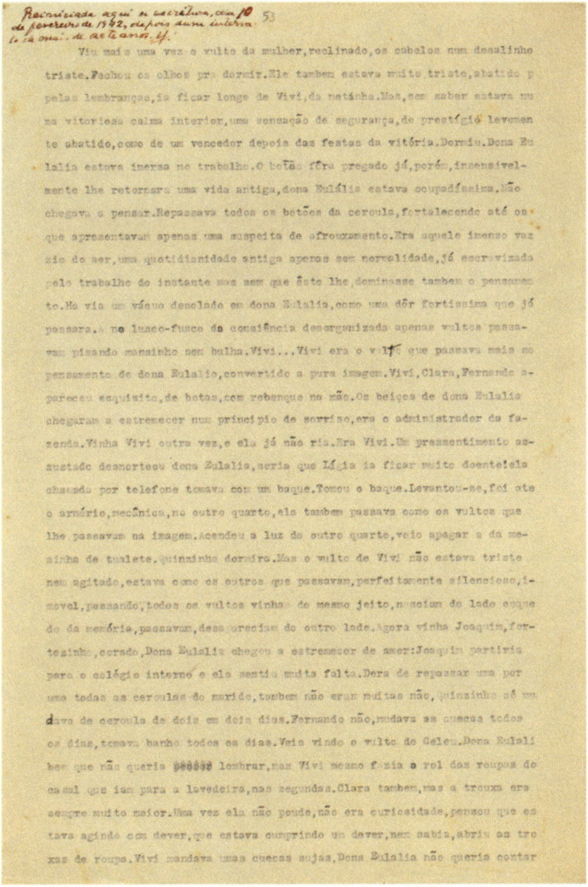

Reiniciada aqui a escritura, dia 10 de fevereiro de 1942, depois dum intervalo de mais de sete anos. M. 53

Viu mais uma vez o vulto da mulher,reclinado,os cabelos num desalinho
triste.Fechou os olhos pra dormir.Ele tambem estava muito triste,abatido p
pelas lembranças,ia ficar longe de Vivi,da netinha.Mas,sem saber estava nu
ma vitoriosa calma interior,uma sensação de segurança,de prestígio levemen
te abatido,como de um vencedor depois das festas da vitória.Dormiu.Dona Eu
lalia estava imersa no trabalho.O botão fôra pregado já,porém,insensivel-
mente lhe retornara uma vida antiga,dona Eulália estava ocupadíssima.Não
chegava a pensar.Repassava todos os botões da ceroula,fortalecendo até os
que apresentavam apenas uma suspeita de afrouxamento.Era aquele imenso vaz
sio do ser,uma quotidianidade antiga apenas sem normalidade,já escravizado
pelo trabalho do instante mas sem que êste lhe dominasse tambem o pensamen
to.Ho via um vácuo desolado em dona Eulalia,como uma dôr fortissima que já
passara.A no lusco-fusco da consiência desorganizada apenas vultos passa-
vam pisando mansinho sem bulha.Vivi...Vivi era o vulto que passava mais no
pensamento de dona Eulalia,convertido a pura imagem.Vivi,Clara,Fernando a-
pareceu esquisito,de botas,com rebenque na mão.Os beiços de dona Eulalia
chegaram a estremecer num principio de sorriso,era o administrador da fa-
zenda.Vinha Vivi outra vez,e ela já não ria.Era Vivi.Um pressentimento as-
sustado desnorteou dona Eulalia,seria que Lígia ia ficar muito doente!ela
chamada por telefone tomava com um baque.Tomou o baque.Levantou-se,foi ate
o armário,mecânica,no outro quarto,ela tambem passava como os vultos que
lhe passavam na imagem.Acendeu a luz do outro quarto,veio apagar a da me-
sinha de tualete.Quinzinho dormira.Mas o vulto de Vivi não estava triste
nem agitado,estava como os outros que passavam,perfeitamente silencioso,i-
movel,passando,todos os vultos vinham do mesmo jeito,nasciam do lado esque
do da memória,passavam,desapareciam do outro lado.Agora vinha Joaquim,for-
tezinho,corado,Dona Eulalia chegou a estremecer de amor:Joaquim partiria
para o colégio interno e ela sentia muita falta.Dera de repassar uma por
uma todas as ceroulas do marido,tambem não eram muitas não,Quinzinho só mu
dava de ceroula de dois em dois dias.Fernando não,mudava as cuecas todos
os dias,tomava banho todos os dias.Veio vindo o vulto de Celeu.Dona Eulali
bem que não queria lembrar,mas Vivi mesmo fazia o rol das roupas do
casal que iam para a lavadeira,nas segundas.Clara tambem,mas a trouxa era
sempre muito maior.Uma vez ela não poude,não era curiosidade,pensou que es
tava agindo com dever,que estava cumprindo um dever,nem sabia,abriu as tro
xas de roupa.Vivi mandava umas cuecas sujas,Dona Eulalia não queria contar

"Reiniciada aqui a escritura, dia 10 de fevereiro de 1942, depois dum intervalo de mais de sete anos. M."

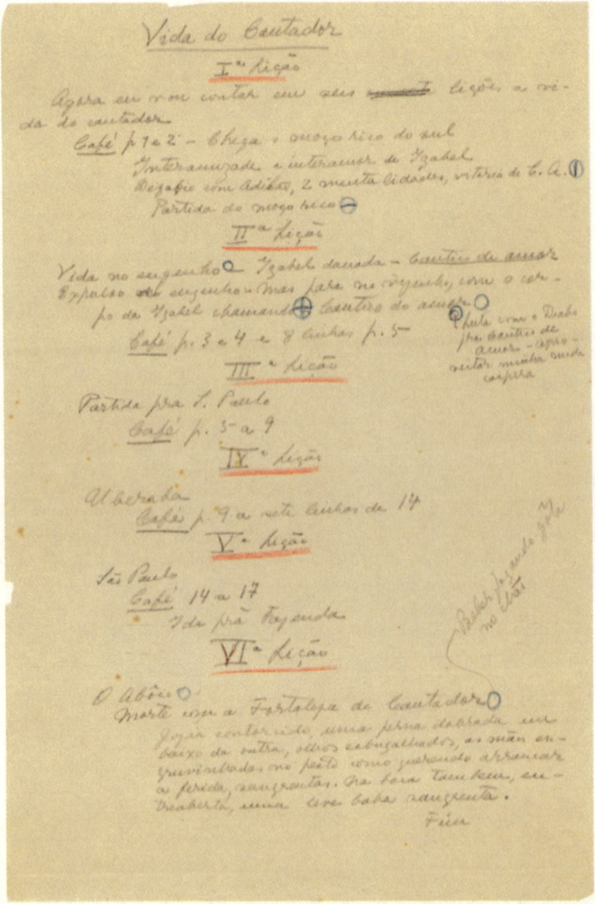

Vida do Cantador

Iª lição

Agora eu vou contar em seis lições a vida do cantador

Café p. 1 a 2 – Chega o moço rico do sul

Interamizade e interamor de Izabel

Desafio com [illegible], 2 [illegible], vitória de C. A.

Partida do moço rico

IIª lição

Vida no engenho – Izabel danada – Cantiga de amor

Expulso do engenho – mas fica no engenho, com o corpo da Izabel chamando cantiga de amor

Café p. 3 a 4 e 8 linhas p. 5

Luta com o Diabo pra cantiga de amor – aproveitar [illegible]

IIIª lição

Partida pra S. Paulo

Café p. 5 a 9

IVª lição

Uberaba

Café p. 9 a sete linhas de 14

Vª lição

São Paulo

Café 14 a 17

Ida pra Fazenda

VIª lição

O abôio

Morte com a Fortaleza do Cantador

Jogado contorcido, uma perna dobrada em baixo da outra, olhos esbugalhados, as mãos encruvinhadas no peito como querendo arrancar a ferida, sangrentas. Na boca também, entreaberta, uma leve baba sangrenta.

Fim

Plano de Vida do Cantador, obra que se cruza com o romance *Café* ao absorver o personagem Chico Antônio | Narrativa autônoma publicada semanalmente na *Folha da Manhã* (São Paulo, 19 de agosto – 23 de setembro de 1943).

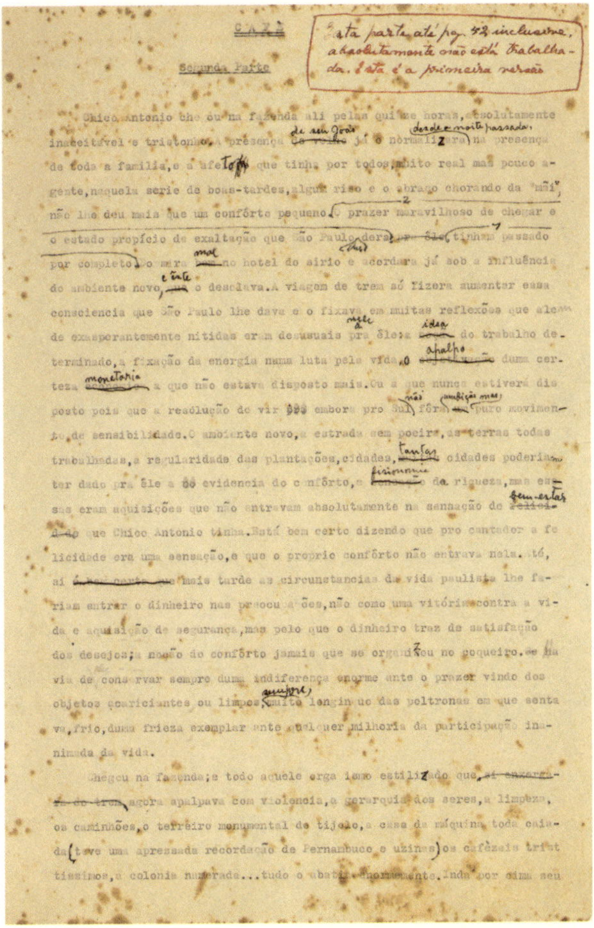

CAFÉ

Segunda Parte

Esta parte até pg. 42 inclusive, absolutamente não está trabalhada. Esta é a primeira versão

Chico Antonio chegou na fazenda ali pelas quinze horas, absolutamente inaceitável e tristonho. A presença de seu João já o normalizara desde a noite passada, na presença de toda a familia, e a afeto que tinha por todos, muito real mas pouco agente, naquela serie de boas-tardes, algum riso e o abraço chorando da "mãi", não lhe deu mais que um confôrto pequeno. O prazer maravilhoso de chegar e o estado propício de exaltação que São Paulo dera, tinham passado por completo. Dormira mal no hotel do sirio e acordara já sob a influência do ambiente novo, e êste o desclava. A viagem de trem só fizera aumentar essa consciencia que São Paulo lhe dava e o fixava em muitas reflexões que alem de exasperantemente nitidas eram desusuais pra êle: a idea do trabalho determinado, a fixação da energia numa luta pela vida, o apalpo duma certeza monetaria a que não estava disposto mais. Ou a que nunca estivera disposto pois que a resolução de vir embora pro Sul não fôra ambição mas puro movimento de sensibilidade. O ambiente novo, a estrada sem poeira, as terras todas trabalhadas, a regularidade das plantações, cidades, tantas cidades poderiam ter dado pra êle a evidencia do confôrto, a fisionomia da riqueza, mas essas eram aquisições que não entravam absolutamente na sensação de bem-estar que Chico Antonio tinha. Está bem certo dizendo que pro cantador a felicidade era uma sensação, e que o proprio confôrto não entrava nela. Até, si mais tarde as circunstancias da vida paulista lhe fariam entrar o dinheiro nas preocupações, não como uma vitória contra a vida e aquisição de segurança, mas pelo que o dinheiro traz de satisfação dos desejos; a noção do confôrto jamais que se organizou no coqueiro. Havia de conservar sempre duma indiferença enorme ante o prazer vindo dos objetos acariciantes ou limpos, sempre, longinquo das poltronas em que sentava, frio, duma frieza exemplar ante qualquer milhoria da participação inanimada da vida.

Chegou na fazenda; e todo aquele organismo estilizado que, agora apalpava com violencia, a gerarquia dos seres, a limpeza, os caminhões, o terreiro monumental de tijolo, a casa de máquina toda caiada (teve uma apressada recordação de Pernambuco e uzinas) os cafèzais tristissimos, a colonia numerada... tudo o abatia enormemente. Inda por cima seu

\ Única versão conhecida da 2ª parte do romance *Café*. /

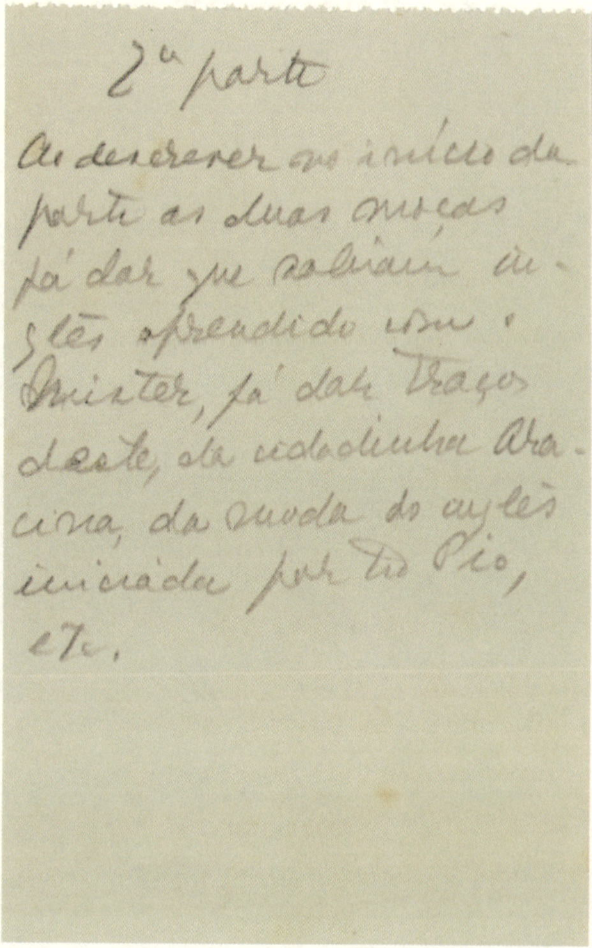

2ª parte
Ao descrever no início da
parte as duas moças
já dar que sabiam in-
glês aprendido com o
Mister, já dar traços
deste, da cidadezinha Ara-
cina, da queda do inglês
iniciada por tio Pio,
etc.

Nota de trabalho: lembrete para inserção do personagem Mister, a ser desenvolvido a partir de informações de Pio Lourenço Corrêa.

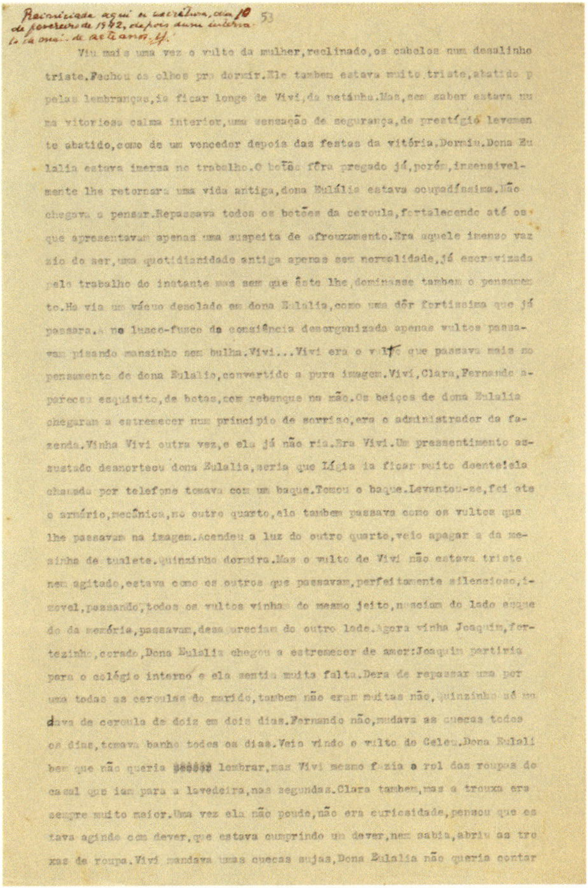

Reiniciada aqui a escritura, dia 10 de fevereiro de 1942, depois dum intervalo de mais de sete anos. M. 53

Viu mais uma vez o vulto da mulher, reclinado, os cabelos num desalinho
triste. Fechou os olhos pra dormir. Ele tambem estava muito triste, abatido p
pelas lembranças, ia ficar longe de Vivi, da netinha. Mas, sem saber estava nu
ma vitoriosa calma interior, uma sensação de segurança, de prestígio levemen
te abatido, como de um vencedor depois das festas da vitória. Dormiu. Dona Eu
lalia estava imersa no trabalho. O botão fôra pregado já, porém, insensivel-
mente lhe retornara uma vida antiga, dona Eulália estava ocupadíssima. Não
chegava a pensar. Repassava todos os botões da ceroula, fortalecendo até os
que apresentavam apenas uma suspeita de afrouxamento. Era aquele imenso vaz
zio do ser, uma quotidianidade antiga apenas sem normalidade, já escravizada
pelo trabalho do instante mas sem que êste lhe dominasse tambem o pensamen
to. Ha via um vácuo desolado em dona Eulalia, como uma dôr fortissima que já
passara. A no lusco-fusco da consiência desorganizada apenas vultos passa-
vam pisando mansinho sem bulha. Vivi... Vivi era o vulto que passava mais no
pensamento de dona Eulalia, convertido a pura imagem. Vivi, Clara, Fernando a-
parecera esquisito, de botas, com rebenque na mão. Os beiços de dona Eulalia
chegaram a estremecer num principio de sorriso, era o administrador da fa-
zenda. Vinha Vivi outra vez, e ela já não ria. Era Vivi. Um pressentimento as-
sustado desnorteou dona Eulalia, seria que Lígia ia ficar muito doente! ela
chamada por telefone tomava com um baque. Tomou o baque. Levantou-se, foi ate
o armário, mecânica, no outro quarto, ela tambem passava como os vultos que
lhe passavam na imagem. Acendeu a luz do outro quarto, veio apagar a da me-
sinha de tualete. Quinzinho dormira. Mas o vulto de Vivi não estava triste
nem agitado, estava como os outros que passavam, perfeitamente silencioso, i-
movel, passando, todos os vultos vinham do mesmo jeito, nasciam do lado esque
do da memória, passavam, desapareciam do outro lado. Agora vinha Joaquim, for-
tezinho, corado, Dona Eulalia chegou a estremecer de amor: Joaquim partiria
para o colégio interno e ela sentia muita falta. Dera de repassar uma por
uma todas as ceroulas do marido, tambem não eram muitas não, Quinzinho só mu
dava de ceroula de dois em dois dias. Fernando não, mudava as cuecas todos
os dias, tomava banho todos os dias. Veio vindo o vulto de Celeu. Dona Eulali
bem que não queria ~~lembrar~~ lembrar, mas Vivi mesmo fazia o rol das roupas do
casal que iam para a lavadeira, nas segundas. Clara tambem, mas a trouxa era
sempre muito maior. Uma vez ela não poude, não era curiosidade, pensou que es
tava agindo com dever, que estava cumprindo um dever, nem sabia, abriu as tro
xas de roupa. Vivi mandava umas cuecas sujas, Dona Eulalia não queria contar

“Reiniciada aqui a escritura, dia 10 de fevereiro de 1942, depois dum intervalo de mais de sete anos. M.”

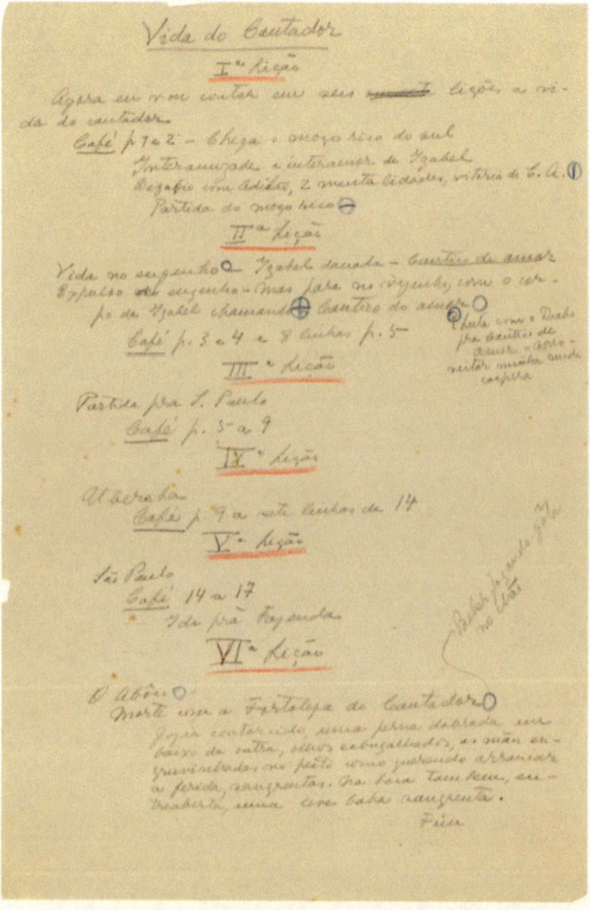

Vida do Cantador

Iª lição

Agora eu vou contar em seis lições a vida do cantador.

Café p. 1 e 2 – Chega o moço rico do sul
Interamizade e interamor de Izabel
Dezafio com [illegible], 2 [illegible], vitória de C. A.
Partida do moço rico

IIª Lição

Vida no engenho – Izabel danada – Cantiga de amor
Expulso do engenho – mas [illegible] no engenho com o corpo da Izabel chamando Cantiga do amor
Café p. 3 e 4 e 8 linhas p. 5

IIIª Lição

Partida pra S. Paulo
Café p. 5 a 9

IVª lição

[illegible]
Café p. 9 a sete linhas da 14

Vª lição

São Paulo
Café 14 a 17
Ida prà Fazenda

VIª Lição

O Abôio
Morte com a Fortaleza do Cantador
Fica contorcido, uma perna dobrada embaixo da outra, olhos esbugalhados, as mãos [illegible] no peito como querendo arrancar a ferida sangrenta. Na boca também, entreaberta, uma leve baba sangrenta.
Fim

Plano de Vida do Cantador, obra que se cruza com o romance *Café* ao absorver o personagem Chico Antônio | Narrativa autônoma publicada semanalmente na *Folha da Manhã* (São Paulo, 19 de agosto – 23 de setembro de 1943).

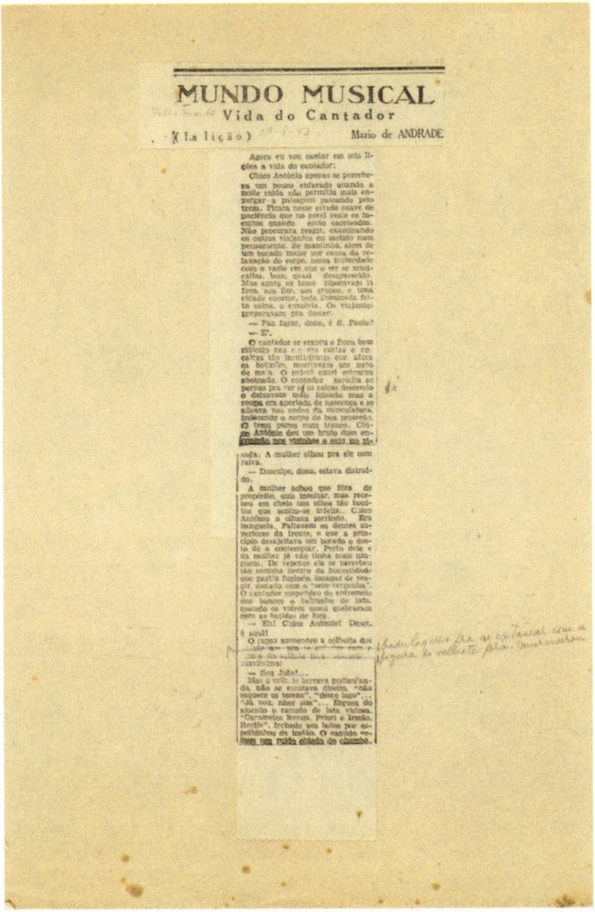

MUNDO MUSICAL

Vida do Cantador

(1.a lição) — Mario de ANDRADE

Agora eu vou cantar em seis lições a vida do cantador:

Chico Antônio apenas se percebera um pouco enfarado quando a noite caída não permitiu mais enxergar a paisagem passando pelo trem. Ficara nesse estado suave de paciência que no geral veste os incultos quando estão cacetea[dos]. Não procurara reagir, examinando os outros viajantes ou metido num pensamento. Se mantinha, além de um bocado maior por causa da relaxação do corpo, nessa intimidade com o vazio em que o ser se musicaliza, bom, quasi desaparecido. Mas agora as luzes pipocavam lá fora, aos fios, aos grupos, e uma cidade enorme, toda iluminada feito usina, o envolvia. Os viajantes preparavam pra descer.

— Faz favor, dona, é S. Paulo?

— É.

O cantador se ergueu e ficou bem ridículo nas [illegible] curtas e nas calças tão insuficientes que agora os botinões mostravam um palmo de meia. O paletó quasi estourou abotoado. O cantador sacudiu as pernas pra ver se as calças descendo o deixavam mais folgado, mas a roupa era apertada de nascença e se alisava nas ondas da musculatura, indicando o corpo de boa proteção. O trem parou num tranco. Chico Antônio deu um bruto dum encontrão nos vizinhos e saiu na pisada. A mulher olhou pra ele com raiva.

— Desculpe, dona, estava distraído.

A mulher achou que fôra de propósito, quis insultar, mas recebeu em cheio uns olhos tão bonitos que sentiu-se infeliz. Chico Antônio a olhava sorrindo. Era banguela. Faltavam os dentes superiores da frente, o que a princípio desajeitava um bocado o gosto de o contemplar. Perto dele e da mulher já não tinha mais ninguem. De repente ela se percebeu tão sozinha dentro da honestidade que partiu fugindo, incapaz de reagir, danada com o "sem-vergonha". O cantador suspendeu do entremeio dos bancos o baûzinho de lata, quando os vidros quasi quebraram com as batidas de fora.

— Eh! Chico Antônio! Desce, é aqui!

O rapaz suspendeu a colheita dos [illegible]

— Seu João!...

Mas o velho berrava gesticulando, não se escutava direito, "não esquece os terens", "desce logo"... "Já vou, nhor sim"... Ergueu do assento o canudo de lata vistosa, "Caramelos Renda, Priori e Irmão, Recife", fechado aos lados por espelhinhos de tostão. O canudo enfiava um ruído abafado de chumbo.

Exemplar de trabalho no manuscrito *Vida do Cantador*.

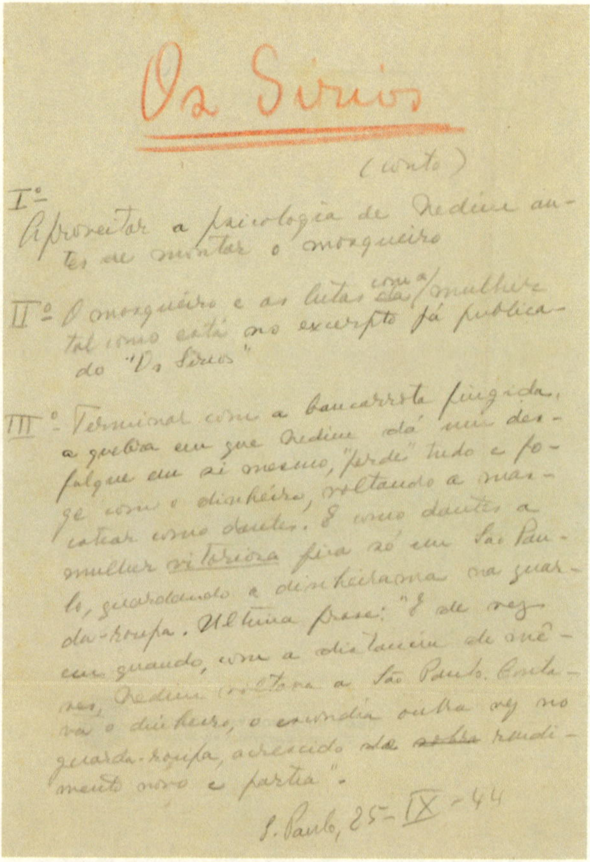

Os Sírios

(conto)

I° – Aproveitar a psicologia de Nedime antes de montar o mosqueiro

II° – O mosqueiro e as lutas com a/da mulher tal como está no excerpto já publicado "Os Sírios"

III° – Terminar com a bancarrota fingida, a quebra em que Nedime dá um desfalque em si mesmo, "perde" tudo e foge com o dinheiro, voltando a mascatear como dantes. E como dantes a mulher vitoriosa fica só em São Paulo, guardando a dinheirama na guarda-roupa. Última frase: "E de vez em quando, com a distância de mêses, Nedime voltava a São Paulo. Contava o dinheiro, o escondia outra vez no guarda-roupa, acrescido do ~~sobra~~ rendimento novo e partia".

S. Paulo, 25-IX-44

Plano para a redação do conto Os SÍRIOS, recorrendo a personagens do romance *Café*.

Fotografia da capa
Guilherme Gaensly | Coleção Gilberto Ferrez | Acervo Instituto Moreira Salles

Projeto gráfico
Ana Luisa Escorel | Ouro sobre Azul

Assistência de projeto
Erica Leal | Ouro sobre Azul

Capa
Laura Escorel | Ouro sobre Azul

Revisão
Eduardo Carneiro
Janaína Senna

Produção editorial
Adriana Torres
Mônica Surrage

Editora responsável
Maria Cristina Antonio Jeronimo

Direção editorial
Daniele Cajueiro

Produzido em conjunto com a Equipe Mário de Andrade do Instituto de Estudos Brasileiros da Universidade de São Paulo (IEB-USP), coordenada por Telê Ancona Lopez.

Editora Nova Fronteira Participações S.A.
Rua Nova Jerusalém, 345 | Bonsucesso
CEP: 21042 235 | Rio de Janeiro RJ Brasil
T 21 3882 8200 | F 21 3882 8212 | 3882 8313

CIP BRASIL | CATALOGAÇÃO NA PUBLICAÇÃO
SINDICATO NACIONAL DOS EDITORES DE LIVROS, RJ

A568c

Andrade, Mário de, 1893-1945
Café / Mário de Andrade ; estabelecimento do texto, introdução, posfácio e seleção de imagens por Tatiana Longo Figueiredo . - 1. ed. - Rio de Janeiro : Nova Fronteira, 2015.
il.

ISBN 978-85-209-2779-3
1. Romance brasileiro. I. Título.
15-21420

CDD: 869.93
CDU: 821.134.3(81)-3